www.tredition.de

AF196624

Diethard Dr. Friedrich

Kein langweiliges Leben Teil 3/3

Zurück in Deutschland

www.tredition.de

© 2017 Diethard Dr. Friedrich

Verlag und Druck: tredition GmbH,
Halenreie 40-44
22359 Hamburg

ISBN
Paperback: 978-3-7439-7368-8
Hardcover   978-3-7439-7576-7
E-book: 978-3-7439-7698-6

Inhaltsverzeichnis:

Aufbruch und Reise nach Cuxhaven

Weihnachten 1976 war vorüber. Christina hatte ihren Winteranzug bekommen. Nun stand alles im Zeichen des Aufbruchs Richtung *Saksa,* Deutschland. Verabschiedung von Freunden und Sirkkas Familie, Möbeltransport und Schiffspassage organisieren und vieles mehr. Zum Glück hatte mir die Verwaltung der Stadt Cuxhaven, der damals noch das Stadtkrankenhaus gehörte, zugesichert, sämtliche Umzugs- und Reisekosten zu erstatten. Die finnische Umzugsfirma war schnell gefunden. Sie machte damit Werbung, dass sie besonders auf internationale Transporte besonders zwischen Deutschland und Finnland spezialisiert sei. Die Stadt Cuxhaven war sehr schnell mit dem Angebot der Umzugskosten einverstanden, nachdem sie merkte, dass eine finnische Firma aufgrund der Währung und der unterschiedlichen Personalkosten erheblich billiger war. Wir einigten uns, dass unser Hab und Gut hier von der Firma eingepackt und -geladen und in Cuxhaven umgekehrt das Auspacken eine lokale Firma übernehmen würde. Doch zunächst tauchte die Frage auf, ob wir wirklich alles mit nach Deutschland mitnehmen wollten. Da war beispielsweise das Chippendale-Schlafzimmer meiner Mutter, was einstmals bei meinem Onkel gelagert war, das ich einst von dort nach Finnland nach Art der türkischen Gastarbeiter auf dem Gepäckträger meines VW Käfers transportiert hatte. Mit dem Argument, in Deutschland könne man preisgünstig neuere und modernere Möbel kaufen, entschlossen wir uns, die Nachttische, Stühle und Frisiertoilette unseren Nachbarn eine Etage tiefer im Haus zu verkaufen. Die kindergesegnete Familie freute sich, ein Schnäppchen zu machen. Wir bedauerten später in Deutschland unsere Entscheidung, denn fein weiß lackiert wäre das Mobiliar first class gewesen. Das Gleiche gilt für unsere zwei praktischen, gelben Fahrräder und andere Dinge. Dennoch schafften wir es, auch als junge Familie mit unseren Sachen den Möbeltransportwagen zu füllen. Zwar gab es 1977 schon die Finnjet, wir aber fuhren noch in einem kleineren Schiff. Für uns war sogar eine ganze Suite reserviert, mit zwei Kabinen und einem Badezimmer samt Badewanne, was sonst auf Schiffen nicht üblich ist. Ich musste es ja nicht zahlen. Traurig waren wir nicht, als das Schiff vom Südhafen, *Etäläsatama,* ablegte. Noch ein letzter Blick auf den winterlichen Markt und die Domkirche im Hintergrund. Dann konnten wir die zweieinhalbtägige Reise genießen. Als wir unsere Suite betraten, stand auf dem Tisch eine Flasche finnischer Elysee Sekt mit zwei Kristallgläsern und einem netten Gruß meiner Kollegen und Kolleginnen der Universitäts-Frauenklinik und den besten Wünschen zum neuen Start in Deutschland. In Travemünde angekommen, wurde weder unser Umzugsauto noch unser eigenes Auto besonders kontrolliert. Dann ging es die Autobahn lang in Richtung Cuxhaven. Ich hatte mit unserem Umzugsmann vereinbart, dass ich die Strecke bis zum Ziel vorweg fahre. Das hieß aber auch, dass sich die ganze Fahrt über viele Stunden sehr lang hinzog, da so unsere Höchstgeschwindigkeit maximal 100km/h betrug. Auch waren wir in Travemünde trotz allem erst sehr spät losgekommen. Es dunkelte schon mächtig, als wir schließlich Cuxhaven erreichten. Besonders Sirkka wunderte sich nördlich von Hamburg immer mehr über die Landschaft und fragte mich, ob wir nicht allmählich durch den Ort durchgefahren seien. Sie hatte überhaupt nicht mitbekommen, dass wir schon mehrere Ortschaften durchquert hatten, denn in Finnland betragen die Abstände zwischen zwei Ortschaften viele, viele Kilometer. Noch mehr aber wunderte sie sich, als es nördlich von Stade immer flacher wurde und man kilometerweit über das flache Land auf hunderte, weidende Kühe und Schafe sehen konnte. Das hatte sie sich etwas anders vorgestellt. Denn in ihren Schulbüchern war stets nur von kleinen romantischen Städten mit Fachwerkhäusern die Rede. Außerdem war es nasskalt und nebelig an unserem Ankunftstag. Ich konnte sie nur damit trösten, dass das flache Land bei schönem Wetter auch seine besonderen Reize hätte.

Ankunft in Cuxhaven

Nachdem ich im Spätherbst zur Vorstellung in Cuxhaven gewesen war und eine Zusage bekommen hatte, war ich dann noch ein zweites Mal nach Deutschland geflogen, um mich um eine passende Wohnung zu bemühen. Das war damals wie heute nicht ganz einfach, wenn man eine Wohnung mit möglichst mehr als drei Räumen sucht. Doch irgendwie hatte ich Glück. Von einer Cuxhavener Baufirma konnte ich in einem Mehrfamilienhaus eine Wohnung im ersten und zweiten Stock mieten. Das hieß, dass es innerhalb der Wohnung noch über eine Treppe zu erreichende Räumlichkeiten gab. Doch die ersten Tage mussten wir im Hotel schlafen, bis alles in Ordnung und eingerichtet war. Der Fahrer des Umzugswagens hatte sich irgendwo selbst eingemietet. Für uns waren zwei Zimmer der gehobenen Klasse in einem Hotel direkt vor der „Alten Liebe" reserviert, das mir von meinem zukünftigen Chef empfohlen worden war. Doch sofort hatten wir ein nicht schönes Erlebnis. Als wir abends nach langer Reise uns im Hotel anmeldeten, fragte uns der Hotelier erstaunt, ob das zweite Zimmer für unsere Kinder sei, was wir bejahten. Dann könne er uns die Zimmer nicht geben, wir hätten das bei der Anmeldung nicht angegeben. Die Kinder seien klein, würden ins Bett pinkeln und auch alles demolieren. Ich war empört. Schließlich waren unsere beiden Kinder schon seit langer Zeit absolut trocken. Auch besaß ich eine Haftpflichtversicherung. Zum Glück hatte Sirkka nur einen Teil verstanden. Nach einigem Hin und Her und einem Hinweis auf meinen künftigen Chef war man schließlich bereit, uns dann doch beide Zimmer zu vermieten. Am Morgen gab es noch einmal Schwierigkeiten, als Sirkka für unsere Kinder einen Brei bestellte, womit in Finnland nicht nur Kinder, sondern auch Erwachsene auch heute noch den morgendlichen Tag beginnen. Aber trotz dieser anfänglichen Schwierigkeiten schliefen wir alle erschöpft ein, denn Seeluft macht anfangs müde.

Ich war am nächsten Morgen schon früh aufgestanden und hatte gefrühstückt. Da der Hafen und der Leuchtturm „Alte Liebe", von dem ich noch später berichten werde, nur einen Steinwurf von unserem Hotel entfernt lagen, war meine Familie nach ihrem Frühstück gut beschäftigt und ich hatte Zeit, mich um die organisatorischen Dinge zu kümmern.

Als Sirkka morgens aus dem Hotelzimmer im vierten Stock auf die Elbmündung sah, war schönstes Sonnenwetter. Nirgendwo auch nur die Andeutung von Schnee. Oben der blaue Himmel, darunter das dunklere Meer und auf dem Deich und vor dem Hotel das satte Grün des Rasens. Sie konnte es anfangs nicht fassen, wie sie mir später erzählte, und dachte, es herrsche schon der Frühling in Norddeutschland. Und das an den beiden letzten Tages des Januar 1977. Es war eine Ausnahme. Aber so strenge Winter wie in Finnland, wo es um diese Jahreszeit auch schon mal ein paar Wochen unter zwanzig Grad minus sein konnte, waren hier an der Küste unbekannt. Allein das stets leicht temperierte Salzwasser der Nordsee sorgt schon dafür, dass es an der Küste meist wärmer ist als nur fünfzig Kilometer weiter landeinwärts, es sei denn es bläst ein eisiger Nordwind. Und weil ich gerade beim Thema Wetter bin, musste Sirkka mit der Zeit auch lernen, dass anders als in ihrem Land das Wetter auch an demselben

Tag mehrfach wechseln kann. Wenn es morgens regnet oder die Sonne scheint, dann gilt das in Finnland meist für den ganzen Tag.

Mit dem Gefühl, dass meine Familie gut versorgt ist, fuhr ich zunächst zu unserer neuen Wohnung, nachdem ich vom Eigentümer die Schlüssel erhalten hatte. Bei diesem Abstecher meldete ich mich kurz bei meinem neuen Chef, der mich freudig begrüßte. Auf seine Frage, ob alles in Ordnung sei, erzählte ich ihm von der anfänglichen Abweisung des Hoteliers. Offensichtlich muss er dann direkt nach unserem Treffen dort direkt angerufen haben. Auf alle Fälle überschlugen sich der Hotelier und sein Personal vor Freundlichkeit am gleichen Abend und auch danach in einer Weise, dass es fast schon peinlich war.

Auf dem Parkplatz vor unserem Mietshaus stand schon unser Möbelwagen. Ich hatte unserem Fahrer vorab die Anschrift gegeben. Mobiltelefone gab es ja zu der Zeit noch nicht. Auch die Möbelpacker der deutschen Umzugsfirma, die ich zum Ausladen, Auspacken und Aufrichten unseres Umzugsgutes engagiert hatte, fanden sich ein. Zum Glück kam dann auch Sirkka mit den Kindern bald nach. So stand ich unten beim Wagen und dirigierte, während sie in der Wohnung sagte, welcher Karton wohin sollte und welcher auch schon ausgepackt werden könnte. Dabei stellte sich sehr bald ein Problem ein. In den skandinavischen Wohnungen sich überall Einbauschränke. Auch gibt es eigentlich immer eine fertige Einbauküche. Diese Wohnung war aber, wie es damals auch üblich war, völlig leer. Kein Schrank, nicht einmal ein Herd, auf dem man sich heißes Wasser zubereiten könnte. Alles mussten wir uns erst einmal anschaffen. Die Möbelpacker der deutschen Firma waren fleißig. Fast im Schnellschritt brachten sie die Kisten und Möbelstücke ruckzuck in die Wohnung. Der finnische Fahrer im Lkw kam beim Anreichen fast ins Schwitzen. Er staunte nur, wie schnell man in Deutschland arbeitete. Nach einer halben Stunde raunte mir der Finne zu: „Das schaffen die niemals, das halten die nicht lange durch, so schnell wie die laufen!" Er irrte sich. Die deutschen Hilfen waren tatsächlich so fleißig und ließen keineswegs im Tempo nach. Der Finne staunte nur ob solcher Betriebsamkeit. Man weiß, dass die Mittelmeerbewohner gern „dolce far niente", also gelassen an die Arbeit herangehen. Das kann man aber von den Finnen aber nicht behaupten. Kurz, es dauerte nicht lange und der Wagen war leergeräumt. Nach einem Kaffee verabschiedete sich unser finnischer Fahrer. Er musste ja abends wieder in Travemünde am Kai sein. Die Cuxhavener Möbelpacker begannen, unsere Kartons und Kisten zum Teil zu leeren, soweit sie es konnten. Denn uns fehlten immer noch ein paar Schränke. Nur unsere Schrankwand von Asko und die Betten für die Kinder und uns hatten wir neben anderem mitgenommen. Dann ging es zunächst daran, einen Herd, Küchenmobiliar und Schränke und vieles mehr zu besorgen. An den ersten Tagen unseres Startes in Cuxhaven waren wir gut beschäftigt.

Unsere Neuen Nachbarn

In unserem neuen Domizil, in dem dreistöckigen Mehrfamilienhaus gab es etwa zwölf Wohnungen, die teils von den Eigentümern, teils von deren Mietern bewohnt waren. Auffällig ist an dem Haus, dass das Treppenhaus mit dem Fahrstuhl vom Gebäude nicht überdacht und quasi vorgelagert ist. Unsere Wohnung ging über zwei Stockwerke. Unten befanden sich ein großes Wohnzimmer und die Küche. Über eine Innentreppe erreichte man darüber drei weitere mittelgroße Zimmer und das Bad. In jedem Falle waren die Räumlichkeiten größer als die in Helsinki-Vantaa. Wir waren zufrieden.

Natürlich waren wir Neuen von allen Hausmitbewohnern schon beim Einzug beäugt worden. Nun war es an der Zeit, sich bekannt zu machen. Mit den direkt neben und über uns wohnenden Bewohnern ging das sehr schnell, da sie ebenfalls Kinder hatten. Sehr bald begrüßte uns auch eine Finnin, die mit ihrem deutschen Mann in einer der Dachwohnungen residierte. Sie war natürlich schon allein sprachlich für Sirkka eine große Hilfe.

Ich schreibe immer von Sirkka, obwohl das so nicht ganz richtig ist, zumindest für diesen Zeitabschnitt. Im zweiten Teil meiner Erinnerungen hatte ich beschrieben, wie und mit welchem Namen Sirkka sich in Helsinki bei mir vorgestellt hatte. Und dabei war es auch geblieben. Ich nannte sie „Tiina" und so wurde sie auch in diesem Lebensabschnitt von unseren Freunden und Bekannten genannt, jedenfalls die ersten zwanzig Jahre auch hier in Deutschland. Ihr war es recht so. Und da in Cuxhaven sie ebenfalls alle so nannten, werde ich sie für diese Zeit auch so nennen. Denn sämtliche Freunde aus unserer Anfangszeit in Deutschland nennen sie auch heute noch so.

Doch zurück zu unseren neuen Nachbarn. Also die Finnin konnte uns gleich in ihrer Muttersprache erklären, was man wo bekommt. Ihr Mann war ein Ur-Cuxhavener und hat bis heute ein großes organisatorisches Talent. Er hatte ebenfalls wie ich einen kommunalen Arbeitgeber und konnte mir viele Tipps geben, welche Anschaffungskosten bei einem Umzug vom Arbeitgeber übernommen werden. Leider ist deren Ehe viele Jahre später in die Brüche gegangen. Die Finnin arbeitete gleich nebenan bei der Filiale der Cuxhavener Stadtsparkasse und konnte auch in puncto Geld gut beraten. So war sie es, die mir sehr bald den Ratschlag gab, Kindergeld zu beantragen. Da wir aus Finnland kamen, wussten wir überhaupt nicht, dass es das überhaupt gibt. Da ich damit nicht gerechnet hatte, legte ich diesen staatlichen Zuschuss auf einem Sparbuch an, von wo es später in anderer Form meinen beiden Kindern als Zuschuss zum Studium zugutekam.

Neben uns wohnte die Familie eines Postbeamten. Seine Frau versorgte die Kinder, wie das in Deutschland zu der Zeit noch sehr verbreitet war. Nur wenige der deutschen Frauen hatten einen guten Beruf erlernt und gingen dem auch nach. Schon überhaupt nicht, wenn sie Kinder hatten, da es nur wenige Kindertagesstätten gab und noch seltener ganztägig. Auch die Gesellschaft akzeptierte es nicht, wenn eine Frau die Kinder einfach „abgab", um ihrem Beruf zu „frönen". Noch heute denkt anders als in vielen anderen europäischen Ländern ein Teil der Bevölkerung so, wohlwissend, dass dann im Alter genau diese

Frauen wegen einer Minimalrente an der Armutsgrenze leben werden. Wenn es keine Großmutter gab, war es für eine Frau, anders als in den skandinavischen Ländern, in Deutschland fast unmöglich, dass die Frau mitarbeitete. Der älteste Sohn hieß Reinhard, wurde aber von unserer Tochter Christina und ihrer neuen Freundin Nadine kurz „Reini" genannt. Reini war zwar etwa gleichaltrig mit den beiden Mädchen, aber in der Entwicklung etwas verzögert, was selbst die beiden zweieinhalbjährigen Mädchen schon irgendwie spürten.

Mit Nadine bin ich auch schon bei den anderen Nachbarn neben uns ein Stockwerk höher. Björn war Norweger, hatte in Erlangen Zahnmedizin studiert, danach kurz in Norwegen und in Niedersachsen gearbeitet und wollte nun in Cuxhaven eine eigene Praxis eröffnen. Seine Frau war ihrem Zukünftigen wohl bei ihrer Ausbildung zur medizinisch-technischen Assistentin MTA in Erlangen begegnet. Als wir die Eheleute kennenlernten, hatten sie zwei Töchter, Christin und Nadine, Erstere etwas älter als Johan, Nadine und Christina gleichaltrig. Zwei Jahre später kam als drittes Kind der Sohn Daniel dazu. Er war eine meiner letzten Geburten, die ich in Cuxhaven leitete, bevor ich nach Zeven siedelte. Auf der anderen Seite wohnte eine Familie mit zwei Söhnen etwa im Alter von zehn und zwölf Jahren. Der ältere der Brüder war aber kleiner als sein hochgeschossener jüngerer Bruder. Die Mutter arbeitete bei einem im Zentrum liegenden Kaufhaus und der Vater war bei der Bundeswehr angestellt.

Zu all den anderen Bewohnern unseres Hauses hatten wir nicht so großen Kontakt. Man kannte man sich und grüßte sich, wechselte aber nur selten ein paar Worte miteinander. Diese Familien waren auch kinderlos bzw. deren Kinder waren schon aus dem Haus. Einer aber von diesen Mitbewohnern sollte später mein Steuerberater werden, zu dem ich über viele Jahre bis zu seinem Ausscheiden aus der Sozietät regelmäßig beruflich Kontakt hatte. Alle Genannten waren altersmäßig gleich, so zwischen dreißig und vierzig Jahre. Wir verstanden uns gut und wurden sehr schnell Freunde. Die brauchten wir auch, denn der Start in Deutschland war, obwohl es ja mein Geburtsland war, anfangs nicht so einfach. Und guter, freundschaftlicher Rat war stets willkommen. Wobei auch mein neuer Chef sich regelmäßig telefonisch erkundigte und seine Hilfe anbot. Wenn man jung ist, feiert man auch gern. So trafen wir uns wiederholt unten im Keller zu einem kleinen fröhlichen Umtrunk, was für Tiina, puritanisch erzogen, anfangs etwas fremd war. Bei einem oder mehr Gläsern Wein wurde dann noch einmal die gute Nachbarschaft besiegelt. Nachdem unsere Wohnung halbwegs eingerichtet war, der erste Werktag kam, meldete ich mich morgens bei meinem neuen Arbeitsplatz.

Das Stadtkrankenhaus Cuxhaven

Cuxhaven hat rund sechzigtausend Einwohner. Jedoch im Sommer kommen noch einmal mindestens vierzigtausend dazu. Es gibt also für den Ort, an der Spitze des Elbe-Weser-Dreiecks gelegen, genug Menschen, die auch mal eine Klinik benötigen. Das Krankenhausgebäude ist schon älteren Semesters. Innen aber sah es bei meiner Ankunft sehr sauber und ordentlich aus. Ich meldete mich bei der Sekretärin der gynäkologischen Abteilung an, die mich äußerst freundlich begrüßte. Wir hatten uns schon bei meiner Vorstellung im Spätherbst kennengelernt. Sie hatte mir sehr bei der Wohnungssuche geholfen. Mein neuer Chef freute sich, mich zu sehen. Er war über mein Kommen sichtlich erleichtert, denn er war schon über mehrere Monate „Alleinunterhalter" der gynäkologisch-geburtshilflichen Abteilung gewesen. Diese war in einem direkt an die Hauptklinik angrenzenden Gebäude untergebracht und hatte neben den Funktionsräumen zwei große Stationen und zwei eigene Operationssäle.

Mein neuer Chef war an der Universitätsklinik Hamburg-Eppendorf medizinisch groß geworden. Schon dort war er wegen seines Doppelnamens „Schumo" genannt worden. Er war nur ein paar Jahre älter als ich, war mit einer Ärztin verheiratet, die aber nur noch Unterricht in der Krankenschwesterschule gab und hatte zwei Söhne, die beide später als Mediziner Karriere machen sollten. Vom Charakter her war Schumo ein äußerst freundlicher Mann, der niemandem wehtun konnte. Von seinem medizinischen Können bekam ich im Laufe der Zeit ein anderes Bild. Diesbezüglich war ich auch von Finnland her sehr verwöhnt.

Nachdem man mir mein großes Dienstzimmer mitten in der Abteilung gezeigt hatte, kam die übliche Vorstellungsrunde. Die Schwestern und Hebammen wurden begrüßt. Dabei lernte ich auch die vier Assistenzärzte kennen. Danach ging es zum Verwaltungsleiter und den Chefs und Oberärzten der anderen Abteilungen. Ich wurde als leitender Oberarzt und Vertreter des Chefs vorgestellt, obwohl es anfänglich keine weiteren Fach-oder Oberärzte meines Gebietes gab. Die sollten erst später im Laufe der Zeit kommen. Da war einmal der sehr freundliche griechische Kollege, dessen Frau in der Stadt eine gynäkologische Praxis hatte, wo er auch manchmal aushalf. Ein paar Monate später gesellte sich noch ein weiterer Facharzt dazu, der von der Uniklinik Würzburg kam. Zunächst aber waren mein Chef und ich die einzigen Spezialisten.

Eines fiel mir bei der Vorstellung und auch später besonders auf. Auch unter Kollegen „siezt" man sich über viele Jahre, unabhängig davon, wie gut man sich versteht. Das war ich aus Finnland völlig anders gewohnt, wo mir namhafte Professoren sofort das „Du" bei der Begrüßung angeboten hatten. Aber das ist auch in Deutschland selbst bei der einfachen, arbeitenden Bevölkerung so üblich, allerdings leicht variiert. So ruft die Putzfrau, neuerdings muss man ja Reinigungskraft sagen, obwohl diese auch nur putzt, ihre Kollegin in einer anderen Variante. Und das, obwohl sie schon über zehn Jahre lang mit ihrer Arbeitskollegin die gleichen Gänge geputzt hat. Diese sagt nämlich nicht „Sie", sondern es heißt bei ihr: „Frau Müller, kannst Du mir mal den Feudel geben?" So nennt man in Norddeutschland einen Wischlappen. Also so eine Mischung, nicht den Vornamen, sondern den Familiennamen Frau Soundso und dann weiter in der zweiten Person der Anrede. Schon überhaupt nicht dürfen untergeordnete Mitarbeiter den Vorgesetzten duzen und umgekehrt dieser nicht seine Mitarbeiter(innen). Das hat sofort ein gewisses „Geschmäckle". Davon werde ich noch mehr dann aus meiner Zevener Zeit berichten. Auf alle Fälle nahmen die in Cuxhaven zugeordneten Assistenzärzte, wenn sie mich ansprachen, sofort Haltung an und redeten mich mit „Herr Oberarzt" an, genauso wie sie ihren „Chefarzt" anredeten. Man kann sich vorstellen, wie komisch das anfangs für mich war. Nur ein Berliner Assistenzarzt sah das etwas lockerer und nahm mein Angebot an, mich einfach mit Herr Friedrich anzureden. Ich sprach meinen Chef auf dieses Thema hin an. Er warnte mich, das „Du" hier einzuführen. Das würde die Arbeitsmoral zerstören.

Nach einer Einarbeitungszeit von zwei bis drei Wochen wurde ich von meinem Chef gefragt, ob ich es mir zutrauen könnte, für ein oder zwei Wochen die Abteilung allein zu führen. Offensichtlich hatte er von meinem Können kein schlechtes Bild bekommen. Der Grund der Bitte war, dass er rund drei Monate lang mit nur wenigen Ablösungen Tag und Nacht sogenannten Hintergrunddienst geleistet hatte. Man hatte mir bei meinem Kongressbesuch in Hamburg schon davon berichtet, dass „Schumo" in Cuxhaven Alleinunterhalter sei. Nur wollte und konnte ich, der ich in Finnland nur eine maximale Dienstzeit von 5 Tagen in der Klinik und 10 Tagen in Rufbereitschaft kannte, es nicht glauben. Kein Arbeitgeber hätte sich ohne Einwilligung darüber in Finnland hinweggesetzt. In solchen Fällen setzte sich sofort die finnische Ärztekammer ein und drohte dem Arbeitgeber mit Konsequenzen. Das hätte ich mir hier so manches Mal gewünscht. Dass es später mir in *Saksa* einmal genauso ergehen würde, wusste ich zu dem Zeitpunkt noch nicht. Dann wäre ich garantiert nach Finnland sehr bald zurückgegangen. Nun verstand ich auch, warum man mich unbedingt haben wollte und warum der Krankenhausträger bereit war, meine sämtlichen Umzugskosten zu übernehmen. Das Honorararztsystem war derzeit noch quasi unbekannt. Bereitwillig schickte ich meinen neuen Chef in den Urlaub, denn dafür war er wirklich reif.

Doch in dieser Vertretungszeit des Abteilungsleiters musste ich völlig umdenken, denn vieles war für mich zunächst völlig anders, als ich es gewohnt war. Dass ich die private Sprechstunde nicht fortsetzen und nur Notfälle behandeln durfte, war okay so. Aber Anderes war doch für mich gewöhnungsbedürftig. In Deutschland ist nämlich bei jeder Geburt in der Klinik neben der Hebamme absolut immer ein Arzt dabei. Außerdem darf ein Assistenzarzt grundsätzlich keinen Kaiserschnitt ohne fachärztlich Aufsicht und Assistenz durchführen, selbst dann nicht, wenn er am Ende seiner Ausbildung ist. Mag sein, dass sich das inzwischen geändert hat, aber nur vielleicht. Der Unterschied zu den skandinavischen Ländern konnte nicht größer sein. In Deutschland reichten zur Facharztanerkennung lediglich dreißig Kaiserschnitte aus. Schon als ich mein finnisches Gynäkologen-Zeugnis erhielt hatte ich etwa allein in vier Jahren meiner gynäkologischen Ausbildung etwa das Zehnfache an sogenannten „Sectio caesarea" operiert, am Ende meiner Berufszeit dürften es gut und gern ein Vielfaches gewesen sein. Vielleicht unter diesem Gesichtspunkt der Sicherheit bei so geringer Routine war das Verfahren in Deutschland verständlich. Doch stand ich in Lappeenranta spätestens nach der dritten oder vierten Sectio allein, nur mit einer Instrumentierschwester am Tisch. Für mich hieß es in Deutschland, dass ich in jedem Falle bei jeder Operation, wann und wie auch immer, mich im Hintergrundsdienst in die Klinik begeben musste. Nun verstand ich, warum mein Chef so urlaubsreif war. Als er dann erholt zurückkam, gab es nochmals eine Überraschung, diesmal für ihn. Beide Stationen waren halbleer, kaum noch Patientinnen. Er war entsetzt. Dabei hatte ich nur das gemacht, was ich während meiner Ausbildung in Finnlands Kliniken so gelernt hatte. Wenn die Patientin sich selbstständig bewegen und waschen konnte, wenn die Wunde nicht infiziert war und alles gut abheilen wollte, wenn ärztlicherseits kein Risiko um die Genesung bestand, hatte ich die Patientin entlassen. Heute ist das in Deutschland genauso üblich, ja die Patienten werden häufig allein aus kommerziellen Gründen noch früher entlassen. Damit verlagert man das Risiko und die Kosten auf den ambulanten Sektor. Bis Ende des zwanzigsten Jahrhunderts wurde noch der Klinikaufenthalt von den Krankenkassen nach der Anzahl der sogenannten Liegetage bezahlt. Je länger ein Patient im Krankenhaus lag, umso höher der Verdienst zugunsten der Klinik. Es gab noch andere kuriose Dinge in puncto Bezahlung. Damals prägte ich den Satz „ das Geschäft mit der Krankheit", was mich leider das gesamte Berufsleben in Deutschland verfolgen sollte. Eine Komplikation war also wirtschaftlich gesehen günstiger als ein glatter Heilungsverlauf. Heute gibt es für fast sämtliche Erkrankungen einen festen Pauschalsatz von der Kasse. Konsequenz: Die Patienten werden so schnell wie möglich aus der Klinik, oft auch einfach zu früh entlassen, was oft zu Komplikationen führt.

Ich erklärte ihm, warum ich die Patientinnen entlassen hatte und er mir umgekehrt das deutsche System, warum diese unbedingt über viele Tage gehalten werden mussten. Um dieses Wissen bereichert und nun wieder mit dem wechselnden Dienst konnte ich mich nun mehr um meine Familie kümmern.

Unser Start in Cuxhaven

Dank unserer Nachbarn und mit vielen Tipps von dem Insider Gerhard, wie den Wink, dass nicht nur der Herd, sondern auch die neuen Gardinen vom kommunalen Arbeitgeber bezahlt würden, waren wir sehr bald eingerichtet. In Deutschland bekamen damals die Kinder das kleinere Zimmer und die Eltern nahmen das größere als Schlafzimmer. Wir machten es genau umgekehrt, damit die Kinder auch Platz zum Spielen hatten. Bewunderung fanden unsere mitgebrachten, ausziehbaren Kinderbetten, deren hölzerner Teil mit dem Wachsen auch immer länger wurde wie in dem alten, finnischen Fischerhaus der Familie Runeberg. Die Stadt hatte dafür gesorgt, dass wir sofort einen Kindergartenplatz bekamen, was besonders für Johan wichtig war, da er als Erster eingeschult werden sollte.

Christina fand in der gleichaltrigen Nachbarstochter Nadine sofort eine Freundin. Auf dem Hof etwas zurückgelegen gab es einen Sandkasten, den Tiina vom Küchenfenster aus gut beobachten konnte. Ich erwähne es deshalb, weil Nadines Mutter Gudrun sich wunderte, dass Tiina unsere Tochter Christina ohne Aufsicht draußen allein spielen ließ, wie sie meinte. Wir kannten es nicht anders, auch sollten beide Kinder selbstständig werden. Außerdem wohnten in der Wohnsiedlung auch viele ältere Leute, die aus Neugier und aus Langeweile ständig aus dem Fenster sahen und alles genau beobachteten. Die Skandinavier sahen zumindest zu der Zeit all das etwas lockerer. So wurde in den USA eine Schwedin verurteilt, weil sie beim Einkauf für eine ganz kurze Zeit ihr Kind im Kinderwagen vor dem

Geschäft hatte allein stehen lassen, obwohl sie von drinnen alles sehen konnte. Zugegeben, die Welt hat sich verändert. Aber vor vierzig Jahren waren die Gefahren wesentlich geringer. Meistens war Christina nicht allein im Sandkasten, denn sehr bald gesellte sich Nadine mit ihrer Mutter und manchmal auch Tiina dazu. Schließlich kam auch Reini dazu, der sich von den beiden Mädchen leicht übertölpeln ließ. War den beiden Mädchen nach etwas Süßem zumute, so gingen sie zu Reinis Mutter und behaupteten kess, Reini hätte Lust auf Schokolade. Trotz der Gleichaltrigkeit der Kinder gab es doch Unterschiede. So sagte Christina eines Tages zu Nadines Mutter: „Nadine stinkt. Sie müssen mal die Windeln wechseln". Als daraufhin Gudrun Christina erstaunt fragte, ob sie nicht selbst noch Windeln trüge, verneinte sie das. Später erkundigte sie sich bei Tiina, die ihr bestätigte, dass unsere beiden Kinder schon mit eineinhalb Jahren trocken gewesen seien, was in Finnland ganz normal sei. Das ist auch noch heute so trotz Pampers, die es inzwischen auch in Finnland gibt. Nur in Deutschland tut man sich immer noch schwer, ein Kind sauber und trocken zu bekommen. Die Mütter sind anfangs einfach zu bequem, einfach dafür mehr Zeit und Aufmerksamkeit zu widmen.

Johan, der sich in Finnland absolut geweigert hatte, mit mir deutsch zu sprechen, lernte sehr schnell, sich auf Deutsch zu verständigen. Besonders hilfreich war da auch der Kindergarten, der direkt auf der anderen Straßenseite lag. Wenn wir eine kleine Tour in die Stadt oder zum Strand machten, nahmen wir auch gern die schon größeren Nachbarssöhne mit, damit unsere beiden Kinder besser und schneller die Sprache erlernten. Einmal fuhren wir alle sechs in meinem Auto. Die Kinder saßen gemeinsam auf dem Hintersitz. Doch dann meinte ich, ich könnte meinen Ohren nicht mehr trauen. Meine Kinder, vorweg Johan, waren dabei, unseren Nachbarssöhnen finnische Ausdrücke und Bezeichnungen beizubringen. Genau umgekehrt hatten wir uns das vorgestellt.

Nur wenige hundert Meter von unserer Wohnung entfernt gab es auch eine Apotheke. Als ich dort einmal Medikamente zusammen mit Johan kaufte, fragte der Apotheker beim Verlassen der Apotheke den Jungen wohlwollend, ob er denn nicht einen süßen Lolly wolle. Ich war entsetzt, denn es war mitten in der Woche. Wir hatten unsere Kinder so erzogen, dass es nur an Wochenenden Süßigkeiten gibt, wie es in ganz Finnland auch heute noch üblich ist. Dann aber bekommen die Kinder unter Umständen auch so viel, dass es ihnen schlecht wird. Anschließend sofort gründliches Zähneputzen. Leider hat sich das Verhalten bezüglich der Süßigkeiten bis zum heutigen Tag in Deutschland bis auf wenige Ausnahmen kaum verändert.

Unsere Nachbarin erklärte uns, wo man in Cuxhaven einkaufen könne und wo es einen Supermarkt gäbe. Zwar kannten wir Kaufhäuser, aber Supermärkte nur mit Lebensmittel in dieser Größe waren für uns völlig neu. Und so einen Laden wie Aldi hatte Tiina noch nie gesehen. Ein großer Lebensmittel-Supermarkt lag am Stadtrand und für uns sehr gut erreichbar. Wir staunten nicht schlecht über die großen Einkaufswagen, noch mehr aber über die Preise. Da in Finnland die Lebensmittel genauso hoch besteuert werden wie alles andere, empfanden wir in Deutschland insbesondere die Milchprodukte als sehr günstig. Viele der Lebensmittel waren für uns völlig neu, die wir unbedingt einmal ausprobieren und schmecken mussten. Und trotz des vollen Einkaufwagens hatten wir das Gefühl, dass wir in Finnland für die gleiche Menge an Waren mindestens ein Drittel mehr gezahlt hätten. Nachdem wir bei unseren Urlauben in Finnland durch den günstigen Wechselkurs früher günstig Lebensmittel kaufen konnten, hat sich das heute sehr geändert. Viele Preise, davon insbesondere die Lebensmittelpreise sind heute um zehn bis zwanzig Prozent höher. Einer der Gründe ist, dass nicht nur die Löhne dort schneller gestiegen sind, sondern auch dementsprechend die Renten.

Bei einer Einkaufstour fiel uns auf, dass auf dem Parkplatz ein riesiges Zelt aufgebaut war. Wir machten zuerst unsere Einkäufe und gingen dann aus lauter Neugierde in das Zelt. Es war Herbst und die Winzer Deutschlands wollten ihre Weine verkaufen. Es gab viele kleine Stände, an denen nicht nur Knabbereien und kleine Imbisse kostenlos angeboten wurden, sondern auch jede Menge Wein der unterschiedlichsten Sorten in kleinen Probiergläsern mit einem Volumen von fünf Dezilitern. Ich gebe zu, dass ich das in dieser Form so in meiner Studienzeit auch noch nie gesehen hatte. Für Tiina als Skandinavierin, Christina in der Karre schiebend, war das völlig unbekannt. Ich hatte Johan an die Hand genommen. Warum sollte man nicht mal probieren. Größere Mengen Wein hatte ich noch nicht gekauft. Tiina und ich hatten uns getrennt und beide schlenderten wir von Stand zu Stand. Die Winzer witterten ein gutes Geschäft und boten uns ständig ihren Wein zum Probieren an. Nun, ich selbst wusste zumindest, dass man nicht jedes angebotene Glas austrinken muss. Tiina aber wollte nicht unhöflich sein und probierte mal diesen, mal jenen Wein. Ich hatte nichts bemerkt und konnte ihr keinen Wink geben. Doch als wir fast gleichzeitig aus dem Zelt heraustraten, brach sie mir, nun an der frischen Luft, fast zusammen. Sie hatte fast jedes angebotene Glas probiert und oft auch ausgetrunken. Auch war sie, aus dem puritanischen Finnland kommend, kaum Alkohol gewohnt. Zum Glück stand unser Auto in der Nähe, wo ich sie hinbringen konnte. Das war dann für sie die erste Lehrstunde zum Thema Weinprobe.

Alte und neue Autos

Als wir noch in Finnland lebten, hatte unser alter roter VW Käfer, mit dem wir unsere Hochzeitsreise nach Norditalien gemacht hatten, langsam seinen Geist aufgegeben. Damals beschloss ich, mir diesmal ein neues Auto zu kaufen. Ich schwärmte für den Renault, der als einer der ersten mit einer weit zu öffnende hinteren Klappe auf den Markt kam. Da unsere Ressourcen nicht allzu üppig waren, musste ich mir Geld von der Bank leihen. Aber obwohl es sich nur um achttausend Finnmark handelte, was in etwa dem gleichen Kaufwert in Euro entsprach, und obwohl ich eine feste Anstellung in einer Klinik hatte, verlangte die kreditgebende Bank, dass mein Schwiegervater für diese kleine Summe bürgte. In Finnland gab es keine Autosalons, wo man sich ein Auto aussuchen konnte. Wie in der damaligen DDR musste man damals das Auto nehmen, was man bekam. Nur die langen Wartezeiten wie in der DDR gab es nicht. Die finnische Einfuhrsteuer entsprach bis zum EU-Beitritt etwa dem Grundpreis eines Autos, also quasi doppelt. Ein Schiebedach und andere kleine Annehmlichkeiten wurden als Luxus angesehen und mit einer Extrasteuer belegt. Mein Wunschauto war der Renault R6, der in Anlehnung an das weit verbreitete, handliche R4-Modell eine Weiterentwicklung und mehr für eine Familie konzipiert war. Aussuchen der Farblackierung war in Finnland selten möglich. Man nahm das, was gerade vorhanden war. Bei uns wurde es ein richtiges „Pink-Rosa", wie der bekannte rosarote Panther. Die charakteristische Knüppelschaltung wie ein gebogener Gehstock vorne mittig am Armaturenbrett kannte ich zwar schon von den früheren DKW-Modellen, für Tiina aber war sie sehr gewöhnungsbedürftig. Mit diesem Auto waren wir dann auch von Finnland nach Cuxhaven gekommen. Und dieses Auto stand farblich schon auffallend hell leuchtend auf den Pkw-Stellplätzen unseres Mietshauses. Und da ich in den ersten Wochen das Auto auch noch nicht umgemeldet hatte, schauten sich viele wegen des unbekannten ausländischen Kfz-Kennzeichens den Wagen sehr genau an. Dabei entdeckten die neugierigen Betrachter an der vorderen Stoßstange eine Steckdose für einen elektrischen Anschluss. Prompt wurde ich danach ausgefragt. Ich erzählte dann jedes Mal leicht schmunzelnd, dass ich auch den Wagen elektrisch aufladen könne, um ergänzend mit einem Elektromotor zu fahren. Großes und ungläubiges Erstaunen bei den Zuhörern. Dabei wäre das heute vierzig Jahre später nun im einundzwanzigsten Jahrhundert überhaupt nicht so fremd und verkehrt. Doch als ehrlicher Mensch klärte ich sie dann auf und berichtete, dass man in Finnland auf seinem Stellplatz, sei es zuhause oder bei der Arbeit, sein Auto auf elektrischem Wege aufheizen könne. Eine Methode war beispielsweise, dass beim Ölablassventil des Motorblocks statt der Schraube eine Art Tauchsieder eingeschraubt war. Hierüber wurde dann bei starker Kälte vor dem Anlassen morgens oder beim Arbeitsplatz kurz vor der Heimfahrt über einen Elektroanschluss und einer Schaltuhr auf dem Parkplatz das Motoröl auf achtzig Grad vorgewärmt. So war es beim Anlassen sofort mollig warm im Wagen und die vereiste Scheibe taute schnell auf und das Auto sprang auch bei eisiger Kälte gut an. Sollte ich irgendwann in Deutschland einmal keine Garage haben, würde ich mir dieses einfache und doch so angenehme Aufwärmsystem in mein Auto im Urlaub in Finnland einbauen lassen. Immer mit einem schnell molligen Auto losfahren. Aber bei meinem Auto gab es noch etwas Besonderes. In Finnland fährt man nämlich auch heute noch in der kalten Jahreszeit mit Spikes. Besonders wenn man Vorderradantrieb hat, ist man auf der sehr sicheren Seite. Ich wusste nicht, dass man diese in Deutschland vor 1977 längst wieder abgeschafft hatte und dass es absolut verboten war, damit zu fahren. Niemand hatte mich darüber aufgeklärt. Auch unser finnischer Umzugs-Lkw-Fahrer hatte deshalb extra spikeslose Winterreifen zusätzlich mitgenommen, uns aber nichts gesagt und auch nicht wie vorgeschrieben gewechselt, weil er zu bequem war. So fuhr ich also noch Anfang April mit den Spikesreifen. Der in unserem Haus lebende Polizist hatte oder wollte wohl nichts bemerkt haben. Doch dann kam im Frühjahr noch ein weiteres Auto dazu. So konnte ich dann meinen geliebten Renault verkaufen. Das wurde auch Zeit, denn damals gab es noch keinen wirksamen Rostschutz für Autos. Besonders die italienischen und französischen Autos hatten den Ruf, sehr bald vor lauter Rost auseinanderzubrechen. Das galt auch für mein Auto. In dem trockenen Klima in Finnland, was man nicht vermutet, wo man morgens den Schnee noch von seinem Auto richtig wegpusten konnte, war an meinem Renault nirgends Rost zu erkennen. Doch in der feuchten und salzreichen Luft am Meer dauerte es nur wenige Wochen, dass man die ersten Roststellen entdecken konnte.

Bei dem nächsten Auto handelte es sich zwar nicht um einen neuen, aber um einen sehr gepflegten Sechszylinder

Mercedes 250, den ich von meinem Vater ererbt hatte. Ich hatte den Wagen in der Garage des Pflegeheims meines verstorbenen Vaters gefunden. Er hatte das Auto wohl nur an Feiertagen bei gutem Wetter bewegt und ansonsten geputzt. Obwohl der Wagen mehrere Jahre alt war, hatte es nur eine geringfügige Anzahl an gefahrenen Kilometern. Ich freute mich, dass ich endlich wieder mit einem Automatikgetriebe fahren konnte. Doch lange währte die Freude nicht. 1978 kam die Ölkrise und das Benzin wurde zum ersten Male immens teuer. Der Liter schoss von 0,68 DM auf 0,80 DM, also rund 0,40 Euro nach offiziellem Umrechnungskurs. Anfang des einundzwanzigsten Jahrhunderts hätte man bei einem Preis von bis zu 1,65 Euro nur milde darüber gelächelt. Das Tanken ging also schön in das Portemonnaie. Das Fahren wurde aber auch deshalb teuer, weil der Mercedes schon bei der Normalfahrt gut fünfzehn bis sechzehn Liter auf hundert Kilometer verbrauchte. Da ich der Meinung war, der Motor sei verbrauchsmäßig nicht richtig eingestellt, fuhr ich deshalb zur örtlichen Mercedeswerkstatt. Als ich den Wagen wieder abholte, sagte man mir, man hätte den Mercedes gründlich untersucht, alles sei in bester Ordnung. Der Grund des hohen Spritverbrauchs sei, dass der Wagen schon älter sei und der Benzinpreis bei der Konstruktion zu der Zeit kein Thema gewesen sei. Da ich nicht wusste, wie die weitere Entwicklung der Ölpreise und damit des Benzins würde, da schon von Fahrverboten die Rede war, beschloss ich den Mercedes zu verkaufen. Ein Assistenzarzt meiner Abteilung, der auch noch keine Familie zu versorgen hatte und eine Schwäche für alte Autos hatte, kaufte das Auto. Später habe ich den Verkauf wiederholt bedauert. Ich hätte den Mercedes einfach nur stilllegen sollen. Denn heute wäre dieser Sechszylinder sehr viel Geld wert. Wenn man so ein gepflegtes Auto überhaupt findet, muss man heute etwa dreißigtausend Euro und sehr viel mehr hinlegen.

In dieser Zeit war der erste Golf I mit Dieselmotor auf den Markt gekommen. Genau das Richtige für uns. Doch da die Nachfrage so groß war, gab es anfangs eine Warteliste von eineinhalb Jahren. Ich hatte richtig getippt, als ich mich nach dem neuen Golf in Finnland erkundigte. Dort konnte man diesen schon innerhalb eines Monats bekommen, da die finnische Volkswagen-Vertretung ein bestimmtes Kontingent erhielt und sich der Wagen aufgrund des hohen Preises in Finnland nicht so gut verkaufen ließ. Jeder eingeführte Wagen kostete in Finnland wegen der Einfuhrsteuern wie vorstehend beschrieben etwa das Doppelte. Ich rief also in Finnland bei der Firma VEHO an und bestellte mir einen Golf I Diesel, nach meinen Wünschen ausgestattet. Einen Monat später flog ich nach Helsinki, bezahlte das Auto, jetzt ohne die horrenden Einfuhr- und Luxussteuern, und kam mit einer Zollnummer in Cuxhaven wieder an. Da der erste Schnee schon in Finnland gefallen war, hatte ich Nokia-Winterreifen mit dicken Stollen aufziehen lassen. Das sollte mir dann noch später sehr dienlich sein. Da das Auto für drei Monate versichert war, hatte ich keine Eile, es beim deutschen Zoll anzumelden. Jeder wunderte sich über das völlig unbekannte Kennzeichen. Der Einfuhrzoll hielt sich in Grenzen.

Der Klinische Alltag

Im Laufe der Zeit bekamen wir in der Klinik Entlastung, denn aus Würzburg kommend war der Facharzt als Oberarzt angestellt worden. Außerdem half ein Cuxhavener Gynäkologe immer häufiger als Funktionsoberarzt für eine längere Zeit aus. Mit unserem Chef einigten wir uns, dass die beiden großen Stationen stets im regelmäßigen Wechsel von uns Oberärzten geleitet würden. So bemühten wir uns, den Assistenzärzten etwas beizubringen. Aber wir mussten sie ständig beaufsichtigen. Das war so und ist wohl auch heute noch so, selbstständig durften sie außer Fäden ziehen wohl nichts machen. Selbst wenn sie eine Curettage, eine Ausschabung der Gebärmutter, schon viele Mal gemacht hatten, musste ich dabei stehen und sie beaufsichtigen, obwohl das ein absoluter Anfängereingriff ist. Andere Länder, andere Sitten. Aber auch ich konnte etwas lernen. In Finnland führten nämlich nur Chirurgen die Brustoperationen durch, in Deutschland auch die Gynäkologen. Diese Operation wurde in Porvoo nicht durchgeführt und ich hatte sie somit nie gelernt. So zeigte mir mein Chef, wie man diese Operation handhabt. Dann gab es noch eine andere Operationsmethode, die auch in Deutschland relativ neu war, die mein Chef aus Hamburg mit eingeführt hatte, die Laparoskopie oder Bauchspiegelung. Von Gynäkologen erstmalig an der Uni in Kiel entwickelt, ist diese Mikrochirurgie heute in allen operativen Fächern weltweit Standard. Geduldig zeigte mir mein Chef, wie man in den Bauchraum aus diagnostischen Gründen hineinschaut oder wie man die Eileiter zur Sterilisation unterbricht. Anfangs sahen wir nur „mikrochirurgisch", besser gesagt „mikrooptisch" in den Bauch hinein, ob es sich vielleicht um eine Bauchhöhlenschwangerschaft handelte, um dann bei Bestätigung weiter makrochirurgisch zu operieren. Mehr wagte man noch nicht. Heute ersetzt die Mikrochirurgie fast die gesamte Makrochirurgie. An viele Dinge musste ich mich aber erst einmal gewöhnen, wie beispielsweise die Assistenz beim Operieren. Diesbezüglich ging es sehr konservativ zu. Dass man nur mit einer Operationsschwester operiert, war unmöglich. Immer musste ein zweiter Arzt dabei sein, oft auch noch ein dritter. Was ich schon im ersten Teil meiner Erinnerungen über die Chirurgie in Hamburg beschrieben hatte, war also immer noch nicht abgeschafft. So verlangte mein Chef immer, dass einer von uns Oberärzten ihm assistierte, so wie ich das zwanzig Jahre früher in Hamburg erlebt hatte. Er selbst hatte es ja dort bei seiner eigenen Ausbildung auch nicht anders kennengelernt. Zusätzlich musste ein Assistenzarzt sich irgendwie dazwischen quetschen, um dann lediglich die Haken zu halten. Wenn er Pech hatte, durfte er noch nicht einmal einen Knoten machen. Auch galt, „Großer" Operateur, großer Schnitt. Da war ich es, der meinem Chef dann zeigen und überzeugen konnte, dass man auch mit einem kleinen Schnitt eine Zyste beispielsweise entfernen kann und dass die Patientinnen allein schon aus kosmetischen Gründen ihm dankbar sein werden. Schon als Kinder haben wir manchmal verglichen, wessen Blinddarmnarbe kleiner ist. Insgesamt hatte ich den Eindruck, dass selbst um einen kleinen Eingriff viel zu viel Tamtam gemacht wurde. Dementsprechend war auch die postoperative Wundversorgung. Der Verband blieb geschlagene sieben Tage auf der

Wunde. Bestenfalls lupfte man ihn ein wenig, um drunter zu schauen. Kein Wunder, dass es so leichter zu Sekundärverheilungen kam. Die Liegezeiten waren endlos lang. Nach einer Gebärmutterentfernung blieb man zwei Wochen, nach einer Eierstockzystenentfernung mindestens eine Woche, nach einer normalen Entbindung eine Woche und nach einem Kaiserschnitt mindestens zehn Tage lang stationär. Das hat sich ja zum Glück heute geändert. Wie konservativ man war, zeigt ein anderes Beispiel: Die Frauen durften nach der Entbindung zunächst nicht aufstehen und wurden von der Hebamme abgeseift. Aber es kommt noch besser. Diese Frauen durften dann aber auch auf der Station später sich nicht duschen oder gar die Haare waschen. Angeblich sei das nicht für die Brustwarzen gut, Sic! Als ich das merkte, änderte ich es sofort, schnappte mir die junge Mutter, nahm sie unter die Arme und begleitete sie direkt nach der Geburt noch im Nebenraum des Kreißsaales zum Entsetzen der Hebamme unter die Dusche. Das Haarwaschverbot wurde ebenfalls sofort von mir gekippt. Mein Chef war anfangs nicht begeistert. Aber ich hatte sehr bald die Unterstützung der Hebammen, die sehr schnell die Vorteile bemerkten. Keine der Kreißenden war gefährdet. Im Gegenteil, alle waren sehr dankbar. Konnten sie doch nun nicht restlos verschwitzt, sondern frisch und munter danach ihren Ehemann begrüßen, der zu der Zeit in der Regel auch noch nicht bei der Geburt dabei war.

Weil ich gerade bei dem Thema Geburt bin, muss ich noch eine nette Geschichte erzählen. Vorausschicken muss ich, dass in Cuxhaven in den siebziger Jahren des letzten Jahrhunderts mehr als tausend ausländische Frauen, davon viele Türkinnen, in der Fischindustrie arbeiteten. Während so manche deutsche Frau sich bei der Entbindung schwer tat, gab es bei den Türkinnen kaum Schwierigkeiten. Das muss wohl auch mit der Beckenform zusammenhängen. So haben türkische Männer, wenn man darauf achtet und im TV bei prominenten Personen wie beispielsweise den Außenminister Cavusoglu und anderen besonders gut erkennt, sehr häufig einen mehr abgeflachten Hinterkopf, häufiger als Mitteleuropäer. Natürlich spielt auch die frühkindliche Lagerung eine große Rolle. Als Geburtshelfer fallen einem diese Unterschiede doch mehr auf. Als ich eines Tages morgens etwas zeitlicher zur Arbeit kam, hörte ich schon draußen vor der Klinik ein fürchterliches Geschrei aus der Richtung Kreißsaal. Eilends stürzte ich hinein und war überrascht, als die Hebamme im Vorraum sitzend, die Beine auf einem Stuhl hochgeschlagen, in aller Seelenruhe an einem Schal strickte. „Setzen Sie sich auch erst einmal hin, Doktor", meinte sie. „Keine Aufregung, bei denen da drinnen ist alles in Ordnung". Dann klärte sie mich auf. In der Türkei herrsche eben eine andere Kultur. Ein Kind könnte und dürfe nur unter großem Geschrei und Klagen zur Welt kommen. Das gehöre zum Ritual. Wenn nun die eine Kreißende ruhig sei und nicht schreie, dann erzähle die zweite Frau der anderen Familie, dass ihre Nachbarin bei der Geburt überhaupt nicht laut geklagt hätte. Und umgekehrt ebenfalls. Also klagten die beiden türkischen Frauen lauthals um die Wette, dass es weit bis zum Klinikvorplatz zu hören war, obwohl eigentlich nichts los war. Dann, als das Kind schon tief im Becken stand, wurde es wie ein Wunder auf einmal ruhiger und leiser. Ein sanftes Stöhnen, einmal Luft holen, ein kurzes Pressen und Schwupps, das Kind war da. Ich muss sagen, da ich Tausende von Geburten begleitet habe, die Türkinnen sind auch wegen ihres oft breiteren Beckens fast immer leicht zu entbinden. Bei dieser Geschichte wurde und werde ich auch immer an den Film „Alexis Sorbas" mit den Klageweibern erinnert. Und viele Menschen kennen aus den Fernsehberichten aus dem Vorderen Orient die schrill gellenden, durch das Mark gehenden Schreie der Frauen bei jedem Anlass, für Mitteleuropäer etwas fremd.

Einmal wollte mich in Cuxhaven eine Frau nach der Geburt verklagen. Die hochschwangere Frau lag zur Kontrolle im Vorraum des Kreißsaales. Die kindlichen Herzaktionen wurden über ein CTG kontrolliert, einem Gerät zur schriftlichen und akustischen Registration des Herzschlages, ähnlich einem EKG, und der Wehentätigkeit. Plötzlich keine Herztöne mehr, auch nicht mit dem Holz-Stethoskop. Nochmals kontrolliert, nichts zu hören und nichts zu registrieren. Bei der Aufzeichnung nur ein Strich. Da hieß es schnell handeln. Im Nebenraum war ein kleiner OP-Tisch frei. Irgendwie tauchte auch gerade wie gerufen ein Anästhesist auf. Der Kinderarzt wurde alarmiert. Ich zögerte keine Minute. Nur ganz kurz desinfiziert, ein Unterbauchmittelschnitt, ein Schnitt in die Gebärmutter. Dann schnell hineingegriffen und das Kind herausgefischt. Alles zusammen hatte bis dahin keine fünf Minuten gedauert. In Finnland wird immer bei einem Kaiserschnitt grundsätzlich die Zeiten vom Beginn der Narkose, dann vom Beginn der allerersten Hautschnittes bis zur Entwicklung des Kindes von einer dafür extra abgestellten Krankenschwester präzis mit einer Stoppuhr in Minuten und Sekunden festgehalten und dokumentiert. Es war für mich nicht das erste Mal, in allerkürzester Zeit ein Kind auf die Welt zu holen. Nach kurzer Reanimation hörten wir alle strahlend auch schon das Neugeborene schreien. Der Verschluss des Bauches lief dann etwas ruhiger ab. Aber das Kind war gerettet. Kein Sauerstoffmangel mit fatalen Folgen. Nur die Mutter war später nicht zufrieden. Denn nun hatte sie einen Unterbauchschnitt, nicht quer, denn der hätte zu lange gedauert, sondern längst. Deshalb wollte sie mich verklagen. Doch mein Chef, dem ich mein schnelles Vorgehen begründet hatte, konnte der Mutter schließlich klarmachen, dass ohne dieses entschlossene Handeln sie nun ein totes oder behindertes Kind hätte. Sie beruhigte sich.

Die ersten Monate in der Klinik in Deutschland waren für mich psychisch besonders schwierig, denn das Gesundheitssystem war völlig anders als ich es aus Finnland kannte. Es waren nicht die Operationen selbst. Da waren die Methoden fast identisch. Aber ich ärgerte mich dann doch, wenn mein Chef mir vorschreiben wollte, wie ich die Operationswunde zu verschließen hätte. Wir Oberärzte hatten mindestens die gleichen Operationserfahrungen. Ich vermisste auch die regelmäßigen fortbildenden Sitzungen, die ich aus Finnland gewohnt war und dort ein selbstverständlicher Bestandteil einer Klinik war, besonders wichtig auch für die Assistenzärzte. Obwohl ich sprachlich ja nun keine Schwierigkeiten hatte, tat ich mich selbst anfangs sehr schwer, einen Operationsbericht auf Deutsch zu formulieren. Dann war ich es nicht gewohnt, dass Kollegen, die alle gemeinsam an einem Strang ziehen, so offiziell miteinander umgehen. So vermied ich es grundsätzlich, meinen Chef, der nur wenige Jahre älter als ich und menschlich ein „sehr netter Kerl" war, mit „Herr Chefarzt" wie es üblich war, anzureden und eigentlich auch erwartet wurde. Auch fand ich es ehrlich gesagt etwas blöd, dass er oft erwartete, wenn nicht sogar verlangte, dass ich ihm selbst bei einem Kaiserschnitt assistierte, einer Operation, die ich schon in meinen gynäkologischen Anfängen sehr bald selbstständig allein durchgeführt hatte. Wieder wurde ich an die Verhältnisse in der Chirurgie im UKE erinnert. In einem Jahrzehnt hatte sich nichts verändert. Schon sehr bald hatte ich für mich berufsmäßig das stille Gefühl, hier bleibe ich nicht. Und darum schloss ich mit der lokalen Mercedes-Vertretung vorsichtshalber einen Vorvertrag für einen Mercedes ab, auf Finnisch liebevoll „Mersu" genannt, den ich dann zollfrei später nach Finnland mitnehmen wollte. Dazu musste der Wagen aber mindestens zwei Jahre auf meinen Namen im Ausland angemeldet sein.

Wie die operativen Verhältnisse tatsächlich waren, beschreibt diese Situation. Die Ehefrau des andren Oberarztes, der seine Ausbildung in Würzburg gemacht hatte, dort auch viel operiert und nicht seine Zeit in eine Habilitationsarbeit gesteckt hatte, nur um dann später einmal den Professortitel zu tragen, war zum dritten Mal schwanger. Soweit in Ordnung, aber es waren Zwillinge, die für die Geburt ungünstig lagen. Konsequenz: Es sollte ein zeitlich terminierter Kaiserschnitt werden. Aber der werdende Vater wollte nicht, dass unser gemeinsamer Chef den Kaiserschnitt durchführte. Darum bat er zunächst mich zu operieren. Dann aber hätte unser gemeinsamer „Boss" sich verletzt gefühlt. So entschloss sich der Vater selbst, seine eigene Frau mit einer fadenscheinigen Begründung zu operieren. Unserem Chef gab er das Gefühl, dass es eine besondere Ehre sei, assistieren zu dürfen. Ich sollte zusammen mit dem Pädiater dann gleich nach der Geburt die Zwillinge versorgen. Das war auch letztendlich gut so. Denn bei der Eröffnung der Fruchtblase ratschte der väterliche Operateur versehentlich an der Stirn des einen Zwillings eine kleine Wunde, die ich dann sofort nähte. Nach offiziellem Command und nach deutscher Lesart hätte ich dafür eigentlich einen Chirurgen holen müssen.

Dass das in Deutschland so die Regel ist, will ich mit einer weiteren kleinen Geschichte begründen. In den ersten Monaten am Krankenhaus in Cuxhaven operierte ich eine Frau. Die Gebärmutter sollte durch Bauchschnitt entfernt werden. Doch kaum hatte ich den Unterbauch eröffnet, präsentierten sich fürchterliche Verwachsungen, sodass ich an das Zielorgan zunächst überhaupt nicht herankam, geschweige denn es sehen konnte. Doch als ich anfing, die Verwachsungen zu lösen und den Darm davon befreien wollte, damit es später keinen Darmstillstand geben sollte, wurde ich sofort ausgebremst. Dies sei nicht mehr meine Sache, hierfür müsse ich einen Chirurgen anfordern, meinte mein Chef, der mir assistierte und selbst es sich nicht zutraute. Ich dachte, ich hätte schlecht gehört. Doch dann wehrte ich mich. Wenn das hier so üblich sei, aus Unvermögen des Gynäkologen oder aus welchem Grund auch immer, dann bitte sehr. Ich hätte aber, wie die meisten Gynäkologen in Finnland, auch eine gründliche chirurgische Ausbildung erhalten und würde diese Verwachsungslösungen gut beherrschen, zumal ich dies schon unzählige Male gemacht hätte, entgegnete ich und operierte mit Erfolg weiter. Mein Chef staunte nicht schlecht und ließ mich in der Zukunft gewähren. Einen kleinen Haken aber hatte die Sache doch, was ich nicht wusste. Nach deutscher Version könnte es bei einer späteren Komplikation versicherungstechnische Schwierigkeiten geben, da eben hier eine chirurgische Vorbildung für den Gynäkologen nicht üblich ist. In Finnland ist diese fast obligat. Dort wäre ich dagegen ausgelacht worden.

Das Leben in Cuxhaven

In welchem Lande man auch lebt, es ist immer etwas Besonderes, direkt am Meer zu leben, in einer Stadt mit einem Hafen und einem kilometerweiten Strand. Als Einwohner mussten wir auch am Strand keine Kurtaxe wie die Touristen bezahlen. Diese Kurtaxe ist ein ganz besondere deutsche Art, den Gästen das Geld abzuknöpfen. Schließlich bringen ja Touristen Geld in die Stadt und beleben so die Wirtschaft. Man musste nur gut hundertfünfzig Kilometer weiter nördlich am gleichen Sandstrand der Nordsee, nur diesmal bis Dänemark gehen und man bezahlte an der gleichen Nordsee und gleichem Sand keine Kurtaxe. Für unsere Kinder, aber auch für Sirkka, die meist nur eine steinerne Küste oder ein felsiges Seeufer kannte, war es selbstverständlich herrlich, den Tag auf dem weißen Sand der Nordsee zu verbringen, besonders im Sommer. Und unsere Einkaufstouren waren jedes Mal ein Erlebnis.

Ich selbst hatte gleich im ersten Frühsommer Pech. Mein Nachbar hatte mich zum Fußballspielen in die Bundeswehr-Sporthalle mitgenommen. Ich war zu diesem Zeitpunkt ziemlich untrainiert, wollte mir aber keine Blöße geben und lief und hüpfte wie ein Wilder. Doch plötzlich gab es beim Aufkommen auf den harten, nicht gefederten Boden der Halle einen Knacks und meine linke Achillessehne war gerissen. Quintessenz: eine Operation. Auf der chirurgisch-orthopädischen Privatstation lagen nur eigentlich gesunde Männer, die dort wegen ähnlicher Geschehnisse stationiert waren. Gemeinsam humpelten wir an Krücken in den Fernsehraum. Dort bot mir ein Leidensgenosse aus einer großen Flasche ein Getränk an, was zunächst wie gelbe Brause aussah. Das war es auch, aber da Alkohol strikt verboten war, war das Getränk mit einem hochprozentigen Korn aufgepeppt worden. So merkte die Nachtschwester nichts. Und da es nicht nur bei einem Schluck blieb, dachte Tiina, als sie mich am nächsten Tag morgens besuchte, ich hätte einen Kreislaufkollaps. Nur mit Mühe konnte ich sie davon abhalten, den Arzt zu rufen. Nachdem nach sechs Wochen der Oberschenkelgips zur postoperativen Ruhigstellung, eine heute nicht mehr übliche Methode, abgenommen worden war, gab es nur wenige Tage später wieder einen kurzen Schmerz, als ich Christina auf der Schaukel bei meinem Freund in Hamburg-Wedel einen kleinen Schubs gab. Man vermutete wieder eine Ruptur und packte mich wieder in einen Oberschenkelgips. Orthopädische Ultraschalldiagnostik gab es zu der Zeit noch nicht. Ich konnte selbstverständlich nicht insgesamt volle zwölf Wochen meine Kollegen allein arbeiten lassen, sondern fuhr sehr bald morgens in die Klinik. Wenn ich auch nicht operieren konnte, so gab es doch genug andere Aufgaben, die ich erledigen konnte. Zum Glück war der Mercedes groß genug und hatte eine Automatik. Mit meinem Renault wäre die Fahrt zur Arbeit schon schwieriger geworden. Nachdem ich vom Gips befreit war, fuhren wir dann via Ostsee nun mit der neuen Finnjet und dem Mercedes nach Finnland zu unserem Sommerhaus. Durch die erzwungene Immobilität im Knie hatte ich danach noch jahrelang Beschwerden.

In der Klinik aß ich häufig mittags in der Krankenhauskantine, deren Essen besonders gut war. Der Grund war, dass der Chefkoch früher in einem Luxushotel der Innenstadt, dessen Gebäude später dann zu einem Kaufhaus wurde, die Hotelküche geleitet hatte. Unter seiner Regie gab es keine einzige Soße aus der Tüte. Entsprechend gut war immer das ganze Menü der Klinik. Das zeigt, dass es auch in Großküchen anders gehen kann. Beim Essen lernte ich dann auch die anderen, meistens junge Ärzte der anderen Abteilungen besser kennen. Mit ihnen und ihren Familien ging es dann in der Freizeit zusammen an den Strand. Mit dem Herbst kamen auch die Stürme. An einem solchen Tag ging ich einmal auf den neuen Deich und war doch sehr verwundert, als die Schaumkrone des Wassers nur einen halben Meter unterhalb der Deichkrone war. Der Deich war nach der Sturmflutkatastrophe 1962 mächtig erhöht worden und sollte ein Jahrhundertdeich sein. Ich bekam da schon meine Zweifel ob dieser Prognose. Oben auf dem Deich stehend konnte ich dann mein Haus sehen und zu meiner Beruhigung feststellen, dass wir, im ersten und zweiten Stock wohnend, bei einem eventuellen Deichbruch weiterhin trockene Füße behalten würden.

Mein Chef und Professor der Universitätsklinik Hamburg, hatte mir angeboten, bei ihm eine Dissertation zur Erlangung des Doktortitels zu schreiben. In Finnland hatte ich dies nicht gemacht, da diese dort nicht üblich ist und eher vom Aufwand einer Habilitationsschrift gleich gekommen wäre, die nur Einzelne anfertigen. Dort sprach man ja auch im Allgemeinen in der Anrede vom Arzt und nicht wie im deutschen Sprachraum vom Doktor. Viele Menschen wissen nicht, dass wenn man keinen Doktortitel besitzt, man sich auch nicht so benennen lassen darf, obwohl eigentlich im allgemeinen Umgang von den Patienten selbst lediglich die Funktion des Arztes und nicht der Titel gemeint ist. Und weil ich gern Geschichten erzähle, kann ich von einem Erlebnis meines Sohnes berichten, der ebenfalls auf einem anderen Gebiet promoviert hat. Er und seine ebenfalls jungen sechs oder acht Kollegen, alles gut dotierte, sehr gebildete Angestellte einer großen Firma hatten eine längere Strategiebesprechung in einer anderen großen Firma. Als Einer von ihnen hierbei zu dem teilnehmenden Chef der zu beratenden Firma sagte, „Herr Soundso, wir würden das vorschlagen….", wurde er von diesem sofort mit den Worten „ Junger Mann, bitte nennen Sie mich Herr <u>Doktor</u> Soundso". Alle schwiegen und achteten peinlichst auf die so gewünschte akademische Anrede des Herrn <u>Doktor</u> Soundso. Am Schluss jedoch unterschrieb wortlos jeder der jungen Diskutanten das Protokoll und überreichten es dem stolzen Chef der Firma. Unterschieben hatte jeder der jungen Berater mit seinem Doktortitel, auf den sie stolz waren, den sie sich mit viel Arbeit über Jahre erarbeitet hatten, den sie aber eigentlich sehr selten nutzten, weil sie es einfach nicht nötig hatten.

Zurück zu meinem Dissertationsversuch. In den siebziger Jahren war als Schmerzmitteltherapie während der Entbindung die Periduralanästhesie in Mode gekommen. Die Schwangeren nannten sie die Spritze in das Rückenmark, was aber so falsch beschrieben ist. Es ist der umgebende Raum, in dem das Rückenmark gewissermaßen schwimmt, wohin das betäubende Medikament injiziert wird. Unser Chefarzt war ein begeisterter Anhänger dieser Methode. Er hätte es am liebsten gesehen, wenn kritiklos jede zweite Kreißende eine „PDA" bekommen hätte. Ich selbst hatte ebenso wie die Hebammen sehr schnell gemerkt, dass ohne eine strenge Indikationsstellung eine Betäubung wie mit der Gießkanne nur zu mehr Komplikationen geführt hätte. Deshalb mogelten Hebamme und wir Oberärzte manchmal ein wenig und behaupteten, dass es für die PDA schon zu spät gewesen sei. Es gab auch einen weiteren Grund. Während in Finnland der Gynäkologe selbst die PDA legt, ich hatte es dort mehrfach ausgeübt, musste in Cuxhaven, vermutlich in anderen Kliniken ebenso, jedes Mal der Anästhesist gerufen werden, was sehr umständlich war. Ich nahm aber dann doch das Angebot in der Hoffnung an, dass mein Ergebnis zeigen würde, dass nur unter strenger Indikationsstellung diese Schmerztherapie sinnvoll sei. Mein Chef und Doktorvater aber wollte die Ergebnisse schönen, was zu manchem Disput führte. Durch meinen späteren Weggang aus Cuxhaven konnte und wollte ich diese Arbeit nicht zum Ende führen. Zum Glück, denn meine damaligen klinischen tatsächlichen Erfahrungen decken sich heute mit anderen wissenschaftlichen Untersuchungen. Eine andere Doktorarbeit holte ich später nach, als ich in Zeven arbeitete. Die Ergebnisse sind nicht „geschönt".

Wintereinbruch in Norddeutschland

Nach dem stürmischen Herbst 1978 sollte ein strenger Winter kommen. Der kam wirklich und sehr plötzlich. Mein alter finnischer Chef aus Kotka, Eric Askan hatte sich bei seiner in Hamburg lebenden Tochter angesagt. Sie riefen uns Anfang Dezember an und luden uns zu einem Adventskaffee am vierten Advent ein. Gern sagten wir zu, denn es gab viel zu erzählen. Auch hatte ich meinem Lehrer in Kotka beruflich sehr viel zu verdanken. Erwähnen muss ich nun an dieser Stelle, dass ich zu diesem Zeitpunkt schon mit dem neuen Golf I mit stollenartigen Winterreifen fuhr. Denn kurz bevor wir losfahren wollten, bekamen wir einen Anruf aus Hamburg, es würde dort momentan sehr schneien, ob wir wirklich kommen wollten. Meine Antwort war, selbstverständlich kommen wir alle. Schließlich ist Schneefall in Finnland, wo die Wintersaison im November beginnt und es noch im Mai auf einigen Seen Eis gibt, kein Hindernisgrund für einen Besuch. Die Hinfahrt dann ging trotz Schneefalls fast normal. Die Autos fuhren vorsichtig und glatt war es auch nicht. In Hamburg angekommen, wurden wir herzlich begrüßt und hatten einen sehr netten gemütlichen Adventsnachmittag. Doch als wir uns dann auf den Heimweg machen wollten, war unser Auto völlig eingeschneit. Obwohl man uns anbot zu übernachten, entschlossen wir uns, die Heimreise anzutreten. Innerhalb des Hamburger Stadtgebietes ging es noch einigermaßen. Aber je nördlicher wir kamen, desto schlechter wurden die Straßenverhältnisse und die noch fahrenden Autos immer seltener. Nördlich von Stade wurde es ganz schlimm. Teilweise versperrten riesige Schneewehen uns den Weg. Ohne uns abgesprochen zu haben, bildeten wir letzten fünf, sechs Autos, die sich nach Norden durchschlagen wollten, einen Konvoi. Der erste Wagen hatte es am schwersten. Doch wenn er zum wiederholten Male stecken geblieben war, halfen wir alle ihm aus der Schneewehe heraus. Jeder war mal dran, vorne zu fahren und einen Pfad zu bilden. Doch es dauerte nicht lang, da war ich das erste Auto. Der Grund war, dass meine relativ neuen Nokia –Winterreifen mit den dicken Stollen für diesen Schnee bestens geeignet waren und dass ich wohl in Finnland mit den langen Winterzeiten gelernt hatte, wie man bei derartigen Straßenverhältnissen fährt. Die finnische Firma Nokia, die heute wegen ihrer Mobiltelefone und Smartphones bekannt ist, stellte nämlich früher auch sehr gute Reifen und Kautschuk-Gummistiefel her, die auch bei eisiger Kälte nicht steif werden, die ich heute noch anziehe. Unsere Rückreise von Hamburg nach Cuxhaven dauerte bei nur einhundertundzwanzig Kilometern über vier Stunden. Doch die nächsten Tage und Wochen sollten noch schlimmer werden. Am folgenden Montag kurz vor Weihnachten kam ich in Cuxhaven kaum zur Arbeit ins Krankenhaus, so hoch lag der Schnee. Und der Schneefall wollte auch nicht aufhören. In ganz Norddeutschland lag alles lahm. Es lief fast überhaupt nichts. Die Bundeswehr brachte mit ihren Spezialfahrzeugen, ja sogar mit Kettenfahrzeugen dringend hilfsbedürftige Patienten und Schwangere mit Wehen in die Klinik. Einige Krankenschwestern kamen mit dem hochbeinigen Traktor ihres Mannes oder Vaters zur Arbeit oder nächtigten gleich in der Klinik. Schließlich nahmen wir wegen dieser Transportprobleme Schwangere, die am Termin waren, aus Sicherheitsgründen vorzeitig auf. Für ein paar Tage gab es ein absolutes Fahrverbot für Autos. Nur Feuerwehr, Polizei, besondere kommunale Autos und diensthabende Ärzte durften fahren. Aber selbst das war für mich und andere Fahrzeuge nicht ganz einfach, da die Menschen wegen des hohen Schnees statt auf den Bürgersteigen mitten auf der Fahrbahn liefen und teilweise überhaupt nicht daran dachten, mich vorbeizulassen, obwohl ich auch nur im Schritttempo fuhr. Einige klopften sogar wütend auf mein Auto, denn ich hatte zwar eine amtliche Fahrerlaubnis mit einer Ausnahmegenehmigung, aber kein Blaulicht. Dieses Schneetreiben ging über mehrere Wochen. Selbst noch zwei Monate später, als die Fahrbahnen wenigstens geräumt waren, türmten sich an den Straßenrändern die Schneemassen noch fünf bis acht Meter hoch.

Veränderungen bahnen sich an

Von außen betrachtet stimmte alles. Aber dennoch hatte ich mir beruflich vieles anders vorgestellt. Das, was ich in Finnland gelernt hatte, konnte ich in Cuxhaven nicht umsetzen. Auch die Gesundheitssysteme waren zu unterschiedlich. Ich hatte echte Anpassungsschwierigkeiten. Entweder eine eigene Praxis, wo ich meine Vorstellungen ausführen konnte, oder zurück nach Finnland. Also fing ich an, zunächst im finnischen Ärzteblatt nach offenen Stellen zu forschen. Dann schickte ich mehrere Bewerbungen nach Finnland, aber leider immer wieder ohne Erfolg. Da in Finnland auch veröffentlicht wird, wer die ausgeschriebene Planstelle schließlich dann bekommen hat, war ich doch mehrfach sehr enttäuscht. Die frei gewordene gynäkologische Oberarztstelle in meinem Lieblingsort Porvoo bekam der Sohn meines damaligen Chefs der Chirurgie, obwohl ich, als approbierter Arzt an der Uniklinik, ihn noch als Student kennengelernt hatte und er sichtlich weniger Erfahrung besaß. Er ist später frühzeitig verstorben. Langsam merkte ich, dass ich doch in Finnland als Ausländer betrachtet wurde, obwohl ich das in Finnland selbst so nie gespürt hatte, obwohl ich einen finnischen Pass besitze, die finnische Sprache bestens beherrschte und gute Papiere vorzeigen konnte. Also fing ich auch an, mich in Deutschland umzuschauen und umzuhören. Die Ärztekammer ließ mich wissen, dass ein vakanter Chefarztposten der Gynäkologie ausgeschrieben sei. Nach finnischer Manier, man kann es ja mal versuchen, schickte ich meine Bewerbungsunterlagen ab und wartete auf eine Reaktion. Dabei waren die Unterlagen noch nicht einmal vollständig, denn ich besaß eigentlich nur eine finnische, chronologische Auflistung meiner Tätigkeiten, *ansioluettelo,* aber kein einziges Zeugnis, wie das in Deutschland üblich ist, bei dem oft maßlos gelogen wird. Meinen Arbeitgeber und Chef musste ich doch schon informieren. Doch dieser fühlte sich geehrt, dass er einen Oberarzt hatte, der die Kompetenz besaß, sich um eine Chefarztstelle zu bewerben. So schrieb er mir sehr freundschaftlich ein besonders gutes Zeugnis. Mehrere Wochen danach kam die Antwort vom Krankenhausträger. Ich solle mich zu einem bestimmten Datum vorstellen. Als ich dann mit meiner Frau gut eineinhalb Monate nach der Schneekatastrophe dorthin fuhr, sah ich links und rechts der Landstraße immer noch die mehrere Meter hohen Schneeberge aufgetürmt. Bei der Vorstellung dann vor dem Auswahlgremium waren wir fünf oder sechs Bewerber, die in die engere Wahl gekommen waren. Bei der Unterhaltung mit den Mitbewerbern im Nebenzimmer während des zwischenzeitlichen Wartens merkte ich schon, dass ich durchaus eine Chance haben könnte. Das Gremium stellte mir alle möglichen Fragen, auch warum ich keine Konfession angegeben hätte, schließlich handele es sich ja um ein christliches Haus. Ich betonte wahrheitsgemäß, dass ich nicht mit Gott, aber mit seinen Vertretern auf Erden Schwierigkeiten hätte. Genau das sollte sich dann auch in den Folgejahren leider mehrmals bestätigen. Nach zwei oder drei Stunden Wartens bat man mich nochmals in den Sitzungsraum und fragte mich, ob ich bereit sei, den Chefarztposten in der Gynäkologie und Geburtshilfe anzunehmen, was ich bejahte. Für diesen Fall hatte ich mich mit meiner Frau bereits vorher abgesprochen. Sie meinte, sie hätte schon längst gemerkt, dass ich doch lieber in Deutschland an einem Kreiskrankenhaus einen Chefarztposten annehmen würde, als eine Oberarztstelle in Mittelfinnland, die man mir fast zeitgleich inzwischen gut zweihundert Kilometer nördlich von Helsinki angeboten hatte. Ich hatte in Cuxhaven ein halbes Jahr Kündigungsfrist. Das musste ich zunächst abklären. Während der Vorstellungszeit hatte Tiina irgendwo beim Krankenhaus gewartet. Nachdem ich ihr das Ergebnis mitgeteilt hatte, gingen wir zum Essen in ein nahes Restaurant und fuhren zurück nach Cuxhaven zu unseren Kindern, die von unseren Nachbarsfrauen betreut worden waren. Am nächsten Morgen erzählte ich das Ergebnis meinem Chef, der doch ein wenig schlucken musste, denn im Stillen hatte er gehofft, dass ich bliebe. Wir einigten uns, dass meine Dienstzeit in Cuxhaven mit dem Resturlaub im Juni 1979 enden sollte. Er hatte noch Zeit, sich um einen Nachfolger zu kümmern. Auch war er nicht, wie seinerzeit bei meinem Arbeitsantritt, allein, denn es blieb ja der zweite Oberarzt und der Funktionsoberarzt.

Schwieriger Start

Die ersten Wochen unseres jährlichen Finnland-Urlaubes verbrachten wir wie in all den letzten Jahren in unserem Sommerhaus. Mit Tiina hatte ich mich geeinigt, dass sie noch etwas länger dort bliebe und ich zurückfliegen würde, um pünktlich meinen Dienst anzutreten. Während ich mich um eine Wohnung oder ein Haus dann kümmern wollte, sollte sie zunächst nach Cuxhaven zurückfahren. Spätestens im September 1979 sollte dann die Familie geschlossen in Zeven wohnen, da Johan dort eingeschult werden sollte.

Den ersten Tag meines Arbeitsantritts vergesse ich nie. Am Vorabend hatte man mir in einem Haus neben der Klinik eine kleine Einzimmerwohnung zugewiesen. Als ich dann morgens meinen neuen Arbeitsplatz betrat, begrüßte mich freundlich ein Kollege, seines Zeichens Privatdozent und Facharzt, der in den letzten Wochen vor meinem Kommen die Abteilung geleitet hatte. Als er dann nach der allgemeinen Vorstellung mir die Abteilung übergab, fand ich in einem Zimmer eine hochschwangere Frau, die tatsächlich über drei Tage und Nächte nicht richtig geschlafen hatte, weil sie über die ganze Zeit zur Überwachung an einem Cardiotokographiegerät zur Überwachung der kindlichen Herzaktionen angeschlossen war. Niemand hatte den Mut gehabt, irgendwie eine Entscheidung zu treffen und die Frau endlich zu erlösen. Ich nahm sie sofort in den Kreißsaal und leitete die Geburt ein. Ein paar Stunden später freuten wir uns alle über ein gesundes Kind, das auf normalem Weg das Licht der Welt erblickt hatte. Ein guter Start. Manchmal nach fast vierzig

Jahren begegne ich hin und wieder noch beim Einkauf der Mutter, deren Ehemann Kapitän war. Beide lächeln wir uns dann an und denken an alte Zeiten.

Eigentlich wollte ich mich gleich um einen Oberarzt zu meiner Entlastung bemühen, doch das musste ich verschieben. Ich wurde krank und die Vertreter blieben. Obwohl die vertretenden Ärzte nach außen hin bester Qualität waren, immerhin hatten zwei von ihnen sogar den Dozenten- oder auch Professorentitel, hatten sie in der Praxis herzlich wenig Ahnung, wie auch das obige Beispiel zeigt. Viele hatten sich mehr um die Wissenschaft gekümmert, um möglichst bald einen akademischen Titel zu erhalten. Als Assistenzärzte hatten sie an der Uni jahrelang den Haken halten, aber nie selbstständig operieren oder etwas entscheiden dürfen. Praktisch Dinge aber hatten sie nie in ihrem Fachgebiet richtig gelernt. Ich habe von Professoren gehört, dass sie, nachdem ihnen die Chefarztstelle einer großen Klinik zugesprochen worden war, vor Amtsantritt oder auch heimlich danach in ihrer Freizeit noch schnell in die Provinz gingen, um endlich fehlende praktische Erfahrung aufzubessern. Kein Qualitätsmerkmal für die deutsche Medizin. Dabei erinnere ich nur an den vorstehend erwähnten Operationskatalog im Vergleich.

Lebensgefährlich erkrankt.

Einige Wochen nach meinem Start erkrankte ich zunächst mit grippeähnlichen Symptomen. Nach einer Blutkontrolle stellte sich heraus, dass meine Nieren nicht mehr richtig arbeiten wollten. Zeichen dafür war der enorm hohe Kreatinin-Wert. Wegen eines drohenden Nierenversagens musste ich stationär aufgenommen werden. Doch dabei offenbarte sich auch gleich die Ironie des Hauses. Angeblich war nur auf meiner eigenen gynäkologischen Station ein Zimmer frei. Betreut wurde ich von unserem Internisten, der eine Peritonialdialyse durch die Bauchdecke vorschlug, ohne den Grund meiner Erkrankung genau zu kennen.

Auf meiner Abteilung, wo ich erst seit zwei Wochen der Chef war, lief alles durcheinander. Obwohl es keinen einzigen weiteren Facharzt gab, wurden die Patienten nicht in eine andere Klinik umgeleitet. Man verließ sich darauf, dass ich in ein paar Tagen wieder fit sein würde und ließ alles so laufen. So kamen weiterhin die Hebammen mit ihren hochschwangeren Frauen, um sie im Vertrauen, es würde schon gut gehen, zu entbinden. Es war nur eine Frage der Zeit, dass etwas passieren musste. Und so kam es dann auch, dass bei einer Entbindung der Kopf des Kindes nicht durch die Beckenöffnung wollte. Aufgeregt kam die leitende Stationsschwester in mein Zimmer an mein Krankenbett, ich müsse unbedingt in den Kreißsaal kommen und helfen. Dabei wusste sie sehr wohl, dass mein Kreatinin-Wert als Ausdruck meiner Nierenfunktion extrem hoch über 13 mg/dl lag, also höchst bedenklich. Der normale Wert liegt unter 1,4. Bei solchen Werten fühlt man sich selbst wie halb betrunken, wie ich es damals selbst spüren konnte. Dennoch warf man mir einen Arztkittel über meinen Schlafanzug und zog mich fast in den Kreißsaal. Ich glaube, die Patientin hatte in diesem Moment meinen Aufzug unter diesen Umständen nicht bemerkt. Nun, gestützt und gehalten vom Personal setzte ich die Saugglocke an und zog den Säugling heraus, der sofort kräftig schrie. Alle strahlten und ich wankte zurück in mein Krankenbett.

So konnte es nicht weitergehen. Man gab mir den Rat, ich möchte darauf bestehen, nach Hamburg in die Uniklinik verlegt zu werden. Dort dann abends angekommen, standen mindestens vier Professoren um mich herum, die ich alle noch von meinem Studium kannte, und berieten etwas hilflos, wie man mir denn helfen könne, denn die Diagnose war immer noch völlig offen. Schließlich packte man mich auf die Intensivstation. Ich war ein wenig „high", da das Kreatinin in meinen Kopf gestiegen war. Dann tauchte plötzlich mein alter Studienfreund Willi auf, der als Chefarzt der Anästhesie in einem anderen Hamburger Krankenhaus sich nicht scheute, als Arzt von außen auch bei mir in der Intensivstation des UKE alles genauestens nachzukontrollieren und präzise Anweisungen zu geben. Ich war ihm sehr dankbar und fühlte mich in Sicherheit.

Ich bat um einen Telefonapparat, um meine Frau in Finnland anzurufen und ihr zu berichten. Dabei erzählte ich ihr genau, welche Symptome ich hätte und meine Laborwerte und dass die Diagnose noch völlig offen sei. Nach nicht langer Zeit rief sie wieder an und sagte mir die Verdachtsdiagnose. Sie hatte u.a. einen internistischen Kollegen in Kotka angerufen, der ihr sofort sagte, um was es sich handeln könnte. Diese Krankheit war zwar zu der Zeit in den skandinavischen Ländern allgemein bekannt, in Deutschland aber dauerte es zwei Jahrzehnte, dass man sie auch hier diagnostizierte. Es war die „Nephropathia endemica spastica" wie der internationale Name lautet. Die Finnen nennen sie *„hiirilavantauti"*. Das finnische Wort sagt schon aus, dass die Krankheit von Mäusen, besser gesagt von Nagern, übertragen wird. Heute heißt sie in Deutschland Hanta-Nephritis. Die Erkrankung ist seit den Koreakriegen in den Fünfzigern des letzten Jahrhunderts bekannt. Seinerzeit starben bis zu 50 Prozent der erkrankten amerikanischen Soldaten. In Skandinavien tritt sie endemisch auf, also zu bestimmten Zeiten in bestimmten, umgrenzten Regionen. Es ist eine Viruserkrankung, die durchaus auch unter besseren Umständen als in Korea letal sein kann. Inzwischen ist sie in vielen Ländern bekannt, selbst in Argentinien. Dabei kann es bis zum völligen Zusammenbruch der Hormone, der Gerinnung und der Nierenfunktion und anderer wichtiger Organe kommen. Eine spezifische Therapie gibt es bisher nicht. Die einzige Hilfe war bei mir und ist auch heute noch zu versuchen, sämtliche Körperfunktionen aufrecht zu erhalten, also wie man es auch bei einer Sepsis handhabt. Dies schließt auch die Dialyse ein, die ich in Hamburg mehrfach erhielt. Da man die Erkrankung nicht kannte, glaubte man zunächst dieser telefonischen Ferndiagnose nicht. Aber mein früherer internistische Kollege in Finnland war so clever, die einschlägige Literatur meinen Hamburger Ärzten zu schicken. Hier in Deutschland kommt die Erkrankung seltener vor. Meist sind es Familien, die sich über

Meerschweinchen oder andere Nager infizieren. In Finnland und anderswo sind ganze Regionen betroffen, daher endemisch, und von Jahr zu Jahr wechselnd. Oft sind es Waldarbeiter und Raucher, die erkranken. Auch das stimmte bei mir, denn ich hatte im Urlaub in Finnland bei meinem Sommerhaus Bäume gefällt und rauchte damals sehr viel. Wahrscheinlich hatte ich meine Zigarette gerade auf einem Baumstumpf abgelegt, wo eine Waldmaus hingepinkelt hatte. Denn es handelt sich um eine sogenannte Tröpfcheninfektion. Nun, dank der guten Ratschläge und der dann folgerichtigen Therapie habe ich alles überstanden, obwohl nach Meinung eines finnischen Professors, der sich hierauf spezialisiert hatte, aufgrund meines Serumtiters die Erkrankung dem höchsten Grad zuzuordnen war. Folgeerkrankungen sind allgemein bis auf eine gelegentliche Blutdruckerhöhung nicht bekannt. Auch besteht eine lebenslange Immunität. Nach einer gewissen Genesungszeit konnte ich meinen Dienst wieder antreten.

Erneuter Beginn

Kaum betrat ich nach meiner Erkrankung das zweite Mal meine Abteilung, fand ich die gleichen, nicht gerade besten Verhältnisse wie beim ersten Mal vor. Wieder vertretungsweise ein Dozent und gynäkologischer Facharzt irgendeiner Uni, nett und freundlich, aber ohne jegliche praktische Erfahrung. Krankenschwestern und Hebammen spüren das sofort. So waren diese genauso verunsichert wie der, der sie lenken sollte, selbst. Noch zwei, drei Tage Zusammenarbeit mit meiner Vertretung und wir trennten uns. Jetzt musste ich selbst nach einem Oberarzt- oder Ärztin auf Suche gehen. Bei der alljährlichen Medizinausstellung in Düsseldorf traf ich dann eine patente Ärztin. Da passte es gut, dass wir uns dort in der Halle meines Düsseldorfers Hotel treffen konnten. Meine Frau hatte mich auf meinen Wunsch hin begleitet. Auch hatte ich ihr von Düsseldorf und der „Kö" vorgeschwärmt. Sie müsse den Ort unbedingt einmal sehen. Gleichzeitig hatte es den Vorteil, dass sie auch gleich als Außenstehende die Bewerberin als Mensch kennenlernte. Die Ärztin machte einen sehr patenten Eindruck. Sie war eine moderne Frau mittleren Alters, die fließend deutsch sprach und mehr berufliche, praktische Erfahrung zu haben schien als die Herren Dozenten, was mir sehr wichtig war und sich später dann auch bestätigen sollte. Um Assistenzärzte musste ich mir keine Sorgen machen. Die gab es ausreichend. Bei der Ärztekammer hatte ich gleich die Erlaubnis zur Facharztweiterbildung in meinem Fach beantragt, die nur teilweise klinikgebunden ist und ansonsten mehr von der persönlichen Ausbildung des Chefs abhängig ist.

Ich bekam sie für drei Jahre, was für ein kleines Kreiskrankenhaus nicht schlecht ist. Persönlich war ich aber der Meinung, dass zwei Jahre seitens des Klinikangebots ausgereicht hätten, wenn man wirklich in meinem Fach etwas lernen will, da wir aufgrund der Bettenzahl und der beschränkten operativen Möglichkeiten auch nicht so viel zu einer besseren Ausbildung hätten beitragen können. Nun stand die Mannschaft. Jetzt mussten nur noch die von mir beim Antritt geforderten Umbaumaßnahmen wie Kreißsaal Vergrößerung und vor allem mehr WCs und die wichtigen Duschen für die Frauen eingerichtet werden. Doch die organisatorisch zuständigen Leute waren Beamte des Landkreises. Und jeder weiß, dass dann jegliche kleine Veränderung seine Zeit braucht.

Die Ärztekammer und Kassenärztliche Vereinigung hatte mir eine Teilerlaubnis zur Behandlung von Kassenpatienten und zur unbegrenzten privaten ärztlichen Tätigkeit erteilt. Nicht alle Kollegen im Ort waren begeistert. Auf diese Tätigkeit war ich aber finanziell angewiesen, da ich den Bereitschaftsdienst nicht vergütet bekam. Besser wäre gewesen, ich hätte auf meine Nebentätigkeit verzichtet und hätte den Bereitschaftsdienst bezahlt bekommen. Denn im Laufe der Jahrzehnte hatte ich jeden zweiten Tag im Monat Dienst und wiederholt sollte ich auch für fast zwei Monate „Alleinunterhalter" sein. Da hätte der Arbeitgeber weit mehr anteilige Einzahlungen in die Rentenkasse leisten müssen mit dem Vorteil einer später höheren Rente. Aber ehrlich gesagt, nur zu operieren und Kinder in die Welt zu holen, hätte mich nicht in meinem Beruf erfüllt. Praktische ambulante Tätigkeit hatte ich

schon seit dem dritten Ausbildungsjahr in Finnland neben-
tätig ausgeübt.

In der Region trafen sich fast alle zwei Monate alle Ärzte
zu einem oft von der Pharma-Industrie gesponserten
„Fortbildungsabend". Das waren früher stets sehr nette
Abende. Fast alle Kollegen der Region kamen. Manchmal
waren wir bis zu dreißig Ärzte, die meisten davon aber aus
der Praxis, weniger aus der Klinik. Für mich waren die
meist allgemeinärztlichen Themen nicht so wichtig, wohl
letztendlich auch nicht für die Hausärzte. Wichtiger waren
die Kontakte, die Geselligkeit, das meist gute Essen und
die gut schmeckenden Biere. Alle Landärzte, die weiter
weg wohnten, fuhren noch mit dem Auto heim. Die Alko-
holgrenze lag ja bei 1,6 und Ärzte wurden von der Polizei
selten angehalten. Es herrschten eben noch andere Zeiten. In diese Runde wurde ich sofort sehr herzlich aufgenommen, was sehr wichtig war, damit auch der Abteilung
Patientinnen zugewiesen wurden. Einige dieser Hausärzte
hatten noch am Krieg teilgenommen und unbeschreibli-
che Erfahrungen sammeln können. Besonders mit einem
älteren Hausarzt, einem Balten, der das R so richtig „rol-
len" ließ, freundete ich mich an. Er hatte auch eine sehr
große gynäkologische Erfahrung. Seine Einweisungsdiag-
nosen stimmten immer. Manchmal dachte ich schon, er
hätte „Röntgenaugen". Wir trafen uns dann später einmal
auch in Finnland, wo er mit seiner Familie sehr gern wiederholt Urlaub machte und seine Frau eine Freundin
hatte, die in den Wirren des letzten Weltkrieges aus dem
Baltikum nach Finnland geflohen war. Das war keine Sel-
tenheit.

Meine Abteilung kam nach längerer voriger Durststrecke wieder auf Trab. Die Patienten wurden eingewiesen und die Schwangeren fassten Vertrauen, wieder in der heimischen Klinik zu entbinden. Meine Praxis bekam ebenfalls guten Zulauf. Bei der Auswahl meiner Sekretärin hatte ich wirklich Glück. Denn diese Position ist sehr wichtig im Arbeitsablauf, verlangt gute Zusammenarbeit und viel gegenseitiges Vertrauen. Sie war wirklich, wie es sprichwörtlich heißt, meine rechte Hand. Später verriet sie mir einmal, dass sie bemerkt habe, dass sie beeinflusst durch meine ärztliche Korrespondenz, die sie täglich nach dem Diktaphon mit der Maschine schrieb, bei ihren eigenen privaten Briefen dieselben Worte und Sätze schriebe. So sehr hätte sie sich an meinen Stil gewöhnt. Aus einem Arbeitsverhältnis entstand im Laufe der Jahre eine Freundschaft, die noch bis heute hält. Aber auch mit meinen beiden anderen Mitarbeiterinnen in der Ambulanz und den Schwestern auf der Station und den Hebammen im Kreißsaal wurde die Zusammenarbeit immer besser. Wir wurden ein richtiges Team mit flacher Hierarchie. Als es später mit meinem „Brötchengeber" kriselte, hielten sie alle zu mir.

Von meinen beiden Chefarztkollegen wurde ich ebenfalls freundlich aufgenommen. Der ältere Internist war eine absolute Persönlichkeit, an den ich mich gern erinnere. Auch er hatte wie ich immer eine Tabakpfeife damals in der Hand. Leider verstarb er schon wenige Jahre später, nach kurzer schwerer Erkrankung. Ihm folgte dann ein völlig anderer Arzt, zu dem ich privat keinen Kontakt hatte. Der etwa ein Jahr jüngere Chirurg war ein halbes Jahr vor mir gekommen. Unsere Familien verstanden sich anfangs sehr gut. Durch ihn merkte ich, dass in Deutschland die entgegengebrachte Achtung nicht unbedingt allein durch gezeigte Leistung und Verhaltensweise kommt, sondern dass man stets laut selbst trommeln muss, wie gut und wie toll man ist. Dabei heißt es doch: Eigenlob stinkt. Dann war da noch der orthopädische Belegarzt, der das Leben ganz locker sah, der im benachbarten Ort auf seinem großen bäuerlichen Anwesen mit einem alten Traktor herumfuhr.

Mit einem der im Ort praktizierenden Gynäkologen gab es anfangs Spannungen. Später aber sollten wir uns sehr gut zusammenraufen. Ein anderer Facharzt neigte dazu, Schwangere über die Art der Entbindung vorzuprogrammieren, obwohl ich es doch als verantwortlicher und erfahrener Geburtshelfer die Entbindungsart letztendlich zu entscheiden und die Verantwortung zu tragen hatte. Für mich war es dann oft sehr schwer, die Frauen zu einer normalen Geburt umzustimmen.

Hochs und Tiefs im Klinikalltag.

Zu der Zeit meiner Ausbildung gab es noch nicht die Spezialisierung bzw. Ausbildung zu einem leitenden Arzt. Man wurde es einfach, wenn man es wollte und die Voraussetzungen dafür erfüllte und bei einer Ausschreibung dann Glück hatte. Heute kann man sich dafür durch ein spezielles Studium darauf vorbereiten. Bevor es diese Möglichkeit gab, sagte niemand einem jungen Chef, wie man beispielsweise sein Personal führt, wie man einen Streit schlichtet, nach welchen Kriterien man sich seine Mannschaft zusammenstellt, wie man mit dem Krankenhausträger verhandelt, wie man Investitionen erreicht und vieles mehr. Auch die Wirtschaftlichkeit einer Abteilung war zumindest aus ärztlicher Sicht nicht eine der wichtigsten Punkte. Das wurde weder an der Uni noch während der Ausbildung zum Facharzt gelehrt. Ich hatte eben nur, anders wie die meisten meiner Chefarztkollegen, eine bessere Ausbildung und meinte selbst auch, ausreichend nicht nur beruflich, sondern auch menschlich dafür qualifiziert zu sein. Unter diesen Umständen waren kleinere und größere Schwierigkeiten vorprogrammiert. Fange ich mit der für mich selbst leichtesten Übung an, wie ich anfangs meinte. In Finnland hatte ich gelernt, dass man nur mit einem guten Team bei der Arbeit auch Erfolg haben kann, dass die Hierarchie möglichst flach sein sollte. Doch das ist eben in jedem Lande etwas anders. In Cuxhaven hatte ich schon gelernt, mich mit den Kollegen, den Schwestern und den Hebammen keineswegs zu duzen. Aber es gab auch noch kleinere andere Verhaltensweisen, über die ich mich noch heute amüsiere.

Ich hatte eine wöchentliche Visite, die sogenannte Chef-arztvisite, angeordnet. Doch sehr bald musste ich lernen, dass dies durchaus sowohl teils auch für das Personal als noch mehr für die Patientinnen eine kleine theatralische Schau sein musste. Das wurde von allen Beteiligten so er-wartet. Also stets einen frisch gebügelten und gestärkten weißen Kittel neu anziehen. Natürlich als Chef immer mit frischem, weißem Hemd und guter Krawatte, jedes Mal eine andere. Oder aber man kam gleich in sauberer grüner OP- Kleidung, möglichst noch mit der grünen OP- Papier-mütze auf dem Kopf und den Mundschutz noch locker um den Hals hängend. Auch das wirkte gut und beeindruckte. Keinesfalls ließ man, wie ich in meiner Jugend erzogen worden war, einer Frau, beispielsweise der leitenden Sta-tionsschwester, den Vortritt ins Krankenzimmer oder auch dem Oberarzt, weil die oder der gerade an der Tür-klinke stand. Diese Schau lief, ob ich das wollte oder nicht, wie folgt ab: Bevor ich anfangen konnte, hatte die leitende Stationsschwester schon vorab alle Zimmer besucht um nachzusehen, ob alle Patientinnen auch in ihrem Zimmer seien, was vielleicht noch verständlich ist. Aber sie achtete auch darauf, dass alle Bettdecken sauber gefaltet waren, was natürlich mit der Genesung nichts zu tun hat. Dann war es soweit. Bis auf ein oder zwei gerade unabkömmli-che Schwestern kam nun das gesamte Personal mit, im Gänsemarsch und nach Rang und Stellung geordnet. Hin und wieder wäre es vielleicht wegen der räumlichen Enge besser gewesen, die Krankenschwester, der Assistenzarzt oder gar die Schülerin wären als Erste in das Zimmer ge-treten. Aber das ging so nicht. Dann zogen schon lieber alle den Bauch ein, damit der Herr Chefarzt als erster den Raum betreten konnte. Dahinter kam dann der ganze

„Pferdeschwanz" in vorgegebener Reihenfolge: der/ die Oberarzt- Ärztin, der/die Assistenzarzt- Ärztin, die leitende Stationsschwester, die zuständige Krankenschwester, die Hebamme und zum Schluss gegebenenfalls der oder die Praktikant/in. Darauf ließ man sich alles berichten, obwohl man oft schon bestens informiert war. Ein paar für die Patientin unverständliche, lateinische Ausdrücke gehörten zu dem Zeremoniell dazu. Noch ein paar nette, möglichst scherzhafte Worte zur Patientin und der Chef „rauschte" hinaus, natürlich als Erster. Und alle zogen wieder am engen Türeingang oder schon davor den Bauch ein. Diese Prozedur fand ich persönlich fürchterlich. Sie wurde aber von mir erwartet. Ich wurde dabei immer an meine Zeit im UKE unter Professor Zuckschwerdt erinnert, wie ich es schon im ersten Teil meiner Erinnerungen aufgezeichnet habe. Ich würde heute sagen, das gehört eigentlich zum Bild meiner Vorgeneration, die Mediziner gleich die Götter in Weiß. Ob es in teilweise heute noch so ist, mag der kritische Leser selbst beurteilen.

Das Operationsprogramm unterschied sich nicht von dem in Cuxhaven. Allerdings wurde von mir erwartet, dass ich auch bei fortgeschrittenem Krebs des Gebärmutterhalses die sehr aufwendige Operation nach Wertheim durchführte, was ich aber grundsätzlich ablehnte, da diese Operation in eine Uniklinik, zumindest aber in ein dazu personell, qualitativ und organisatorisch gut ausgerüstetes Zentralkrankenhaus gehört. Bei jeder Operation ist die Narkose ein wichtiger Teil. Da ich selbst in der Anästhesie Erfahrungen hatte sammeln können, konnte ich das sehr gut beurteilen. Leider war die Qualität der Anästhesisten sehr unterschiedlich. Am besten war ein älterer, erfahrener, ausländischer Facharzt, der später wieder mit seiner Familie zurück in sein Heimatland ging. Bei einigen anderen Narkoseärzten musste ich leider sogar ein paar Mal einschreiten. Schließlich konnte man mich als Chefarzt juristisch für alles haftbar machen. Wichtiger aber war für mich, dass eine Patientin wegen schlechter Narkose nicht leiden musste. Bei einer Kollegin musste ich die Zusammenarbeit beenden, da sie zu viele Fehler machte. Später stellte sich heraus, dass sie krank war.

Im Operationssaal herrschte anfangs eine ältere Diakonisse, die die jungen Schwesternschülerinnen sehr gern scheuchte. Sie selbst war wohl der Meinung, persönlich steril zu sein. Jedenfalls ordnete sie stets am Vortage die sterilisierten Instrumente für die anstehenden Operationen des Folgetages. So weit, so gut. Nur trug sie bei dieser Tätigkeit weder einen Mundschutz geschweige denn sterile Handschuhe. Das musste sofort von mir unterbunden werden.

Es dauerte auch nicht lang, dass ich die erste größere, unnötige Komplikation hatte. Eine junge Frau hatte ich wegen einer Eileiterschwangerschaft operiert. Wie üblich wurden vor dem Verschluss des Bauchraumes sämtliche Tupfer und Tücher gezählt und alles schriftlich dokumentiert. Ein paar Tage später entwickelte die Frau Fieber und litt unter Bauchschmerzen. Ich untersuchte sie, konnte aber zunächst keine Ursache finden. Schließlich kam mir aber der Verdacht auf, dass trotz des stimmigen Protokolls im Bauchraum etwas geblieben sein könnte. Also ordnete ich eine Röntgenaufnahme an, die aber keine Besonderheiten zeigte. Kein Hinweis für einen Tupfer oder auch

Bauchtuch oder ein Instrument. Diesbezüglich wog ich mich also in Sicherheit. Doch als das Befinden der Patientin immer schlechter wurde, entschloss ich mich doch noch einmal dazu, den Bauch zu öffnen. Was fand ich dort zu meiner allergrößten Überraschung? Ein verklebtes Bauchtuch, welches aber keinen eingewebten Metallstreifen hatte. Dabei war es eigentlich die eindeutige, klare Voraussetzung, dass sämtliche Tupfer und Tücher, kurz sämtliches Textilgewebe, was man üblicherweise bei einer Operation benutzt, einen Metallstreifen haben, die man mit einer einfachen Röntgenaufnahme orten kann. Das gab es in Finnland, das gab es in Cuxhaven, aber leider nicht in meiner neuen Wirkungsstätte, was man mir aber hätte sagen müssen. Man kann sich vorstellen, wie wütend ich war. Die Schwesternschülerin hatte sich verzählt. Das ist zwar ärgerlich, aber leider menschlich. Die fehlende Kennzeichnung aber war unverzeihlich. Zum Glück erholte sich die Patientin nach der zweiten Operation sehr schnell. Doch wie sollte ich mich verhalten? Ich nahm zu meinem väterlichen Freund und Lehrer Prof. Thomsen in Hamburg Kontakt auf und bat ihn um seinen Rat und seine Meinung. Er riet mir, offen mit der Patientin und ihrem Ehemann zu sprechen. Das sei der einzige und ehrliche Weg. Dies tat ich dann auch. Ich selbst war, wie vom Gesetz vorgeschrieben, über den Arbeitgeber haftungsrechtlich versichert. Der anfragenden Versicherung teilte ich dann wahrheitsgemäß den Verlauf mit, aber auch, dass ich die betroffene Patientin im guten Glauben informiert hätte. Das war ein Fehler, wie ich später noch lernen sollte. In einem Schadensfalle darf man als Verursacher niemals offen einen Fehler oder ein Missgeschick zu erkennen geben, auch dann nicht, wenn der Schaden nur durch die fehlerhaften Umstände herbeigeführt wurde. Die Versicherung zahlte dann der Patientin später meines Wissens eine mäßige Summe. Nach anfänglichem Schock aber fasste die Patientin wieder das Vertrauen zu mir und kam später jahrelang, auch zusammen mit ihrer Mutter, regelmäßig zur Krebsvorsorge. Sie sollte Jahre danach nochmals eine Eileiterschwangerschaft haben, was sehr häufig vorkommt. Damals aber ließ ich dann die Oberärztin operieren und den Bauch öffnen. Sie berichtete mir dann, dass nach der ersten Operation keinerlei Verwachsungen im Bauchraum festzustellen waren. Ich atmete auf.

Die ambulante Tätigkeit

Meine ambulante Tätigkeit gliederte sich in drei Gruppen. Da waren die Frauen, die mir mit der Frage einer Operation durch die praktizierenden Ärzte vorgestellt wurden. Außerdem durfte ich Schwangere betreuen und Krebsvorsorgen durchführen. Dafür hatte ich von der Kassenärztlichen Vereinigung die Erlaubnis erhalten. Dazu führte ich eine normale frauenärztliche Praxis für privat versicherte Frauen. Entweder waren sie selbst oder über ihren Ehemann versichert. Dieser Anteil war relativ groß, da in der örtlichen Kaserne in Seedorf zeitweise bis zu fünftausend niederländische Soldaten, die der NATO zugeordnet waren, viele mit ihren Familien, stationiert waren, bei denen ausschließlich aufgrund zwischenstaatlicher Verträge privat abgerechnet wurde.

Schließlich wurde ich dann noch Konsiliararzt für die geschlossene Verwahrungsanstalt der Länder für wiederholt straffällige, drogensüchtige, meist jüngere Männer und Frauen im benachbarten Ortsteil. Man kann es auch Gefängnis nennen. Anfangs wurden mir diese Frauen unter Bewachung in die Klinik gebracht, was aber im normalen Ablauf sehr schwierig war, da ich auch mal während der Untersuchung zu einer Entbindung plötzlich gerufen werden konnte. Also schlug ich vor, zu bestimmten Zeiten selbst in die Anstalt zu fahren. Nachdem ich dann alle Schleusen überwunden hatte, wie man es im Fernsehkrimi bei Gefängnissen sieht, wurde mir dann die Patientin in Begleitung einer Krankenschwester und einer weiblichen Aufpasserin vorgestellt. Manchmal musste ich zwischenzeitlich warten und hatte Zeit, die Krankengeschichten und Teile der Akten länger zu studieren. Was ich dann oft las, war meist sehr bedrückend. Dann merkte ich richtig, in welcher heilen Welt ich aufgewachsen war und lebte. Einige Geschichten waren für mich grauenhaft. Oft waren diese Delinquentinnen schon als Zehnjährige von einem Onkel oder anderen nahen Verwandten vergewaltigt worden. Häufig hatte man ihnen schon als Jugendliche Drogen gegeben, um sie gefügig oder abhängig zu machen, bis sie selbst zur Beschaffung kriminell wurden. Einige dieser jungen Frauen sollten angeblich so aggressiv sein, dass man mir riet, niemals ihnen den Rücken zuzudrehen, um nicht plötzlich von ihnen hinterrücks angegriffen zu werden. Manchmal sah ich an höchst wundersamen Körperregionen auffällige Tattoos. Es begann auch die Zeit, dass sich die Menschen Metallringe und -nadeln durchstechen ließen, auch dort wo man es zunächst nicht erwartet, also auch am „Südportal", was mir als Gynäkologen die Untersuchung erschwerte. Hatten die Frauen Beschwerden, waren sie meist kooperativ. Bei anderen Patientinnen war eine Untersuchung aber äußerst schwierig, da sie entweder so schlechte Erfahrungen gemacht hatten oder aber die Untersuchung auf Anordnung durchgeführt werden sollte. Denn hier ging es meist um Geschlechtskrankheiten und um HIV-Infektionen, deren Untersuchungen hier als eine der ersten Institutionen in Deutschland veranlasst wurden. Nach etwa einem Jahr wurden die Frauen aus organisatorischen Gründen woanders untersucht. Ich selbst war darüber nicht unglücklich. Andererseits hatte ich aber mal in die finstere Seite unseres Lebens hineingeschaut.

Da waren die holländischen Ehefrauen schon eine völlig andere Gruppe. Meist beherrschten sie die deutsche Sprache sehr gut, da man in den Niederlanden schon vorab eine Auswahl getroffen hatte, damit die Frauen in Abwesenheit des Mannes auch gut zurechtkamen. Da sie hier ihren erlernten Beruf nicht ausüben konnten, lief hier also die Familienplanung. Das heißt, sie bekamen hier in Deutschland während der zeitlich begrenzten Stationierung ihres Mannes ihre Kinder. Für diese Familien gab es eine niederländische Poliklinik, die von ein oder zwei Ärzten versorgt wurde, zu denen ich einen sehr guten Kontakt hatte. Wie in den Niederlanden üblich, versorgte normalerweise der Familienarzt, wie er genannt wurde, die normale Schwangerschaft. Im letzten Drittel wurden sie mir dann vorgestellt. Natürlich aber sah ich auch rein gynäkologische Fälle. Die Niederländer sind ein sehr fröhliches Volk, aber auch sehr lebhaft. Zu ihren Ärzten, aber auch zu ihrem Körper, haben sie ein lockeres, offenes Verhältnis, anders als deutsche Patientinnen. Meine Frau amüsierte sich köstlich, als eine Holländerin in einem Supermarkt beim Einkauf mir quer über alle Regale laut zurief. „ Hei Doc ! Bei mir juckt es da unten ganz fürchterlich. Ich komme morgen zu Ihnen." Bei der Entbindung war dann fast immer der Ehemann oder eine Freundin dabei, falls dieser im Manöver gerade war. Da die NATO-Soldaten Alkoholika steuerfrei einkaufen konnten, schenkten mir die stolzen frischgebackenen Väter häufig eine Flasche Cognac oder noch häufiger den holländischen Genever, von dem man auch nach größeren Mengen keine Kopfschmerzen bekommt, da er sehr rein ist und keine Fuselöle enthält. Am nächsten Tag nach der Entbindung wurde es lebhaft auf unserer Station, und zwar so lebhaft, dass wir die deutschen und die niederländischen Frauen in getrennten Zimmern unterbringen mussten. Die glücklichen holländischen Mütter spannten nämlich ganze Wäscheleinen quer durch das Patientenzimmer und hängten jede Grußkarte, jedes Höschen, jedes sonstige Geschenk zur Geburt auf die Leine und empfingen wie einen Hofstaat den Freundeskreis und die gesamte Verwandtschaft von beiden Seiten, die selbstverständlich auch alle aus den Niederlanden angereist kamen. Leise ging es bei so einem Familientreffen gerade nicht zu.

Schließlich waren dann noch die deutschen Kassenpatientinnen, die entweder mit einem Überweisungsschein oder aber zur Krebsvorsorge kamen. Als Chefarzt hat man in der Bevölkerung immer ein kleines Plus. Wenn dann der Kontakt stimmt und das Vertrauen da ist, bestand die Verbindung teilweise über Jahrzehnte bis zu meiner Pensionierung. Besonders ältere Frauen auch aus den Nachbarorten hatten zu mir Vertrauen und kamen manchmal zu dritt oder viert mit einem Auto zur Krebsvorsorge, später auch noch in meine später eröffnete Praxis. Besonders stolz aber war ich, dass nicht nur die Arzthelferinnen anderer Praxen zu mir in die Ambulanz zur Untersuchung kamen, was sehr wichtig für den persönlichen Ruf war, sondern auch mein eigenes Personal. Dies war für mich menschlich und als Gynäkologe ein ganz besonderer Vertrauensbeweis.

Der zweite gesundheitliche Zusammenbruch

In den achtziger Jahren herrschten Arbeitsverhältnisse, die aus der heutigen Sicht nicht mehr arbeitsrechtlich zulässig sind. Mein Großvater hatte mir einmal erzählt, dass er in seiner Lehre täglich bis zu zwölf Stunden am Schreibpult stehend arbeiten musste. Nun, so schlimm war es nicht bei mir. Die Anzahl der Bereitschaftsdienste hatte ich ja selbst akzeptiert, dass es aber so schwierig würde, hatte ich nicht erahnt. Es war die enorme Belastung. So wusste ich, dass ich jeden zweiten Tag Bereitschaftsdienst haben würde. Aber es wurden weitaus mehr, da die Privatpatientinnen erwarteten, dass ich selbstverständlich immer persönlich zur Verfügung stand, bei jeder Geburt. Und wenn die oder der Oberarzt(in) Urlaub hatte, hieß das für mich Dienst ohne Pause, Tag und Nacht, von bis zu drei oder vier Wochen, heute auch offiziell arbeits- und haftungsrechtlich unmöglich. Einmal sollte ich sogar zwei Monate lang in einem Stück Dienst haben, da die Oberärztin nicht rechtzeitig wie geplant aus dem Urlaub zurückkam. Leider fand ich nicht sofort die Unterstützung des Arbeitgebers für eine Kündigung. Es dauerte noch ein Weilchen, bis wir uns voneinander trennten. Ihr Nachfolger war ein deutscher Facharzt. Er war zum Glück kein Theoretiker und hatte fundierte praktische Kenntnisse. Anfangs verstanden wir uns sehr gut, auch privat. Doch dann zogen die ersten Wolken auf, als ich ernsthaft erkrankte. In meiner Gutgläubigkeit erkannte ich jedoch die wahren Hintergründe erst sehr viel später, sogar mehrere Jahre später.

Wir schrieben das Jahr 1986. Zwei Mal wurde ich vom Internisten gastroskopiert. Auch mehrere EKGs wurden geschrieben. Schließlich klopfte mir die internistische Oberärztin auf die Schulter und meinte, ich solle mal Urlaub machen. Also fuhr ich wie schon geplant mit meiner Familie nach Finnland. Schon in Porvoo angekommen, bekam ich zwei Herzattacken, die aber vorübergingen. Doch nach ein paar Tagen in unserem Sommerhaus in Mittelfinnland bekam ich schlagartig starke Brustschmerzen. Im 70 Kilometer entfernten, frisch aufgebauten kardiologischen Zentrum in Kuopio wurde wenige Stunden später ein Hinterwandinfarkt festgestellt.

In Finnland zieht man sich bei der stationären Aufnahme völlig aus und gibt all seine persönlichen Kleider und sonstigen Dinge ab. Schlafanzug oder Hemd, Strümpfe, Bademantel, ja selbst Schlappen werden aus hygienischen Gründen von der Klinik gestellt. Als mich dann Sirkka am nächsten Tag auf der Intensivstation besuchte, bat ich sie, doch aus meinem Nachtschrank meine Pfeifenutensilien mitzunehmen. Sie konnte es überhaupt nicht fassen, wie ich trotz aller Schleusen und Kontrollen es geschafft hatte, meine komplette Tabaktasche samt Pfeife bis in die Intensivstation zu mogeln. Ich wusste es auch nicht. Aber als starker Raucher hatte ich wohl gedacht: sicher ist sicher. Hier bekommst Du bestimmt keinen Tabak. Das war auch richtig so, denn schon in den achtziger Jahren war es in sämtlichen Kliniken Finnlands grundsätzlich verboten zu rauchen, was sich erst in Deutschland zwanzig Jahre später durchsetzte. Nachdem nun die Gefahr gebannt war, wurde ich auf die Station verlegt und spürte nun zum ersten Mal, was Patient sein in Finnland bedeutet. Es gab in dieser universitären Zentralklinik ausschließlich einfache, nur siebzig Zentimeter breite Betten mit Rohrgestell. Keinerlei Komfort, schlichter ging es nicht. Das Essen war ausgezeichnet, echte Hausmannskost nach finnischer Art, wie geräucherte Maränen auf Kartoffelmus oder gut schmeckende Gemüsesuppe mit Milch. Einmal in der Woche oder gegebenenfalls auch häufiger wurden die Patienten in das Badezimmer auf der Station gekarrt, wo ein paar kräftige Frauen in Gummistiefeln und mit Gummischürzen die Patienten mit Kernseife und einer großen Bürste abschrubbten und schließlich mit einem großen Wasserschlauch absprühten. Zimperlich waren diese Badefrauen dabei nicht. An Wasser wurde nicht gespart. Ich muss sagen, sehr effektiv und wirksam, aber auch wohltuend und, was wichtiger ist, infektionshemmend. Schließlich sollte ich vom Herzen her schrittweise belastet werden. Das ging mit einfachen, schlichten Mitteln wortwörtlich. Eine Krankenschwester führte mich ins angrenzende Treppenhaus und ließ mich die Treppen hochsteigen. Dann tastete sie den Puls, mehr nicht. Da ich „ nicht aus der Puste kam", ließ man mich sehr bald allein üben. Offensichtlich dachte man, da könne nichts passieren. Schließlich war ich nach zwei Wochen reif zur Entlassung. Ein finnischer Freund brachte mich zum lokalen Flughafen, wo das Flughafenpersonal nur aus einem einzigen kräftigen Mann bestand, der auch noch selbst per Hand die Koffer in die kleine Maschine hievte. Und ab ging es nach Helsinki, von dort dann aber mit einem größeren Flugzeug nach Hamburg.

In Deutschland angekommen, Sirkka war schon vorab mit den Kindern zurückgefahren, machten wir zunächst Urlaub in Cuxhaven zur Rekonvaleszenz. Doch daraus wurde nichts, denn die Beklemmungsattacken häuften sich. Die Untersuchung in Bremen zeigte, dass eine Herzoperation unumgänglich war. Ich wurde in Bremen dem Herzchirurgen vorgestellt, der die damals neue Methode, eine kleine Brustschlagader zum Herzen zu führen, aus Hannover mitgebracht hatte. Diese Methode war noch nicht verbreitet, hat mir aber bis zum heutigen Tage geholfen. Auf eine Aufklärung verzichtete ich und unterschrieb die Operationsgenehmigung blindlings. Zum Glück, denn hätte ich gewusst, dass zu der Zeit noch fünf Prozent der Herzoperierten durch den Keller, liegend die Füße voraus, die Klinik verließen, hätte ich vor der Herzoperation eine wahnsinnige Angst gehabt. Wie man sieht, alles ging gut. Noch heute ruft mich immer Anfang November mein norwegischer Freund an und gratuliert mir zum „neuen" Geburtstag, an dem mein Herz während des Eingriffs eine lange Weile stillstand.

Wechselnde Oberärzte

In der Zeit meiner Abwesenheit musste sich mein Oberarzt allein durchschlagen. Aber er bekam auch fachliche Hilfe aus den benachbarten Großstädten. Dann kam der erste Warnschuss, den ich als solchen erst nicht wahrgenommen hatte. Bei einer späteren Sitzung des Verwaltungsrates der Klinik nahm mich der damalige Verwaltungschef des Krankenhauses beiseite und fragte mich im freundlichen Ton, ob ich nicht nach meinem Herzinfarkt daran gedacht hätte, vorzeitig die Rente zu beantragen. Diese Frage überraschte mich völlig. Meine Antwort war nein, schließlich war ich ja erst 48 Jahre alt und fühlte mich wieder fit.

Meine längere Abwesenheit aber hatte wohl auch meinem Oberarzt nicht gutgetan. Vieles ist mir erst Jahre später klar geworden. Er war nun eine Zeit lang stellvertretender Chef gewesen und war wohl zu dem Schluss gekommen, mich zu verdrängen. Zunächst merkte ich es nur so, dass er sich gehäuft meinen Anordnungen widersetzte, was ich nicht durchlassen konnte. Des Weiteren verlangte er eine höhere Beteiligung an meinen Nebeneinnahmen. Der Unterschied zwischen seinem und meinem Arbeitsvertrag war der, dass er seine Dienste bezahlt bekam, ich aber nicht. Ich war also auf einen größeren Teil der Nebeneinnahmen, an denen er teils partizipierte, angewiesen. Die Zusammenarbeit mit ihm wurde immer schwieriger. Allein aus Selbsterhaltungstrieb musste ich mich von ihm trennen. Erst ein Jahrzehnt später erfuhr ich von meinem Abrechnungsbüro, dass er hinter meinem

Rücken vertragswidrig versucht haben soll, selbst zu liquidieren.

Jetzt hieß es, wieder nach einem qualifizierten Facharzt zu meiner Entlastung auf Suche zu gehen. Bei einigen, die ich in die engere Wahl gezogen hatte, fand ich keine Unterstützung durch den Arbeitgeber. Da war einmal ein hochqualifizierter Gynäkologe aus Ungarn, der seine Ausbildung an der Universitäts-Frauenklinik im damals noch kommunistischen Budapest erhalten hatte. Durch meine Zeit an der Uni in Finnland wusste ich, dass ich mit ihm einen Top-Arzt erhalten hätte. Menschlich verstanden wir uns ebenfalls sofort. Nach vielem Hin und Her mit dem Klinikträger half mir dann ein aus der DDR geflohener, ehemaliger Chefarzt einer mittelgroßen Klinik. Wir wären ein gutes Team geworden. Nur wollte er sich sehr bald in einem anderen Bundesland selbstständig machen. Ihn löste dann ein kompetenter Gynäkologe aus Rumänien ab, der nicht nur fließend Französisch, sondern auch ausgezeichnet Deutsch sprach. Er war ein ausgezeichneter Operateur. Mit seinen Erfahrungen war er ein echter Glücksfall für mich, zumal er auch mal gern ein paar Dienste mehr übernahm. Seine damalige Frau stammte aus dem Saarland und wollte gern studieren. Also zogen die beiden leider nach ein paar Jahren dorthin, wo er eine Praxis aufmachte. Als Rumäne aus einem kommunistischen Land musste er wohl einen Nachholbedarf in puncto Autos gehabt haben. Jedenfalls machte er nicht nur wiederholt Probefahrten mit teuren Sportautos, sondern kaufte sich schließlich auch einen nicht zu übersehenden Jaguar Sportwagen, nach dem alle sich umdrehten, wenn er vor der Klinik stand. Gute deutsche Oberärzte zu bekommen, war damals wie heute sehr schwierig. Lieber bleiben sie an den größeren Zentralkrankenhäusern, wo das Aufgabengebiet größer und die Bereitschaftsdienste geringer sind, oder sie lassen sich selbst nieder und arbeiten in einer Praxis. So war auch der nächste Oberarzt kein Deutscher, sondern ein Pole. Viele polnische Ärzte suchten zu der Zeit ihr Glück in Deutschland. In seiner Heimat hatte er rund 600 - 800 DM im Monat verdient, hier konnte es brutto schon mal wegen hohen Anzahl der Dienste brutto das Zehnfache sein. Operieren konnte er sehr gut, wenn er mir auch manchmal etwas allzu mutig war, auch in der Geburtshilfe. Da war ich dann doch schon mehr auf der sicheren Seite für die Patientin. Beim Personal war er sehr beliebt. Nach meinem vorzeitigen Ausscheiden führte er die Abteilung noch für eine begrenzte Zeit.

Schwierigkeiten mehren sich

Die ersten Schwierigkeiten zeigten sich schon gleich am Anfang meines Arbeitsantrittes. Mit einigen Hindernissen hatte ich gerechnet, dass aber der Krankenhausträger sich so schwertat, versprochene Verbesserungen auch umzusetzen, damit hatte ich nicht gerechnet. Der Umbau des Kreißsaales ging noch relativ flott, aber schon das Einrichten einer Toilette für die ambulanten Patientinnen dauerte Ewigkeiten. Doch die Geburtenanzahl stieg sichtbar. Operiert wurden fast täglich, größere Operationen aber mittwochs. Auch meine Ambulanz hatte einen guten Zulauf. Zu den Ärzten der Region hatte ich einen sehr guten Kontakt.

Wie schwer es war, sinnvolle Anschaffungen für eine Abteilung durchzusetzen, bekam ich bei den regelmäßigen Sitzungen mit den Repräsentanten des Krankenhausträgers, den Chefärzten und den Vertretern der Kommunen und der Kirche mit. Da alle meinten, auch ohne nähere Kenntnis der Materie, mitsprechen zu müssen, war es für uns Chefärzte sehr schwer, Investitionen in Untersuchungsgeräte oder Instrumente zu bekommen. Im Elbe-Weser-Dreieck war ich dank meines Cuxhavener Chefs führend in der Mikrochirurgie. Für die noch ziemlich unbekannte Lazer-Therapie sollte ich später als Gutachter für die Ärztekammer arbeiten. Schließlich hatte ich schon mehrere Kurse an der Uni in Heidelberg nicht nur theoretisch, sondern auch praktisch absolviert. Doch die Chancen wurden vertan. Häufig entscheiden Menschen mit geringster Ahnung und minimalem Wissen über zukunftsträchtige Medizin. Sicher, ein Landwirt, Bürgermeister oder Pastor muss dies auch nicht haben. Er kann sich aber bei der Abstimmung enthalten, wenn er dieses Wissen nicht hat oder aneignen kann. Ein Verwaltungsbeamter wäre aber vor Ablehnung zur Information verpflichtet. Kurz, man hatte den Zeitgeist nicht verstanden.

Aber auch die Kirchenvertreter versuchten in meiner Abteilung mitzumischen. In Deutschland war das Abtreibungsgesetz schon einige Jahre in Kraft getreten. Aber offensichtlich konnten oder können die Kirchenmänner schwer damit umgehen. Auch ich selbst kann nicht jeden Schwangerschaftsabbruch kritiklos bejahen. Aber erstens hatte ich leider in meinem Beruf erfahren müssen, wie junge Frauen wegen eines handwerklich schlechten, kriminellen Eingriffs soeben noch am Tode vorbeigerutscht waren und zweitens gab es für mich auch eindeutig klare Gründe, in bestimmten Fällen einer Frau in bestimmten Situationen zu helfen. Beispielsweise, wenn bei einer verhärmten, vorgealterten Frau mit vier Kindern der Ehemann die ihr vom Arzt geschenkte Antibabypille absichtlich vernichtet und sie zudem regelmäßig vom eigenen Mann im Suff noch quasi vergewaltigt wird, dann wollte auch der Gesetzgeber, dass der armen Frau geholfen wird. Dieses Beispiel ist nicht aus der Luft gegriffen. Noch schlimmer aber fand ich, dass anderswo in einer anderen Klinik in solchen Fällen grundsätzlich eine Schwangerschaftsunterbrechung abgelehnt wurde. Aber bei privat zahlenden, gesunden Frauen, deren dritte Schwangerschaft nicht gerade in den persönlichen Lebensplan passte, wurde mit falscher medizinischer Begründung eine Ausschabung durchgeführt. Diese zwiespältige, un-ehrliche Haltung war einer der Gründe, warum ich der Kirche „Adieu" gesagt habe, obwohl ich eigentlich irgendwie gläubig bin. Da es wohl langsam auch zu den Vertretern der Kirche gedrungen war, dass ich, wenn auch begrenzt, einen Schwangerschaftsabbruch durchführte, kamen die Kirchenmänner genau dann auf meine Station, wenn ich im Urlaub war. Unter falscher Begründung durchforsteten sie ohne Ermächtigung die Krankenakten, um angeblich nur ihren Schäflein die Hand zu halten, in Wahrheit aber, um die schutzlosen Frauen zu bedrängen. Als ich das nach einem Urlaub erfuhr, verlor ich meine Contenance auch einem Pastor gegenüber.

Die Schwesternschule

Aber es gab auch noch anderen Ärger mit den Vertretern der Kirche. Dem Krankenhaus war eine Schwesternschule angeschlossen, die von einer Diakonisse geleitet wurde. Mich hatte man gebeten, dort in meinem Fach Gynäkologie und Geburtshilfe zu unterrichten. Die meisten Elevinnen und Eleven kamen aus der ländlichen Umgebung und hatten teils wohl mit Hilfe ihrer bäuerlichen Väter einen Ausbildungsplatz erhalten. Die Eignung oder Qualifikation zum Krankenpflegeberuf spielte bei der Aufnahme nicht so eine starke Rolle. Die meisten dieser jungen Menschen hatten zehn Jahre die Schule besucht und damit die „mittlere Reife" erlangt. Vielleicht zwei oder drei eines Kurses hatten das Abitur absolviert. Das war für mich erstaunlich, denn ich hatte ein Jahrzehnt vorher schon in Finnland angehende Krankenschwestern unterrichtet, die ausnahmslos das Abitur besaßen. Ich musste also von einem anderen Bildungsniveau ausgehen und deshalb auch grundlegende Fakten besprechen. Dazu gehörte auch das Thema Chromosomen und die Vererbungslehre im Zusammenhang mit der Befruchtung. So fing ich also dort an, was eigentlich schon aus dem Biologieunterricht der Schule bekannt sein musste. Ich erzählte ihnen vom X-und vom Y-Chromosom. Des Weiteren erklärte ich ihnen, dass es durchaus neben der normalen Kombination von XX und XY auch mal vorkommen könne, dass ein Chromosom wie das zweite X auch mal fehlt, dann hieße diese Konstellation eben X0, was es durchaus auch hin und wieder gäbe, ja sogar im Straßenbild erkennbar sei, weil diese Menschen sichtbar, meist typisch behindert seien. Ebenfalls könne auch mal ein Chromosom zu viel sein wie XXX. Das hieße dann international „Super-Female". Nur seien diese Frauen alles andere als „super". Alle denkbar möglichen Kombinationen gäbe es, sogar häufiger als man denkt. Hinter einer sehr frühen Fehlgeburt könne auch eine derartige chromosomale Fehlkombination stecken. Nur würde man dies nie untersuchen, da es einfach zu teuer sei. Fehlt mal ein X- Chromosom, so kann die Frucht durchaus lebensfähig sein. Fehlt jedoch beim Y- Chromosom das X daneben, dann ginge diese Bildung unweigerlich unter. Kurz gesagt, ein Y allein sei nicht lebensfähig. In der Folgestunde sprach ich von der Parthenogenese, der jungfräulichen Zeugung, die neben anderen „niederen" Tierarten besonders bei Insekten bekannt sei. Auch unsere Kopfläuse benötigten zu ihrer Vermehrung „keinen Mann". Also hier allein nur die Weitergabe von X-Chromosomen. Lediglich mit einem oder mehreren Y, aber ohne X, wäre eine Lebensfähigkeit nicht möglich. Und um in den Unterricht ein wenig Abwechslung zu bringen, sagte ich dann etwas, was in der christlich betonten Schwesternschule für Unruhe sorgte mit der Konsequenz, dass die Schule in der Zukunft keinen weiteren Wert mehr auf meinen Unterricht legte. Ich war darüber nicht sehr traurig, denn es war für mich nur eine Mehrbelastung gewesen. Ich gebe aber zu, dass ich gern unterrichte. Doch was sorgte nun für diese Aufregung? Nun, ich sagte den jungen Schwestern, die jeden Sonntag von ihren Eltern zum Kirchgang aufgemuntert wurden, dass die Entstehungsgeschichte der Menschheit in unserer Bibel biologisch betrachtet eigentlich umgeschrieben werden müsse: der erste Mensch könne logischerweise nach dem Vorhergesagten überhaupt nicht Adam gewesen sein, da ja es eben vor ihm noch kein X-Chromosom gab und das Y-Chromosom allein ja zugrunde gegangen wäre. Nicht Adam, sondern Eva mit ihrer X-Konstellation wie auch immer müsse auf dieser Welt die Erste gewesen sein. Damit hatte ich im Unterricht öffentlich die Bibel angezweifelt. Das war zu viel.

Vor meiner Demission aber sollte ich noch in einem Gremium die Abschlussprüfungen abnehmen. Ich hatte mich wirklich im Unterricht bemüht, den Elevinnen Wissen für ihre berufliche Zukunft mitzugeben. Aber das schulische Bildungsniveau war doch teils sehr unterschiedlich, aber auch die Einstellung zu ihrem zukünftigen Beruf. Der Schwesternberuf besteht eben nicht aus Körperpflege und Verbandswechsel, schon überhaupt nicht im dritten Jahrtausend. Gewisse Mindestanforderungen mussten schon gestellt werden. Seit über einem Jahrzehnt hatte niemand in dieser Schule reputiert. Ich aber stellte mir bei der Prüfung im Geiste vor, ob ich diejenige zu prüfenden Schwester oder denjenigen Pfleger in meiner Abteilung später beschäftigen würde. Leider kam ich zu dem Schluss, dass es für die eine oder andere Kandidatin, besonders aber für die Sicherheit eines Patienten besser sei, wenn sie noch ein Schuljahr zur Vertiefung der allgemeinen Kenntnisse hinten dranhängt. Gut, die Sache mit den Chromosomen und andere waren nicht so wichtig, aber am häufigsten waren es die einfachsten, schulischen Fragen, z.B. wie viel Liter 250 Milliliter sind, und andere. Bei Infusionsbehandlungen sollte man schon wissen, welche Menge man gibt. Bei rund 60 Kandidatinnen in zwei Prüfungen in zwei Jahren ließ ich etwa zwei oder drei Schülerinnen nach langer Diskussion mit den Diakonissen und dem anderen Lehrerkollegium die Ausbildung für ein Jahr wiederholen. Man kann also nicht sagen, dass ich ein zu strenger Lehrer war. Wenige Jahre nach meinem Ausscheiden kam die Schulleitung in andere Hände, die dann durchaus auch im Wettbewerb mit anderen Ausbildungsstätten das durchschnittliche Niveau angehoben und auch Preise gewonnen hat. Das freut mich.

Sinnlose Abmahnungen und Trennung

Nun hatte ich mich dem Wohlwollen der Vertreter der Kirche, also der Pastoren und Diakonissen, entzogen. Aber auch die Vertreter des Krankenhausträgers, besonders aber der Repräsentanten der umliegenden Kommunen, von denen viele einfache Landwirte oder Handwerker waren, passte mein Stil einer modernen Medizin nicht, so wie ich sie in Finnland gelernt hatte. Dass man in einem Kreiskrankenhaus keine Herzoperationen machen sollte, das hatte man wohl noch gerade so begriffen. Dass aber bestimmte Operationen bei fortgeschrittenem Krebs im Genitalbereich in Universitätskliniken, bestenfalls in dafür eingerichteten großen Zentralkrankenhäusern vorgenommen werden sollen, dafür hatte niemand in absoluter Unkenntnis der Materie Verständnis. Doch jeder meinte, trotzdem auch da mitreden zu können. Leider muss ich erwähnen, dass einer meiner Schüler und späterer Nachfolger, von dem ich wusste, dass er niemals diese Operation vernünftig hatte lernen können, diesen Eingriff tatsächlich angeblich durchführte und so „Liebkind" beim Krankenhausträger wurde. Doch niemand hatte eine Ahnung davon, dass es zunächst nur so aussah, als ob die Patientin geheilt war. Dass es aber schon nach wenigen Jahren bei der Patientin mit der Gesundheit steil abwärts gehen würde, das wollte niemand wissen. Ich selbst hatte an der Uniklinik derartig erkrankte Frauen betreut, die nach einem gelungenen, lege artis von qualifizierten Ärzten durchgeführten Eingriff noch Jahrzehnte gesund leben konnten. Als ich eine schwangere Frau, deren Zwillinge acht Wochen zu früh kommen wollten, persönlich zur Entbindung in das nächste Zentralkrankenhaus mit angeschlossener Frühgeburtenstation brachte, konnte mein Handeln niemand auch nur ein wenig verstehen. Lieber hätte man in unserer lokalen Zeitung die Schlagzeile gelesen, dass im kleinen Krankenhaus Zwillinge zur Welt gekommen seien. Welcher Gefahr man die Mutter mit ihren Kindern ausgesetzt hätte, spielte keine Rolle. Zum Glück sind diese Zeiten vorbei und es gibt für solche Situationen klare Richtlinien. Auch ein Beispiel dafür, dass ich in Finnland schon viele Entwicklungen vorweggenommen hatte.

Man fing an, so nach und nach mir Knüppel zwischen die Beine zu werfen. Das bekam ich auf allen Sitzungen zu spüren. Langsam begann ich die seinerzeitige Frage nach meinem Herzinfarkt zu verstehen, ob ich nicht in vorzeitige, gesundheitsbedingte Rente gehen wolle. Das Krankenhaus hatte in kurzem Wechsel zwei neue, sehr kompetente, studierte Verwaltungsleiter bekommen, die nicht über den kommunalen Dienstweg dorthin hochgerutscht waren. Sie wussten aufgrund ihrer Schulung durchaus, was in einem modernen Klinikbetrieb umsetzbar ist und was nicht. Auch sie hatten Ideen, wie man die Zukunft des Krankenhauses gestalten könnte. Von ihnen bekam ich Unterstützung. Doch sie hielten sich nur kurz. Einer von ihnen wurde Leiter eines sehr großen Klinikums einer Großstadt. Sie hatten verstanden, dass ich eine zeitgerechte, verantwortungsvolle Medizin liefern konnte und wollte. Aber sie konnten sich nicht gegen den Clan durchsetzen. Nach ihnen folgte ein Verwaltungsleiter der Kommune mit weitaus geringerer Qualifikation.

Es flatterte eine Abmahnung nach der anderen auf meinen Tisch. Nun wurde scharf geschossen. Darauf bat ich einen Fachanwalt, meine Interessen vor dem Sozialgericht zu vertreten. Von den zehn Abmahnungen wurden ohne Wenn und Aber neun abgeschmettert, die Zehnte ließ man schließlich fallen. Leider wurde in der lokalen Zeitung falsch berichtet, was für meine Familie nicht sehr schön war. Ich war bereit zu gehen. In meinem Beruf ist es auch wichtig, dass man das volle Vertrauen des Arbeitgebers besitzt. Als Geburtshelfer steht man fast immer mit einem Bein im Gericht. Nur der allerkleinste Fehler und man kann abgeschossen werden. Nach Fehlern, die mir vielleicht unterlaufen sein könnten, wurde ja direkt gesucht. Als der Arbeitgeber merkte, dass er so nicht weiterkommen konnte, kam es zu Verhandlungen.

Ich war 52 Jahre alt und musste in jedem Falle meinen beiden Kindern die Finanzierung ihres Studiums absichern. Außerdem war mir die persönliche soziale Absicherung wichtig. Schließlich besaß ich einen Arbeitsvertrag bis zum Erreichen des Pensionsalters. Bei einer großen Abfindungssumme hätte ich nur immense Steuern gezahlt. Nach mehreren Verhandlungen einigte man sich, dass außer einer kleineren Summe mein Grundgehalt einschließlich der Sozialabgaben begrenzt weiter vom Krankenhausträger bezahlt würde. Darauf wurde von beiden Seiten der Auflösungsvertrag unterschrieben. Dass ich in dieser schwierigen Zeit die volle Unterstützung meiner Familie bekam, war mir eine wirkliche Hilfe. Aber auch das gesamte Personal meiner Abteilung, meine Sekretärin, die Schwestern und Assistenzärztinnen waren ganz auf meiner Seite und absolut immun gegen die Versuche, sie mit

Meine Hunde

Bei all dem beruflichen Stress benötigt man auch Entspannung. Tiere bieten dazu die beste Möglichkeit. Auch für heranwachsende Kinder sind Tiere aus meiner Sicht sehr wichtig, da sie sehr zur Sozialisierung beitragen. Sowohl meine Frau als auch ich waren mit Hunden aufgewachsen.

Als ich etwa zehn Jahre alt war, kam eines Tages mein Vater mit zwei Welsh-Terrier-Welpen Bodo und Birka nachhause. Obwohl ich mich sehr um sie kümmerte, war ich doch wohl zu jung, um sie ordentlich zu erziehen. Beide Hunde waren sehr kribbelig und kamen manchmal, wenn ein Pferdewagen, die es damals durchaus noch gab, vorbeifuhr, so in Rage, dass sie sich gegenseitig bissen. Ob meinem Vater die nervösen Hunde zu viel waren? Eines Tages waren sie zu meinem Leidwesen weg. Als ich fragte, wo sie denn seien, sagte man mir, man hätte sie zu einem Förster zur Erziehung gebracht. Doch sie kamen später nie wieder zurück. Allerdings war es auch die Zeit des Beginns der Ehekrise meiner Eltern. Mein nächster Hund sollte Arko, ein wunderschöner Deutsch-Drahthaar sein Er war etwa drei Jahre alt und hatte in der Lüneburger Heide wohl gewildert. Nachdem ich ihn auf einem Bauernhof bei Hollenstedt, wo ich in der Ernte geholfen hatte, von der Kette befreit hatte, wurden wir sehr gute Freunde. Der Eigentümer schenkte ihn mir bei meinem Abschied. Wenn ich dann später zuhause lernte, lag der große Hund häufig unter dem Schreibtisch auf meinen Füßen. Einmal rettete ich ihn vor dem Ertrinken. Als ich mit ihm im Herbst auf der Sandbank vor St. Peter war, witterte er einen Schwarm schwimmender wilder Enten und begann ohne meine Rufe zu hören, ihnen hinterher zu schwimmen, obwohl er sie niemals hätte erreichen können. Er kannte weder Salzwasser noch Wellen und hörte einfach nicht auf meine Rufe. Darauf zog ich meine Kleider aus und schwamm im schon kühlen Wasser ihm hinterher. Als ich ihn dann erreichte, war mein Hund dann doch froh, sich mit seinen Pfoten auf meinem Rücken abzustützen, denn er hatte keine Kraft mehr, ohne Hilfe zurück an Land zu schwimmen. Wegen meines Studiums musste sich meine Mutter um ihn kümmern. Als sie ihn bei einem Besuch ihrer Eltern in Bückeburg mitgenommen hatte, war er plötzlich verschwunden. Alles Suchen war vergebens. Erschossen oder gar mitgenommen? Schließlich war sein Wert über eintausend D-Mark. Übrig blieb außer der Erinnerung ein nettes Bild zusammen mit meiner Mutter. Als Student dann war ich mehrfach Hundesitter, nicht gegen Bezahlung, sondern als freundschaftlichen Dienst. Die Hundebesitzer wussten, dass ich ein Hundenarr bin. Außer einen Rauhaardackel mit seinen oft bettelnden großen Augen hatte ich auch ein paar Mal einen großen Bernhardiner in Pflege. Große Hunde sind meist besonders gutmütig und auch anhänglich. Ihre Ruhe geht auf den Menschen über. Aber man muss schon ein großes Haus mit einem großen Garten besitzen, um diese Rasse hundegerecht zu halten. Wenn der große Bernhardiner auf der Fahrt durch Hamburgs Innenstadt quer auf der Hinterbank meines offenen VW-Käfers stand, sahen viele Leute belustigt auf. Heute wäre das absolut verboten, so einen großen Hund frei sitzend oder gar stehend im Auto zu transportieren.

Nun muss ich die letzten vier Hunde beschreiben, bei denen es sich ausnahmslos um Airedale Terrier handelt. Als Sirkka und ich uns verlobten, kam Iivo ins Haus. Wir waren jung und hatten von richtiger Hundeerziehung im Grunde keine Ahnung. Dementsprechend war dann auch das Verhalten unseres jungen Hundes, den aber alle Menschen wegen seines Wesens und seines Aussehens ins Herz schlossen. Eines Tages ging es unserem Hund schlecht. Der Speichel lief ständig und offensichtlich hatte er Bauchschmerzen. Also ab zum Tierarzt, der den schönsten großen Hund hatte, den ich jemals gesehen habe, einen *Bloodhound.* Der war wie selbstverständlich bei seinem Herrchen mit im Untersuchungszimmer dabei und schaute der ganzen Prozedur zu. „Ja, dann will ich mal Deinen Hund rektal untersuchen", meinte der etwas ältere Veterinär und schob seinen Zeigefinger, ohne einen Handschuh angezogen zu haben, tief in den After meines Hundes. Ich war sehr verblüfft. Als er sich später per Handschlag von mir verabschiedete, hatte er sich zum Glück die Hände gewaschen. Ob noch etwas unter dem Fingernagel saß, konnte ich nicht erkennen. Seine vorläufige Diagnose lautete, der Hund hat irgendwas geschluckt, was nun den Magen belastet, zum Beispiel einen großen Knochen. Er hätte leider kein Röntgengerät, aber ich könnte doch sicherlich selbst mal in der Klinik von Porvoo meinen Hund durchleuchten oder röntgen. Leichter gesagt als getan. Denn Hunde dürfen grundsätzlich auch in Deutschland nicht eine Klinik betreten, geschweige denn in einen Funktionsraum mitgenommen werden. Inzwischen war schon Abend geworden, als ich der diensthabenden Krankenschwester von meinem Problem erzählte. Mit ihrem Einverständnis schlich ich mich samt Hund abends spät in die

Röntgenabteilung. Mit ein paar Anläufen und Leckerlis gelang es mir schließlich, meinen Hund auf den Untersuchungstisch zu bekommen. Während ich den Hund beruhigte, bediente die hilfreiche Schwester die Apparatur und es gelang uns, ein akzeptables Bild vom Hundemagen zu bekommen. Doch als das Gerät wieder abgeschaltet wurde, schreckte Iivo plötzlich auf und fing kurz an zu bellen. Als die Schwester vor mir den Untersuchungsraum verließ, hörte ich sie auf dem Gang mit der plötzlich aufgetauchten Frau Oberin sprechen, als diese fragte: „Hat hier nicht gerade ein Hund gebellt?" Die Antwort der cleveren Krankenschwester lautete freundlich: „Da haben sie sich bestimmt verhört. Ich komme gerade von dort, um Bilder abzuholen". Nachdem wieder Ruhe eingetreten war, schlich ich mich erneut in Hundebegleitung durch eine hintere Seitentür der Klinik ins Freie. Dann rief ich den Tierarzt an und sagte ihm, dass er mit seiner Diagnose richtig gelegen hätte. Im Röntgenbild könne man im Magen einen größeren Knochen erkennen. Kein Problem, meinte er. Das ist nur eine Frage der Zeit. Der löst sich von allein bzw. durch die Magensäuren auf und findet dann den richtigen Weg. Und genauso geschah es dann auch. Nach der Geburt von Johan zeigte Sirkka alle Zeichen einer Überforderung. Ich musste mich zwischen meiner kleinen Familie und dem Hund entscheiden. Um sie zu schonen, sahen wir uns leider gezwungen, über einen Tierarzt unseren Hund an einen Bauernhof zu vermitteln. Später erfuhren wir, dass er im Frühjahr auf dem Eis eingebrochen und ertrunken sei. Ein häufiges Ereignis in Finnland, von dem auch Menschen betroffen sind. Vergessen haben wir ihn nie.

Gleich nachdem wir in Zeven unser Miethaus bezogen hatten, schafften wir uns auch wegen der Kinder wieder einen Airedale Terrier an, diesmal eine Hündin, die wir Ami tauften. Sie war sehr charakterstark und im Verhalten anders als ein Rüde. Von unserem Grundstück entfernte sie sich nie, obwohl es damals nicht eingezäunt war. Im Gegenteil, sowie jemand zu uns kommen wollte, lief sie sofort zu uns, um den Ankömmling anzumelden. Auch die Einkaufstaschen bewachte sie bestens und ließ noch nicht einmal die Kinder daran, die wissen wollten, was ihre Mutter nun gerade für Leckereien eingekauft hatte. Ami hatte im letzten Lebensdrittel sehr starke Hautprobleme bis zu einer generalisierten Pilzinfektion, an der sie im Alter von neun Jahren auf dem Schoß von Sirkka frühzeitig starb. Es dauerte nicht lang und wir sollten erneut Hundebesitzer werden. Da wir den Verdacht hatten, dass Amis Hautprobleme ein Zuchtproblem sein könnte, wollten wir diesmal wieder einen Airedale Terrier, aber aus finnischer Zucht, die nicht so kommerziell ausgerichtet ist. Das heißt unter anderem, dass bei einem Wurf von mehr als sechs Welpen die Überzähligen, nachdem sie begutachtet sind, getötet werden, da Hunde nur ein sechsfaches Gesäuge haben. Somit gibt man nur den gesündesten Welpen eine Lebenschance. Häufig können sich Züchter zu diesem Schritt, oft auch aus pekuniären Gründen, nicht entschließen. Diesmal sollte es wieder ein Rüde werden. Bei dem Wurf war er von sechs Welpen der einzige Rüde, wie uns die Züchterin mitteilte. Der junge Hund blieb bis zur zwölften Woche bei seiner Mutter, damit er transportfähig und auch schon für die Reise ausreichend geimpft war. Er kam mit dem Flugzeug. Sirkka lag zu der Zeit in der Klinik. So fuhr ich mit beiden Kindern nach Fuhlsbüttel, wo wir in sehr kurzer Zeit nach einer tierärztlichen Untersuchung diesen trotz der Flugreise ausgeglichenen Welpen in Empfang nehmen konnten. Nachdem er uns beschnuppert hatte, kuschelte er sich während der Autoreise Wärme und Nähe suchend auf Christinas Schoß. Als dann Sirkka wieder heim kam, schloss sie ihn sofort in ihr Herz. Wir tauften ihn Bonso, so wie einmal ein großer Teddy meiner Kindheit hieß. Bonso hatte allerbeste Papiere. Beide Elternteile waren mehrfach nicht nur in Finnland, sondern auch in Europa gekürt worden. So war es kein Wunder, dass auch wir begannen, unseren jungen Prachthund auf Hundemessen vorzuführen. Also fuhr ich mit unserem Junghund zusammen mit Christina auch zu einer Hunde-Weltausstellung nach Dänemark, wo er allerbeste Beurteilungen erhielt. Doch nur vier Wochen später war ich, diesmal mit Johan zusammen, auf einer Ausstellung in Rastede bei Oldenburg. Als ich dann im Ring zusammen mit fünf jungen gleichaltrigen Airedale Terriern meinen Bonso voller Stolz im Lauf zeigte, sagte mir der englische Schiedsrichter, ich solle den Ring verlassen. Verwundert tat ich so, als ob ich kein Englisch verstünde. Doch dann bestätigte mir ein anderer Mann in der Funktion als unparteiischer Oberrichter diesmal auf Deutsch, ich solle die Vorführung abbrechen. Doch was war geschehen? Ich war ein Laie und züchtete keine Airedale Terrier, sondern führte meinen Hund zusammen mit meinem Sohn nur aus Stolz und eigener Freude vor. Alle anderen Teilnehmer aber waren selbst Hundezüchter, auch der Oberrichter. Dessen eigener Hund lief ausgerechnet in meiner Gruppe von einem Helfer geführt mit. Alle fürchteten sich vor der Konkurrenz von außen und versuchten mit unlauteren Mitteln Hunde-

Laien aus ihrem Zuchtgeschäft zu drängen. Natürlich hatten sie schon vorher bemerkt, dass mein möglicher kleiner Champion ihre Züchtung vom Treppchen stürzen könnte. Das wollten sie nicht dulden. Dadurch wurde Johan und mir auch nachträglich klar, warum man uns zu Beginn der Show keinen Platz geben wollte, damit wir unseren Hund nur noch einmal frisieren konnten, ohne Haarspray wie bei den Professionellen. Später las ich in einer Zeitschrift, dass es in Deutschland eine richtige Hundezüchter-Mafia geben soll, die keine Eindringlinge duldet. Wir streichelten nochmals unseren Bonso und gingen in ein in der Nähe liegendes Möwenpick-Gartenrestaurant, wo ein chinesischer Koch gerade seine verblüffendsten Nudelkünste zeigte. Bonso nahmen wir überall mit hin, sogar bis an die französische Silberküste. Er war unser ganzer Stolz. Leider bekam er nach mehreren Jahren eine Borreliose-Entzündung, die nicht erkannt und deshalb nicht konsequent behandelt wurde. Aber er überstand es auch so, hatte allerdings Zeit seines Lebens immer wieder leichtere Beschwerden. Als er mit zwölf Jahren bei uns im Garten einen Herzinfarkt erlitt, konnte auch die herbeigeeilte Tierärztin nicht helfen. Ich war zu der Zeit leider zu einer Fortbildung. Nach meiner Rückkehr haben wir ihn in unserem Garten neben der Kastanie, die damals noch nicht so groß war, begraben. Zuerst wollten wir, wie häufig viele Hundebesitzer nach dem Verlust eines Hundes, uns nicht wieder einen Hund anschaffen. Doch es dauerte nur drei Monate, dass Emely, wieder eine Airedale Hündin zu uns ins Haus kam. Sehr bald merkten wir, dass sie psychisch kleinere Fehler hatte. Aber wir hatten sie da schon in unser Herz geschlossen, dass wir sie nicht mehr zurückgeben konnten. Mit der Zeit gewöhnten wir uns an ihre Macken und sie sich an uns. Leider machte sie uns aber auch das Leben schwer, da sie auf Fliegen quasi allergisch reagierte und ziemlich nervös wurde, wenn es irgendwo summte. Das führte häufiger zu kleineren Schwierigkeiten, besonders auf Reisen. Im Alter von etwa neun Jahren ging es ihr plötzlich sehr schlecht. Wir dachten schon, sie hätte einen Herzinfarkt. Doch es war etwas völlig anderes, ein Milzriss, den sie sich beim Hüpfen in das Auto durch zu langem Anlauf beim Aufprall mit dem Bauch gegen die hintere Stoßstange selbst geholt hatte. Im Zusammenhang mit der Operation bekam sie eine Bauchspeicheldrüsenentzündung, von der sie sich nie richtig erholte. Als es dann mit ihr überhaupt nicht mehr ging, schlief sie diesmal in meinen Armen ein. Sie wurde dann auf unseren Wunsch eingeäschert.

Wir beschlossen nun aufgrund unseres Alters und der nachlassenden Mobilität, uns keinen Hund mehr anzuschaffen, was anfangs für uns nicht einfach war. Hatten doch in unserer ganzen Ehe Hunde unser Leben bestimmt. Heute haben wir zeitweise einen Hund, jedoch nur in Pension, da unsere Tochter Christina für ihren sehr lieben Kleinschnauzer Pelle aus beruflichen Gründen nicht immer einen Hundesitter hat. Aber wir merken auch, dass wir für einen Hund einfach zu alt sind. Schließlich werde ich im kommenden Jahr achtzig Jahre alt. Das sind mehr, als man von mir jemals erwartet hat. Die durchschnittliche Lebenserwartung der männlichen Bevölkerung in Deutschland habe ich jetzt schon trotz meiner vielen Erkrankungen überschritten.

Eine neue Praxis

Nach meinem Ausscheiden aus der Klinik war ich aber noch immer unternehmungslustig. Doch nun waren meine Nebeneinnahmen weggebrochen. Nicht alle Hypotheken auf mein Haus waren bezahlt und sehr bald würde außer meinem Sohn auch meine Tochter im Studium sein. So beschloss ich, mit nur wenigen baulichen Maßnahmen eine Privatpraxis in meinem Privathaus zu eröffnen. Die kleine Ablösesumme reichte für bescheidene Praxisausrüstung und ein gutes Ultraschallgerät. Doch ich musste auch am allgemeinen Notdienst teilnehmen. Das bedeutete aber auch für mich und meine Familie, dass wir nie wussten, wer nachts an meiner privaten Haustür klingelte und ins Haus drängelte. So verlagerte ich mich in den Nachbarort, wo ich auch ohne Schwierigkeiten gut gelegene Praxisräume fand, damals nur einen Steinwurf von Aldi und einem großen Kaufhaus entfernt.

Als ich aus Finnland zurück nach Deutschland kam, war mir gleich aufgefallen, dass es zu der Zeit in der Regel nur ärztliche Einzelpraxen gab, deren Räumlichkeiten fast immer sehr teuer mit hochwertigem Mobiliar und teuren Teppichen und Gestühl ausgestattet waren. Noch heute frage ich mich, wer das bezahlen soll: Letztendlich der Patient durch seine Gebühren. Ist die Leistung der Ärzte umso besser oder hat er mehr Zeit für seine Patienten, wenn der Schreibtisch aus teurem Edelholz gefertigt ist? Das kannte ich aus Finnland anders, wo an erster Stelle die Qualifikation des Arztes steht. Also beschloss ich, meine Praxis schlicht und einfach mit IKEA- Möbeln auszustatten und unter anderem mir einfache, aber sehr praktische

Billy-Regale hinzustellen. Ich fühlte mich wohl damit, mein Personal auch und die Patientinnen schienen es ebenfalls zu mögen. Ganz besonders aber freute es mich, dass meine spätere Praxisnachfolgerin, die ebenfalls ihre Sporen im Ausland erworben hatte, diese schlichte Möblierung so übernahm. Arzthelferinnen zu bekommen, war nicht schwer. Außerdem hatte ich ja auch noch meine Frau, die mir schon in meiner kleinen Praxis in meinem Privathaus als Krankenschwester geholfen hatte. Auch an meinem neuen Wirkungsort konnte ich sehr bald bemerken, dass meine Frau von den Patientinnen gern gesehen wurde. Vielleicht fühlten sich die Frauen dann wohler, wenn sie sich vor ihrem Arzt entblößen mussten. Die Ehefrau des untersuchenden Arztes in den Räumlichkeiten gibt vielleicht zumindest anfangs den Patientinnen mehr das Gefühl der Sicherheit. Nach anfänglich kleineren personellen Wechseln hatte ich zum Schluss zwei Hilfen, Anke und Anja, auf die ich mich hundertprozentig verlassen konnte. Die Ältere von beiden lenkte die Praxis souverän und war bei den Patientinnen sehr beliebt ebenso wie die jüngere Arzthelferin. Wir drei wurden mit der Zeit ein richtig gutes Team, so wie ich das aus meinen Anfangszeiten in Finnland kannte. Beide Frauen wurden später von meiner Praxisnachfolgerin übernommen.

Schon in meinem Wohnort hatte ich an dem allgemeinen Notdienst teilgenommen. Nun musste ich das auch in der neuen Praxis. Nur waren hier sichtlich mehr Patienten aller Couleur. Meine Kollegen der Allgemeinmedizin waren anfangs selbstverständlich etwas abwartend, denn man hatte wohl erwartet, dass ich ein „Fachidiot" sei. Aber sie konnten ja nicht wissen, dass ich nicht nur eine Ausbildung als Gynäkologe bekommen hatte, sondern auch in Finnland als Allgemeinarzt und auch als Hafen- und Amtsarzt in einem großen Gesundheitszentrum Erfahrungen hatte sammeln können. Mir persönlich machten diese Notdienste auf der einen Seite sehr viel Freude. Es freute mich auch, nach Jahrzehnten endlich auch einmal wieder einen männlichen Patienten behandeln zu können. Außerdem wurde ich wieder mit den tatsächlichen, alltäglichen Nöten der Menschen konfrontiert. Mir wurde nach den geschilderten Nackenschlägen wieder bewusst, wie schön und erfüllend der Beruf des Arztes sein kann. Allerdings war nur ein sehr geringer Prozentsatz der Arztkontakte wirklich dringend für eine notärztliche Behandlung. Dazu ein nettes Beispiel:

Als Gynäkologe kamen auch häufiger Frauen zu mir, die hauptberuflich oder nebenbei der Prostitution nachgingen. Wenn sie offiziell gemeldet waren, mussten sie sich regelmäßig einer amtsärztlichen, aber kostenlosen Untersuchung unterziehen, was die meisten von ihnen allein aus Selbstschutz positiv ansahen. Aber sie wurden wohl in diesen Gesundheitsämtern als drittklassig behandelt. Aus diesem Grund kamen sie nun zu mir, obwohl sie die Labor- und Untersuchungskosten nun selbst bezahlen mussten. Manchmal wollten sie auch meine Leistung in bar bezahlen, so wie sie es von ihren Freiern kannten. Aber ich wollte nicht in Abhängigkeit geraten oder erpressbar werden und schrieb jedes Mal eine offizielle Rechnung. Was mich bei deren Besuchen wunderte, war, dass man von ihrem einfachen Äußeren und Auftreten nur sehr selten auf die Profession hätte schließen können. So kam nun eines Tages auf einem Sonntag im Notdienst ein etwas schüchterner, junger Mann von circa sechzehn Jahren in Begleitung seiner Mutter zu mir. Sofort erkannte ich sie wieder, denn so zahlreich war in meiner Praxis die Anzahl ihrer Profession nun auch nicht. Der Grund des Kommens war, dass der Junge wohl schon seit geraumer Zeit Schmerzen in seinen beiden Füßen bei sportlicher Belastung hatte. Also alles andere als ein Notfall für diese Sprechstunde. Doch ich verzog keine Miene und untersuchte ihn. Nun, besseres Schuhwerk, gezieltes Fußtraining oder auch notfalls Einlagen, die ich aber weder als Gynäkologe noch als Notarzt hätte verschreiben dürfen, hätten in diesem Fall geholfen. Leicht verwundert sprach ich dann doch die Mutter gezielt an, warum sie nun über zehn Kilometer mit ihrem Sohn gefahren sei, um ihn mir ausgerechnet im Notdienst vorzustellen, obwohl sie doch sicherlich allzu genau wüsste, was meine Spezialität sei. Mehr durfte ich ja auch nicht in Gegenwart des Sohnes sagen. Sie errötete leicht und antwortete, sie hätte so großes Vertrauen zu mir und sei sich sicher gewesen, dass ich auch diesen Fall lösen könne. Ihr „Sohnematz" bekam von mir eine Überweisung zum Orthopäden und den Rat, sich neue, gut sitzende Sportschuhe zu kaufen.

Viel Vertrauen aber zeigten mir auch die prozentual vielen Ausländerinnen in meiner Praxis. War es auch die Tatsache, dass sie bemerkt hatten, dass meine Frau in der Funktion als Sprechstundenhilfe keine Deutsche war? „Du, Cheef Dein Mann?" wurde sie dann schon mal gefragt. Wenn sie dann nickte, strahlten sie. Bei diesen Patientinnen handelte es sich in der Mehrzahl um Türkinnen oder besser gesagt, um Frauen mit einem türkischen Pass. Zwar war die Mehrzahl tatsächlich geborene Türkin, aber ein

Teil dieser Gruppe waren auch Kurdinnen, die sich schon in ihrem gesamten Auftreten sehr voneinander unterschieden. Damals wurde mir persönlich klar, dass diese beiden Bevölkerungsgruppen aufgrund ihres Wesens und ihrer Kultur nie wirklich zusammenfinden können. Während die Türkin grundsätzlich in Begleitung die Praxis betrat, das konnte mal eine Verwandte, mal der Ehemann, aber auch im Extremfall die zehnjährige Enkelin sein, die als Übersetzerin ihre Großmutter begleitete, kam die Kurdin meist allein oder höchstens mit einer Freundin. Die Kurdin konnte offen und frei selbst über ihre Probleme reden, manchmal auch nur mit der Gesten- und Zeichensprache. Sie bemühten sich auch geradezu, die deutsche Sprache zu erlernen und zu sprechen. Die Türkin jedoch saß verschüchtert neben ihrem begleitenden Mann und ließ ihn reden, während sie selbst meistens schwieg. Manchmal bemerkte ich aber, dass die Türkin sehr wohl vieles verstanden hatte. Wenn ich dann den Ehemann aufforderte, doch einmal still zu sein und ihm sagte, ich käme mit seiner Frau bei der Anamnese auch ohne ihn zurecht, passte es diesen Machomännern selten. Dabei kam mir auch ein kleines Übersetzungsbuch in Bildersprache zu Hilfe. Auch war ich überrascht, wie hoch der Anteil an Analphabeten in dieser Bevölkerungsgruppe ist. Das kannte ich ja nun aus Finnland überhaupt nicht, wo ich ebenfalls eine Praxis hatte. Schlimm war es auch, wenn ich von der zehnjährigen Türkin als Übersetzerin wissen wollte, ob ihre Oma, die in ihren zwanzig Jahren Deutschlandaufenthaltes so gut wie kein deutsches Wort verstand, eine Fehlgeburt gehabt hätte oder ob sie noch den Urin halten könne. An manchen Stellen musste ich einfach deshalb auf die Erhebung einer vernünftigen Krankengeschichte verzichten. Das tat mir besonders leid, weil ich auch heute noch der Meinung bin, dass man mit einer gründlichen Befragung auch ohne körperliche Untersuchung zu einer guten Diagnose in über der Hälfte der Fälle kommen kann. Es kam aber auch eine meiner langjährigen türkischen Patientin, die ebenso wie ihr Bruder in Deutschland aufgewachsen war und hier die Schule besucht hatte, nun als Übersetzerin für ihre Schwägerin, der neuen, jungen Frau ihres Bruders. Nur diese Frau verstand nicht einziges Wort und war eine vollkommene Analphabetin aus Anatolien. Schlimmer hätten die Gegensätze nicht sein können. Hätte der Bruder keine Türkin zur Ehefrau nehmen können, die, wie er selbst und seine Schwester, in unserem Kulturkreis aufgewachsen war? Völlig anders war es bei den Vietnamesinnen, die als Bootsflüchtlinge wegen des Indochina- Krieges in den siebziger Jahren zu uns gekommen waren. Diese Frauen waren völlig selbstständig und sprachen mit leichtem Akzent ein gutes Deutsch. Da sie sehr fleißig waren, hatte diese Bevölkerungsgruppe es in kurzer Zeit geschafft, sich ein gutes Zuhause und einen gewissen Wohlstand zu erschaffen. So erfuhr ich auch, dass die Schrift ihrer ursprünglichen teils chinesischen Sprache als einzige dieser Schreibweisen auf dem lateinischen Alphabet basiert, was das Erlernen der deutschen Schrift für Vietnamesen wesentlich erleichtert. Das gilt aber auch noch mehr für die Türken, die seit 1928 mit dem lateinischen Alphabet auch schreiben. Dagegen haben die arabischen Völker es schon schwerer. Im Sommer häuften sich Patientinnen aus den skandinavischen Ländern, die auf der Urlaubsdurchreise waren. Da sie fast immer deutsch oder englisch sprechen konnten, gab es keine Sprachschwierigkeiten. Auch kann ich immer noch ein wenig auf

Schwedisch nach den Beschwerden fragen. Wenn ich ihnen dann erzählte, dass ich aufgrund meiner Ausbildung in Finnland auch die schwedische Approbation besäße, waren sie hocherfreut. Denn in Krisen oder im Ernstfall fühlen sich die Skandinavier, auch wenn sich Finnen und Schweden oder auch Dänen manchmal ein wenig kabbeln oder necken wie die Holländer und die Belgier, auf Grund ihrer Geschichte als zusammengehörig, da fast alle Länder einmal unter den schwedischen Krone gestanden haben.

An meinem neuen Wirkungsort wurde ich auch wieder mit einer Tätigkeit konfrontiert, die ich schon als Amtsarzt im finnischen Kotka durchgeführt hatte: die Untersuchung nach übermäßigem Alkoholgenuss. Meistens kamen die Polizisten mit diesen armen Sündern nach vorherigem Anruf in meine Praxis. Aber ich wurde auch zur Polizeistation an der nur wenige Kilometer weit entfernten Polizeistation direkt an der Autobahn gerufen. Da handelte es sich meist um Lastkraftwagenlenker aus osteuropäischen Staaten, die die Polizei aus dem Verkehr gezogen hatte. Dass Polen gern Wodka trinken, ist bekannt. Jedoch war auch einmal ein Fahrer so betrunken, dass er begann, die ganze Polizeistation zu demolieren. Einer vernünftigen Untersuchung verweigerte er sich restlos. Als ich dann bei diesem Mann Blut abnehmen wollte, mussten ihn insgesamt sechs Polizisten festhalten. Dennoch schaffte er es, den gesamten Schreibtisch mit einem großen Wisch leerzuräumen. Doch es gab auch Delinquenten, die mir außerordentlich leidtaten und ich versuchte, für sie ein gutes Wort einzulegen, wie bei einem jungen Achtzehnjährigen. Denn erstens war er nach glaubhaftem Genuss von nur zwei Bieren klinisch quasi nüchtern und zweitens hatte er aus meiner Sicht alles richtig gemacht. Er war nämlich nachts auf seinem Heimweg mit seinem Moped nicht, wie es die Straßenverkehrsordnung vorschreibt, auf der Landstraße gefahren, sondern hatte aus reinen Sicherheitsgründen den nebenliegenden, völlig leeren Radfahrweg genutzt, um nicht von einem rasenden Pkw oder Lkw überfahren zu werden. Das war sein Vergehen und deshalb war er überhaupt nur aufgefallen. Hier wurde einmal wieder bestätigt, dass nur wenige Menschen ihren Verstand nutzen und über den Sinn, aber auch den Unsinn einer behördlichen Verordnung nachdenken. Gerade nach dem letzten Krieg versuchten viele Menschen, ihre teils fürchterlichen Handlungen mit behördlichen Anordnungen zu entschuldigen, obwohl ihr Verstand ihnen schon hätte sagen müssen, das ihre Handlung ethisch falsch ist. Eine polizeiliche mündliche Verwarnung hätte auch dem Gesetz genüge getan.

Wenn ich Dienst hatte, blieb es auch nicht aus, dass ich wiederholt zu einem Sterbenden gerufen wurde oder ich auch den Tod feststellen sollte. Zwei dieser Ereignisse habe ich nicht vergessen. Einmal wurde ich zu einer über achtzigjährigen, blinden Frau gerufen, die nach einem offensichtlichen Hirnschlag nicht mehr ansprechbar war, aber friedlich auf ihrem Bett lag. Ihre gesamte, vielköpfige Familie einschließlich der Kinder war anwesend. Als ich nun die große Familie fragte, was der Wunsch der alten Dame sei, ob ich lebensverlängernde Maßnahmen ergreifen solle, ob ich sie sofort in die Klinik einweisen solle, wurde dies einstimmig verneint. Die Mutter und Großmutter hätte stets sich unmissverständlich geäußert, in ihrer häuslichen Umgebung zu sterben. Nun, ich konnte damit sehr gut leben und bettete sie zusammen mit ihrem Sohn noch ein wenig komfortabler. Mehr musste ich nicht tun, da sie offensichtlich keine Schmerzen hatte. Dann bat ich die Familie, mich rechtzeitig zu rufen, wenn es denn so weit sei. Das alles spielte sich im Laufe eines Abends ab. Ich fuhr zurück in meine Praxis, da ich ja Dienst hatte, und wartete auf einen Anruf, doch leider vergeblich. Gleich am frühen Morgen informierte ich den Hausarzt, auch über die Entscheidung der Familie, die alte Frau ruhig einschlafen zu lassen. Doch dann antwortete dieser mir, dass er selbst vor nur einer Stunde von der Familie mit der Bitte instruiert worden sei, die sterbende Frau in die Klinik einzuweisen, was er dann wunschgemäß getan habe. Die Familie hatte sich wohl im Laufe der Nacht anders entschieden und eigentlich gegen den Willen der Sterbenden eine stationäre Aufnahme veranlasst. Der späteren Todesanzeige konnte ich entnehmen, dass die alte Frau drei Tage später verstorben war. Das war nur möglich, wenn sie auf der Intensivstation gelandet war. Für mich persönlich war es aber ein Anlass, meinen letzten Willen sehr präzise auch schriftlich zu fixieren und meine Familie exakt zu instruieren. Bei einem anderen Fall wurde ich bei Tage zu einer Wohnung gerufen, wo jemand gestorben sei. Als ich dort ankam, saßen etwa fünf oder sechs Personen in der Wohnung, die sich als angebliche Angehörige oder Freunde ausgaben. Schon beim Eintreten hatte ich so ein eigenartiges Gefühl, dass hier nicht alles stimmen könnte. Auf meine Frage, wo denn der Verstorbene sei, wies man mich ins Schlafzimmer, wo ein etwa vierzigjähriger Mann lag. Ich untersuchte ihn sehr gründlich, konnte aber auch nicht nach Befragung die Todesursache feststellen. Nach einem Herzversagen sah es mir nicht aus. Also machte ich auf dem Formular für die Leichenschau dort klar und deutlich mein Kreuz, wo zu lesen ist: Todesursache unbekannt. In diesen Fällen muss der Verstorbene automatisch von der Gerichtsmedizin untersucht werden, bevor die Freigabe zur Bestattung vom Landkreis erfolgt. Bis zur endgültigen Feststellung der wahren Todesursache dauert es dann meistens mindestens eine Woche und länger, bevor der Leichnam zur Bestattung freigegeben wird. Doch dann kam für mich die große Überraschung. Schon drei Tage später war laut Zeitungsanzeige die Beerdigung. Das konnte nicht mit rechten Dingen zugegangen sein. So schnell wäre eine gerichtliche Obduktion niemals gelaufen und hätte die Behörde die Leiche niemals freigeben dürfen. Noch heute frage ich mich, was da passiert war und vor allem wie.

Zur Praxis fuhr ich aus normalerweise mit dem Auto. Aber im Sommer, wenn schönes Wetter war, ging die Fahrt auch mit dem Fahrrad. Allerdings kam ich dann oft so verschwitzt an, dass ich erst einmal duschen musste. Zum Glück gab es noch ein größeres Bad, was gleichzeitig auch als Labor genutzt wurde. In den letzten zwei Jahren kam ich auch manchmal mit meinem Oldtimertraktor in die Praxis. Diesem muss ich noch ein ganzes Kapitel widmen. Da ich während des Bereitschaftsdienstes in der Praxis bleiben musste, schlief ich auf dem Sofa in meinem Zimmer und machte mir in der kleinen Personalküche etwas zu essen. Meistens trat nach Mitternacht Ruhe ein, so dass ich danach nur noch selten herausgeklingelt wurde. Da man aber nie völlig entspannt schlafen konnte, waren diese Dienste mit zunehmendem Alter auch immer anstrengender. Etwa ein Jahr bevor ich in Rente ging, erfuhr ich durch Vermittlung eines lokalen Hausarztes, dass meine ehemalige Assistenzärztin, die inzwischen in der arabischen Welt als Frauenärztin tätig gewesen war, gern die Praxis übernehmen würde, zumal ihr Elternhaus nur wenige Kilometer von meiner Praxis entfernt war. Bei ihrem Urlaub in Deutschland kamen wir schnell zu einer Einigung. So konnte ich ihr zum Jahreswechsel 2001/ 2002 die Praxis übergeben. Ich war besonders froh, dass ich eine sehr kompetente Ärztin gefunden hatte, die nicht nur in Deutschland von einem Kreiskrankenhaus zum nächsten gewandert war. Auch mein gesamtes Personal wurde von ihr übernommen. Natürlich ändern sich bei jedem Arztwechsel auch die Patienten, besonders auf einem so sensiblen Gebiet wie der Gynäkologie. Außer der Tatsache, dass sie eine Frau ist, spielte auch eine Rolle, dass ich verheiratet bin und Kinder habe, während sie allein lebt. Vielleicht doch nicht so ganz allein, denn sie hat genauso wie ich einen Hunde-Tick. Das war aber für die Patientinnen unwichtig. Ich war froh, mich endlich meinen Hobbys voll und ganz widmen und endlich statt Berufsliteratur auch wieder ein interessantes Buch lesen zu können.

Berufliche Fortbildungen

Bevor ich aber mit dem beruflichen Teil völlig abschließe, möchte ich doch noch zum Thema Fortbildung kommen. In Finnland hatte ich gelernt, dass es sehr wichtig ist, sich ständig fortzubilden. Aber das gilt nicht nur für Ärzte, sondern ist auch für Hebammen und Krankenschwestern selbstverständlich. Alle Gruppen sind bemüht, in ihrem Beruf stets auf dem allerneuesten Stand zu sein und damit auch beruflich weiterzukommen. So wurde ich auch von meiner Frau darin sehr unterstützt, weil sie es ebenfalls nicht anders in ihrem Beruf als Krankenschwester kannte. Die ersten Male fuhr meine Frau auch mit mir zur größten medizinischen Messe, die alljährlich im November in Düsseldorf stattfindet, wo wir auch später meine erste Oberärztin kennenlernten. In den anschließenden Jahren fuhr ich meistens allein dorthin. So war ich stets unterrichtet, welche technischen Entwicklungen es in der Medizin gab. Aber auch die Vorlesungen waren meist höchst informativ. Sehr gern fuhr ich auch nach Heidelberg. Nicht nur, weil ich dort einmal studiert hatte oder weil mein Sohn jetzt dort studierte, sondern weil ich an der Uni in die theoretische und praktische Laser-Technologie bestens und frühzeitig eingeführt wurde. Leider kam es nicht zur Anschaffung des Instrumentariums für diese moderne medizinische Therapie in meiner Klinik. Eine ganz besondere Fortbildung gab es in Freiburg im Breisgau, wo von den besten Operateuren Europas die schwierigsten Operationen „live" gezeigt wurden. Dabei gab es eine direkte Übertragung aus dem Operationssaal in den Vorlesungssaal. Auch war es möglich, direkt an den Operateur Fragen zu stellen und sich bestimmte Dinge zeigen zu lassen. Dies fand am Tage statt. Abends gab es zu den Themen noch Vorlesungen. Diese waren so gut besucht, dass selbst um 21.30 Uhr, wenn meistens Ärzte gesellig beisammen sitzen, der Vorlesungssaal der Uni noch brechend voll war. Das zeigte die hohe Qualität dieser Veranstaltungen. Leider wurden später die demonstrierenden Operationen von Datenschützen blockiert, da angeblich das Persönlichkeitsrecht der Patientinnen, deren Gesicht sowieso niemand sehen konnte und deren Einwilligung vorlag, nicht geschützt war. Man kann es auch übertreiben. In Düsseldorf und in München an den Unis vertiefte ich meine Kenntnisse in der Ultraschalldiagnostik. Was jüngere Kollegen kaum glauben können, Anfang der siebziger Jahre war ein Ultraschallgerät fast so groß wie ein halber Kleinwagen. Zehn Jahre später sah es schon anders aus. Wenn es Richtung München ging, fuhr auch meine Frau immer gern mit. Einmal trafen wir uns bei schönstem Wetter in der Mittagspause am Stachus zu einer kleinen Zwischenmahlzeit. Sie schaute sich um und sagte, sie verstände nicht, wie die Bajuvaren so viel Bier trinken könnten, und das schon am Tage. Als ich erwiderte, sie habe doch auch schon soeben einen Liter Bier getrunken, wies sie das empört ab. Doch ich konnte ihr vorrechnen, dass wir beide uns bei unserem Eintreffen jeder ein Weißbier bestellt hätten und danach zum Essen jeweils noch ein Glas. Und ein Weizenbier enthält in Bayern immer einen halben Liter. Sie war selbst überrascht. Der Besuch der Jahreskongresse der Deutschen Gynäkologischen Gesellschaft war für mich ein Muss. Wenn ich dort war, wurde ich immer ein wenig traurig. Denn ich merkte, dass es wohl besser gewesen wäre, an einer großen Zentral- oder Uniklinik als

Oberarzt zu arbeiten statt in einem kleinen Krankenhaus mich mit der Verwaltung herum zu ärgern. Jedes Mal wurde ich von vielen Professoren freundschaftlich persönlich begrüßt. Mein finnischer Chef und Gönner hatte mich jedes Mal all diesen bekannten und namhaften Professoren vorgestellt, wenn ich ihn von Helsinki aus zu den Kongressen begleitete. Andere wiederum kannte ich noch vom Studium aus meiner Hamburger Zeit. Einmal nahm ich meine gesamte Familie zum Europäischen Gynäkologen Kongress nach Nijmegen/ Holland mit. Die Kongress-Sprache war Englisch. Mein Sohn, der damals das Gymnasium besuchte, wollte von mir in eine Vorlesung mitgenommen werden, was ich gern tat. Doch dann war er höchst verwundert, wie unterschiedlich man doch die englische Sprache sprechen kann, als er hörte, wie unter der Leitung eines spanischen Moderators ein schwedischer und ein tschechischer Gynäkologe miteinander auf Englisch diskutierten. Man musste schon gut zuhören, um alles zu verstehen. Bei einem anderen Besuch des europäischen Gynäkologen-Kongresses, diesmal in Paris und ohne Familie, gab es bei der Einreise allergrößte Schwierigkeiten. Die Europäische Union gab es noch nicht. Aber für die meisten europäischen Länder benötigte man kein Einreisevisum mehr. Der Kongress fand im Herbst statt und ich war im gleichen Sommer mit meiner Familie ohne jegliche Schwierigkeiten bis nach Mimizan an der französischen Coté d´Argent in den Urlaub ohne Kontrollen hin- und zurückgereist. Nun war ich allein von Hamburg nach Paris geflogen. Doch bei der Passkontrolle noch innerhalb des Flughafens Charles de Gaulles wurde ich sofort ziemlich unwirsch beiseite genommen und die Einreise mir mit der Begründung verweigert, ich hätte kein Einreisevisum.

Ich war völlig überrascht und verstand die Welt nicht mehr, zumal die französischen Beamten weder deutsch noch englisch sprachen oder nicht wollten. Man versuchte, mir klarzumachen, dass ich mit dem nächst bestem Flugzeug zurück nach Deutschland befördert würde. Was ich nicht wusste, dass aus irgendeinem Grund seit etwa einem Jahr für Finnen eine Visumspflicht bestand. Nur mit der Hilfe einer verständnisvollen, leitenden Stewardess gelang es mir, über das Generalkonsulat ein Drei-Tage-Visum zu bekommen. Die heutige Generation hat kaum eine Vorstellung davon, was es heißt, bei einer Reise quer durch Europa ständig für Passkontrollen bei jeder Grenzüberschreitung angehalten zu werden. Jahrzehnte lang hatten wir nun freie Fahrt. Doch sieht es nun so aus, dass die Grenzkontrollen zur Terroristenabwehr wieder eingeführt werden. Damit kann ich aber leben. Am interessantesten aber waren die Weltkongresse des Gynäkologen Verbandes, die ich zwei Mal zusammen mit meiner Frau besuchte, einmal in Kopenhagen und das andere Mal in Berlin. Achttausend Frauenärzte aus der ganzen Welt und über einhundert Ländern, teils von ihren gesamten Familienmitgliedern begleitet, gaben sich ein Stelldichein. Wenn auch wieder die englische Sprache vorherrschend war, so hörte man doch eine so große Sprachenvielfalt auf engstem Raum, wie man es sonst nie erlebt. Die Vorlesungen waren hochinteressant, wenn auch kaum etwas davon für mein kleines Krankenhaus von Nutzen war. Es genügte aber, einmal zu hören, welche Probleme es auf der Welt gibt, von denen wir in Mittel-und Nordeuropa überhaupt keine Ahnung haben. So erfuhr ich zu meiner Verwunderung, dass fünfundsiebzig Prozent aller Geburten weltweit im Alter unter fünfzehn Jahren stattfinden. Und bei uns regt man sich auf, wenn eine Siebzehnjährige ein Kind bekommt. Einmal nahm ich an einem Intensivkurs in der Hormonlehre teil. Sechs bekannte Professoren und Endokrinologen unterrichten uns nur zwölf Ärzte jeden Tag acht Stunden. Ein richtiger Crashkurs. Alles fand auf Mallorca in einem Hotel statt und wurde von einer französischen Pharmafirma gesponsert. Von dem Wissen sollten meine Patienten später sehr profitieren. Soweit zu den Fortbildungen. Zum Glück hatte ich wenigstens vertraglich Anspruch darauf, arbeitsfreie Tage zu bekommen. Aber im Ausgleich musste ich dann dem/der mich vertretenden Oberarzt (Ärztin) freigeben, was wieder auch für mich eine Belastung war. Aber abgesehen davon, dass ich fast immer etwas dazugelernt hatte, war es auch immer wieder persönlich sehr entspannend, einmal nicht zu einer nächtlichen Entbindung gerufen zu werden und nicht ans Telefon gehen zu müssen. Als ich die Praxis dann zum Schluss führte, hatte ich genug gestalterischen, zeitlichen Raum, um meine Fortbildungen zu organisieren.

Ein gutes Zuhause ist wichtig.

Während ich in den ersten zwei Monaten noch in einem Einzimmer-Appartement nach Junggesellenart gelebt hatte, musste ich nun eine Wohnstatt für meine Familie finden. Die Zeit drängte, da die herbstliche Einschulung meines Sohnes nahte und wir ihm einen Schulwechsel von Cuxhaven ersparen wollten. Vom Klinikträger hatte ich die Auflage, aus organisatorischen Gründen insbesondere wegen des Bereitschaftsdienstes im Stadtgebiet zu wohnen. So konnte ich ein gutes Angebot in ländlicher Umgebung, was durchaus reizvoll gewesen wäre, nicht annehmen. Durch die Mietzuschüsse, die die NATO-Soldaten erhielten, war der Wohnungsmarkt kaputt. Die Hauseigentümer witterten ihre Chance und die Armee zahlte. Ich musste also in den sauren Apfel beißen und fand in nur 500 Meter Luftlinie Entfernung ein Einfamilienhaus, das einem Oberst gehörte. Auch er scheute sich nicht, preislich zuzulangen und 1500 D-Mark Kaltmiete zu fordern. Aber eine Alternative gab es auf dem Markt nicht. Das Haus war von der Lage her bestens geeignet. Und die Wohnraumaufteilung gefiel Sirkka und mir ebenfalls. Ein Vorteil war auch, dass es einen mittelgroßen Garten nach Süden gab. Wir zogen also noch rechtzeitig in das Haus ein, dass unser Sohn in die erste Klasse eingeschult werden konnte. Auf der einen Seite des Grundstücks waren Reihenhäuser, die mehrheitlich von älteren Leuten bewohnt waren. Anfangs störten wir uns daran, weil wir uns ständig unter Beobachtung sahen. Später hatten wir uns aber daran gewöhnt und fanden es sogar gut, da so auch bei unserer Abwesenheit das Haus stets kontrolliert wurde und ein Schutz vor ungebetenen Gästen herrschte. Auf der anderen Seite wohnte eine sehr nette Familie, die selbst drei Töchter in ungefährem Alter unserer Kinder hatte. Sie halfen uns ständig irgendwie. Es wurde eine sehr gute Nachbarschaft, die bis zum heutigen Tage unverändert so geblieben ist, obwohl wir später eine Straße weitergezogen sind.

Auf der Rückseite unseres Gartens sollte sehr bald gebaut werden. Die gesamten Bauphasen konnten von unserer Seite bestens beobachten werden, wobei wir sehr oft einen Grund amüsierten. Auf unserer Seite waren zwei Maurer dabei, die Wände Stein für Stein hochzuziehen, der eine arbeitete auf der linken und der andere auf der rechten Seite. Von der Geschwindigkeit des Baufortschritts gab es keinen Unterschied, aber von der Exaktheit, wie die Klinkersteine lagen. Auf der einen Seite lagen diese genau waage- und lotgerecht und auf der anderen Seite mehr oder minder kreuz und quer. Der Zement zwischen den Fugen quellte hier und da heraus. Alles sah sehr unsauber aus. Was war nun der Grund? Uns wurde der sehr schnell klar, als wir die beiden Maurer beobachteten. Der eine schichtete mit kleinen Pausen in aller Ruhe seine Steine Schicht für Schicht, während der andere, wenn er arbeitete, zwar sehr schnell war, aber immer wieder dann Pausen einlegte, nicht nur, um sich einen Glimmstängel ins Gesicht zu stecken, sondern um mal schnell aus der am Boden liegenden Buddel einen kräftigen Schluck zu nehmen. Zum Glück ist er niemals am Ende eines Arbeitstages bei erhöhtem Pegel vom Baugerüst gestürzt. Es hätte uns nicht gewundert. Doch wenn man sich die Nordseite dieses Hauses heute ansieht, sieht sie ganz vernünftig aus.

Diese Mauer wurde danach von einer zweiten Fassadenschicht gedeckt. „Doch wie`s da drin aussieht, geht niemand was an", heißt es in einer Operette von Lehár.

In dieses Haus zog dann aber nicht der Eigentümer ein, sondern er vermietete es an eine holländische Familie mit drei Kindern, deren Familienvater in Bremen bei der Niederlassung einer niederländischen Baufirma arbeitete. Da wir bisher vor dem Hausbau ins Grüne geschaut hatten und deshalb auch nie die Gardinen vorzogen, hatten unsere neuen Nachbarn nach Tradition ihres Landes auch keine Gardinen vor ihren Fenstern. So begrüßten sich die Frauen jeden Morgen zuwinkend, wenn sie das Frühstück in der Küche zubereiteten. Dabei blieb es auch, denn es war für uns, anders als in Deutschland üblich ist, ebenfalls wie in Holland selbstverständlich, dass man nicht in fremde Fenster schielt. Mit dieser Familie entstand schon nach kurzer Zeit ein sehr freundschaftliches Verhältnis. Gern ging auch unsere Tochter Christina zum Spielen zu ihnen. Klingeln oder Läuten heißt in der holländischen Sprache *bellen* wie man im Englischen *to bell* sagt. Wieder einmal war Christina zu unseren Nachbarn gegangen, um zu spielen. Doch da nach ihrem Rufen und Klopfen niemand geöffnet hatte, kehrte sie zurück. Doch später erklärte unsere Nachbarin Lisette Christina, wenn sie das nächste Mal käme, solle sie besser *bellen*. Doch was machte unsere vierjährige Christina bei ihrem nächsten Besuch? Sie stellte sich vor die Eingangstür und tat genau dass, was unser Hund machte, sie bellte laut wie unser Wuffi „wow, wow, wow". Aber sie wurde gehört. Amüsiert öffnete ihr unsere Nachbarin die Tür. Leider zog nach mehreren Jahren diese Familie aus beruflichen Gründen wieder zurück in die Niederlande. Als sie ihre Silberne Hochzeit feierten, bekamen wir eine Einladung und sollten auf dieser höchst netten Feier die einzigen Gäste aus Deutschland sein. Ich hatte eine freundlich-lustige Rede verfertigt und mir von meinem anderen späteren holländischen Nachbarn ins Niederländische nicht nur übersetzen lassen, sondern auch die Aussprache mit ihm geübt. Als ich dann auf der Feier die Rede nun auf Niederländisch hielt, dachten alle anderen Gäste und insbesondere die Schwiegereltern des Jubelpaares, ich beherrsche ihre Sprache bestens. Alles andere war der Fall. Doch an dem Abend sprachen alle nur noch holländisch mit mir. Ich verstand nichts, nickte aber immer brav mit dem Kopf. Dennoch war die Feier höchst amüsant, denn Niederländer sind ein geselliges, fröhliches Volk wie ich sie kennengelernt habe. Leider sehen wir uns heute sehr selten, aber der Kontakt ist geblieben.

Ein neues Domizil

Mein Vermieter wollte mehr Gewinn aus seinem Haus herausschlagen und erhöhte die Miete. Zwar hätte er mir auch das Haus verkauft, aber der geforderte Preis stand in keinem Verhältnis zum Wert des Hauses, zumal ich auch als Mieter die Fehler dieses Objektes inzwischen kannte und viel hätte investieren müssen. Also rechnete ich mir aus, dass ich auf die geforderte monatliche Miete nur ein paar Hunderter draufschlagen müsste, um einen Hauskredit bedienen zu können. Der Vorteil: ich zahlte in meine eigene Tasche.

Nun galt es, ein Grundstück zu finden. Von der Stadt wurde mir ein Objekt angeboten, dessen Südseite aber zur Straße gerichtet war. Sehr unvorteilhaft, wenn man im Garten ungestört Kaffee trinken will. Nach einigem Suchen signalisierte mir eine Familie, dass der Vater der Frau bereit war, mir Land zu verkaufen. Es war das letzte freie Grundstück in dem gesamten Wohnviertel. Dem Landwirt hatte ursprünglich das gesamte Areal als landwirtschaftliche Fläche gehört und an die Stadt verkauft. Nur ein einziges, nun parzelliertes Grundstück hatte er für sich behalten. Da aber seine Kinder kein Interesse daran hatten, verkaufte er es mir zu einem günstigen Preis. Das Grundstück war für heutige Verhältnisse mit über 1.200 qm relativ groß und nach Süden gelegen, so wie ich es wollte. Heute werden Grundstücke üblicherweise von rund 500 Quadratmetern gehandelt, wo man erkennen kann ob der Nachbar gerade Apfel-oder Pflaumenkuchen isst. Beim Ausmessen des Grundstücks zusammen mit unserem Architekten gab es dann doch noch eine Überraschung. Obwohl das Grundstück durch die Stadt parzelliert war, fehlten die Markierungs- oder Grenzsteine. Daraufhin fingen wir an, an den entsprechenden Ecken tief zu graben, aber leider ohne Erfolg. Normalerweise gibt es immer schon aus alter Zeit eine sogenannte unterirdische Sicherung. Dabei wird in etwa einem Meter Tiefe eine mit dem Hals nach unten gerichtete Glasflasche oder auch ein Ton Kegel versenkt. Auf der südlichen Seite des Grundstücks war in voller Länge genau auf der Grenzlinie statt mit dem nötigen Abstand eine Zypressenhecke gepflanzt worden. Die Grenzlinien sollten angeblich nicht hundertprozentig exakt sein. Doch mir war eine gute Nachbarschaft wichtiger, als dass ich nun nur für ein paar Meter auf einer Korrektur bestanden hätte. Heute könnte man auch ohne Grenzsteine mittels GPS die genauen Grenzen bestimmen, wenn man es wollte. Immerhin kann man nach § 274 StGB für Grenzverschiebungen bis zu fünf Jahre ins Kittchen kommen. Ich ließ dann den Zaun wegen unseres Hundes so ziehen, wo die Umstände oder „Natur(?)" die Grenze gebildet hatten.

Schon in Finnland hatte ich begonnen, mir einschlägige Literatur zum Hausbau, vornehmlich in englischer Sprache, zu kaufen, weil ich die englischen Häuser als so gemütlich empfunden hatte, und mir Gedanken über einen späteren Hausbau zu machen. Lag es daran, dass ich auch gern Architektur studiert hätte, wenn ich nicht so schlecht in Mathematik gewesen wäre? Ich fing also an, unser zukünftiges Haus zu planen. Dabei fielen mir im Geiste auch all die Wohnungen und Häuser ein, in denen ich früher gelebt hatte. Schließlich stand mein Konzept. Das beinhaltete, dass sämtliche Funktionsräume nach Norden zur Straße und die Schlaf -und Wohnräume nach Süden zum Garten liegen sollten. Anders als man häufig in Deutschland sieht, sollte auch der Blick aus der Küche nicht zur Straße, sondern mit großem Fenster bzw. einer Tür ebenfalls zum Garten gerichtet sein. Besonders hatten es mir in Frankreich die großen, bis zum Boden gehenden Fenster angetan. Die Schlafräume sollten alle im Obergeschoss liegen, was sich nun im Alter als sehr schlecht erweist. Aber wenn man jung und gesund ist, denkt man nicht daran. Selbstverständlich gehörte auch eine Sauna dazu, gleich neben dem Schlafzimmer, was später zu Verwunderungen der Besucher führte. Denn in den siebziger Jahren baute man in Deutschland die Sauna stets in Parterre, ja manchmal sogar im Keller, ähnlich wie die früheren Waschküchen. Wenn ich in dann hier in Deutschland erzählte, dass in Finnland in einem Mehrfamilienhaus es auch möglich ist, dass jede Wohnung seine eigene kleine Sauna hat, auch im sechsten oder achten Stockwerk, wunderte man sich sehr. Auf einen Keller verzichtete ich bei der Planung vollkommen, da ich seit über zwei Jahrzehnte diesen nie gebraucht hatte. An der Nordsee in St. Peter-Ording, wo ich gelebt hatte, hat niemand einen Keller, da das Grundwasser schon zwei handbreit unter der Sohle liegt und in Finnland der felsige Untergrund eine teure Sprengung verlangt. Aber im Laufe der Jahre hat sich einiges geändert. Man baut beispielsweise heute Wanne in Wanne, damit alles trocken bleibt.

Dann gab ich einem lokalen, jungen Architekten, mit dem ich zusammen in einem Chor sang, den Auftrag. Zunächst zeichnete er meine losen Entwürfe einmal ordentlich.

Doch dann merkte ich bei der Kontrolle, dass einzelne Mauerabstände zu kurz waren. Also baute ich mit ein paar Gartenmöbeln das geplante Untergeschoss im Garten unseres Miethauses im Verhältnis eins zu eins mit Gartenmöbeln und Bändern auf und lud ihn auf einem Sonntag zu einem Gläschen ein. Bei seinem Kommen war er sehr überrascht, denn eine derartige Vorstellung eines geplanten Projektes hatte vor mir noch nie ein Bauherr bei ihm inszeniert. Die Fehler wurden berichtigt. Heute gibt es dafür ein käufliches Internetprogramm. Nur war man anfangs der Achtziger noch nicht so weit. Dann konnte die Ausschreibung beginnen. Persönlich hatte ich mir bei den Kosten eine obere Grenze gesetzt. Da zu der Zeit im Bauhandwerk eine Flaute herrschte, konnte mein Architekt für die einzelnen Gewerke gut verhandeln. Dennoch wurde zum Schluss der Hausbau um etwa zehn Prozent teurer, was aber noch im Rahmen der üblichen Überschreitungen lag. Alles wurde so, wie wir uns das vorgestellt hatten, bis auf eine Ausnahme: Die Treppe wurde zu schmal. Als wir es merkten, war es schon zu spät. Wenn ich mal tot bin, muss man mich wegen einer Ecke zusammengeklappt heruntertagen. Da wir aus Finnland gekommen waren, war uns eine gute Wärmeisolation sehr wichtig. Auch die Fußbodenheizung im gesamten Haus ist äußerst angenehm und sorgt für eine gleichmäßige und sparsame Raumtemperatur, was wir heute bei den jährlichen Abrechnungen mit den Stadtwerken bestätigt bekommen. Bei der Gartenplanung half uns ein Gärtner, der ursprünglich in Berlin sogar Gartenbau an der Uni studiert hatte, wegen der Kriegswirren aber sein Studium abbrechen musste. Wir ließen ihm viel freie Hand. Man merkte es ihm an, dass es ihm richtig Freude machte, seine Gartenplanung auch zu verwirklichen. Damals zeichnete er für jeden geplanten Baum oder Strauch einen riesigen Kreis. Doch wir konnten einfach nicht glauben, dass diese später einmal so groß sein würden. Heute wissen wir, dass die Kreise fast zu klein gezeichnet waren, denn viele der Bäume mussten wir nach dreißig Jahren oder schon früher stutzen oder fällen wie den größten Teil der Birken, die Sirkka sich in Erinnerung an Finnland gewünscht hatte. Da der Rest aber so wachsen durfte, wie er wollte, bewundern heute unsere Besucher immer unseren geschlossenen, busch- und baumreichen Garten, in dem viele Vögel nisten. Ein Garten, der sich wirklich von den baum-und buscharmen Gärten der Nachbarschaft unterscheidet.

Natürlich gibt es bei jedem Bau Fehler, die man auch anfangs nicht so erkennt. Oder man ist an der falschen Stelle im falschen Moment zu geizig, was man dann später bedauert. So erging es uns auch. Aber unter dem Strich wohnen wir heute in einem sehr schönen, auch repräsentativen Haus, das vom Baustil und Konzept von denen der hiesigen Region sich sehr unterscheidet. Wir lieben unser Haus und unseren Garten und fühlen uns sehr wohl. Unsere Kinder würden gern es übernehmen, wenn wir im Altersheim sind oder für immer tschüss gesagt haben. Aber aus beruflichen Gründen wohnen sie einfach zu weit entfernt.

Der Männergesangverein

Wir wohnten etwa ein Jahr lang in unserer Stadt, als ich nach einem Jubiläumskonzert des lokalen Männergesangvereins auch dort Mitglied wurde. Denn ich hatte seit meinem sechzehnten Lebensjahr während meiner Schulzeit im Chor gesungen. Die Übungsabende des Männergesangvereins MGV fanden damals in dem zur Kirche gehörenden, hübsch gelegenen Haus der Jugend statt. Der musikalische Leiter des Chores war ein Gymnasiallehrer, der aus dem Bier trinkenden Chor einen wirklich gut klingenden Chor bester Qualität geformt hatte. Neuankömmlinge wurden auch nicht einfach so aufgenommen, sondern wurden vorab von ihm persönlich auf ihre gesangliche Qualität hin geprüft, was leider bei den späteren Chorleiter(innen) nicht mehr so üblich war. Ich bestand diesen Test und wurde in den zweiten Bass eingereiht, wo ich rund über zwei Jahrzehnte lang jeden Donnerstagabend singen sollte. Das Repertoire war weit gefächert mit der Betonung auf die leichtere Muse. Leider verstarb dieser Dirigent schon im mittleren Alter während eines Urlaubes in Frankreich an einem Herzinfarkt bereits nach etwa drei Jahren meines Beitritts. Aber auch sein Nachfolger konnte ihm absolut das Wasser reichen. Auch er war Gymnasiallehrer und unterrichtete in Deutsch und Musik. Doch da das Wort Dirigieren ja im Deutschen auch mit Lenken übersetzt werden kann, prägte auch er dem Chor seinen eigenen Stempel über zwei Jahrzehnte auf und führte ihn zu einem der besten Chöre der Region Als der ebenfalls sehr geschätzte, letztere Chordirigent nach gut 25 Jahren durch eine Chorleiterin, die im Nachbarort für die Kirchenmusik zuständig war, abgelöst wurde, war ich schon lange nicht mehr im Chor aktiv. Unter ihrer Regie und durch die extreme Überalterung des Chores ließ die Qualität des Chores nach, wie ich bei deren öffentlichen Auftritten hören konnte. Ein Grund aber war auch die personelle Führung des Chores. So eine Gruppe von ausgewachsenen Männern zu leiten, von denen jeder auf seine Art ein Individualist ist, ist keine leichte Aufgabe für einen Vereinsvorsitzenden. Auch müssen die Interessen des Dirigenten mit denen der Sänger und umgekehrt miteinander verbunden werden, was nicht immer ganz einfach ist. Nach einigen Führungswechseln leitete schließlich über sehr viele Jahre ein Sänger aus meiner Bassgruppe mit sehr viel Geschick den Verein. Er war technischer Meister in einem großen Verkehrsunternehmen und brachte alle Voraussetzungen mit, den großen zusammengewürfelten Haufen der Sänger zu lenken. Außerdem besaß er nicht nur die Erlaubnis zur Beförderung von Personen mit Bussen, sondern er durfte auch ganze Lokomotiven und große Triebwagen führen, wovon der gesamte Chor profitierte. Als er sein Amt aus privaten Gründen aufgeben musste, merkte der Chor erst bei dessen Nachfolger, was er verloren hatte. Nun mangelte es am Führungsgeschick. Ein guter Motorradfahrer zu sein, von denen es dann durch Interessenverschiebung mehrere gab, heißt auch nicht immer, ein guter Sänger zu sein. Das bedeutet aber nicht, dass auch diese Kombination gut sein kann. Auch andere Fehler, über die in der Kleinstadt geredet wurde, schadeten dem Chor. Während der Ägide des letzten Chorleiters wurde ich passives Mitglied. Auch wenn bei einem Laienchor das Singen an erster Stelle steht, so gehört die Geselligkeit ebenso dazu. Beides lässt sich auch gut verbinden. Die Ehefrauen waren ebenfalls oft dabei, allein schon, um immer kräftig zu applaudieren. Besonders beliebt waren die Wochenenden zur Vorbereitung auf ein bevorstehendes Konzert, meist an einem schönen Ort. Viele dieser Freizeiten bleiben in der Erinnerung, wie eine Fahrt nach Wernigerode kurz nach der Öffnung der DDR-Grenze, woran ich täglich durch ein etwa hundert Jahre altes Mikroskop auf meinem Schreibtisch erinnert werde. Als wir mit dem von unserem Vorsitzenden gelenkten Bus dort ankamen, fiel uns sofort das wunderschöne Rathaus im Zentrum der Stadt auf. Dies war zu der Zeit nach außen hin genauso wie die Fassaden der alten Häuser noch in annehmbarem Zustand. Doch als wir am nächsten Tag ein paar Seitengassen entlang gingen und uns umschauten, sahen wir dahinter nur verfallene Häuser, einige fast abrissreif. Das hatte ich so noch nie gesehen. Es sah nicht danach aus, als ob ein DDR-Bürger mal versucht hätte, mit einem Spatel den zerbröckelnden Anstrich abzukratzen oder einfach einmal eine Mauerwand mit weißem Kalk zu tünchen, der nicht teuer ist und auch sicherlich in der DDR keine Mangelware gewesen sein dürfte. Das war einer der ersten Eindrücke, die ich vom Osten Deutschlands bekam. Genau das Gleiche wiederholte sich noch einmal, als mein Vetter anlässlich seines runden Geburtstages seine Gäste nach Schwerin karrte. Dabei fiel mir die Geschichte der Zarin Katharina beim Besuch der potemkinschen Häuser ein, in Wernigerode das Rathaus und in Schwerin das Schloss. Vorne hui und dahinter pfui. Vor unserer Abreise besuchte ich aus reiner Neugier in Wernigerode noch ein Antiquariat gleich neben dem Rathaus. Der Laden war gefüllt mit schönen Dingen für Leute, die Antiquitäten zu schätzen wissen. Die Ostdeutschen hatten kein Geld für Antiquitäten gehabt, ja sie hatten sogar für harte Währung diese in den Westen verscherbelt. Und für uns Wessis war gleich nach der sogenannten Wende auch der DM-Wechselkurs sehr vorteilhaft. Sofort fiel mir ein altes Messing-Mikroskop in einem Original-Holzkasten auf. Seither prangt das alte Mikroskop auf meinem Schreibtisch und erinnert mich an meinen kurzen Exkurs. Zusätzlich fand ich noch eine ganz besondere Buchausgabe: fünf kleine, in Leder gebundene Bände in Oktavgröße. Es war eine Reisebeschreibung durch ganz Nordeuropa im Jahr 1681, jetzt in einer Originalausgabe aus der Mitte des neunzehnten Jahrhunderts von dem Autor war Jean-Francois Regnard, ein Zeitgenosse von Jean Baptiste Molière. Regnard hatte als Dreißigjähriger diese sicherlich sehr anstrengende Reise unternommen und seine Erlebnisse ausführlich beschrieben. Die Wege müssen zu der Zeit katastrophal gewesen sein. Leider sind meine Kenntnisse der französischen Sprache nur minimal, aber es war für mich dennoch höchst interessant, seine Schilderungen über Altona, denn Hamburg als Stadt gab es zu der Zeit noch nicht, und die Beschreibungen über die Lappen und Finnen zu lesen, auch wenn ich nicht alles wortwörtlich verstand.

Von den Reisen des Chores während meiner aktiven Zeit ragen drei besonders heraus. Das waren die Chorreisen in die Niederlande und nach Norditalien zusammen mit unseren Frauen und eine private Busreise nach Südtirol rein zum Vergnügen. Da der Arbeitgeber unseres damaligen „Vaueins", wie auch der Vereinsvorsitzende bezeichnet wurde, auch ein Reisebüro unterhält, waren die besten

Voraussetzungen besonders für die Planung einer privaten Südtirol-Reise gegeben. Der von ihm gelenkte Bus war nicht überfüllt, so dass man auch mal die Beine ausstrecken konnte. Ziel war ein kleines Hotel südlich von Bozen, das für mehrere Tage unser Hauptquartier sein sollte. Höhepunkt dieser einmaligen Reise war die Fahrt von Tirano mit der Bergbahn, die sich in kreisförmigen Windungen über den Bernina Pass bis nach Pontresina hoch schlängelt, um dann schließlich in dem bekannten Skiort Sankt Moritz anzukommen. Besonders in einem offenen Waggon spürte man nicht nur die Klarheit der Luft, sondern konnte auch das einmalige Panorama der Alpen genießen. Und Bozen mit seinen vielen alten, überdachten Marktgängen und seinem mediterranen Klima ist immer eine Reise wert. Als wir am Abschiedsabend unserem Wirt spontan ein paar Lieder sangen, war er so begeistert, dass er noch ein paar Flaschen von seinem guten Südtiroler Wein spendierte. Noch ein zweites Mal durchfuhren wir in Südtirol das Tal der Etsch oder Aldige, wie der Fluss auf Italienisch heißt. Viele Menschen haben irgendwie den Flussnamen Etsch schon gehört, wissen aber nicht, wo er fließt und welche Bewandtnis sich damit verbindet. Es ist genau der Fluss, der in dem ursprünglichen Text der heute verbotenen ersten Strophe der deutschen Nationalhymne, „von der Etsch bis an die Memel…..", etwas großmäulig erwähnt wird. In dieser Region leben seit einem Jahrtausend eigentlich drei Bevölkerungsgruppen, die teils italienisch, teils friaulisch und ein kleinerer Teil deutsch sprechen. Unser Ziel war der kleine Ort Tregnago, etwa dreißig Kilometer nordwestlich von Verona entfernt. Ein befreundeter Südtiroler Chor, der auch schon einmal Gast bei uns war, hatte uns eingeladen. Die Gastgeber hatten sich alle Mühe gegeben. Übernachtet wurde privat bei den Mitgliedern des Gastchores. Neben einem Konzert in der Kirche hatten uns die Italiener am letzten Tag in einem Landgasthof in den Bergen, dort wo normalerweise Touristen nicht hinfinden, eingeladen. Das originale italienische, hausgemachte Essen war einmalig. Unvergesslich bleiben auch im Ort die Zapfstellen für den   regionalen Valpolicella Wein, den die Einwohner wie an einer normalen Benzintankstelle mit einem dicken Schlauch und großem pistolenartigen Zapfhahn in ihre großen Plastikkanister füllten. Natürlich gehörte auch ein Besuch der uralten Stadt Verona dazu, wo laut Shakespeare Romeo und Julia sich verliebt hatten. Diese Stadt hatte mich persönlich so beeindruckt, dass ich sie danach noch zwei Mal besuchte, einmal mit ein paar Sangesbrüdern bei einer zweiten Stippvisite in Tregnago und dann ein zweites Mal privat mit meiner Frau zusammen mit einem unvergesslichen Besuch zweier Oper Aufführungen. Auch eine weitere Reise mit dem MGV in die Niederlande mit dem Besuch von Amsterdam und dann in der Fortsetzung über Brüssel bis nach Paris bleibt unvergesslich. Von Amsterdam bleiben mir außer den Grachten auch die alten Kirchen in der Erinnerung, die heute auch häufig zu Kunstausstellungen genutzt werden. Als wir in Brüssel das bekannte Denkmal des „Männeken piss" sahen, waren wir doch verwundert, dass dieses berühmte und bekannte Denkmal mit dem pinkelnden kleinen Jungen nur ca. 50 Zentimeter hoch ist. Auch die Jungfrau auf einem Stein im Hafen von Kopenhagen ist ebenfalls sehr viel kleiner, als sie auf Postkarten wirkt. Auf dem Wege nach Paris hielt der Bus auch an dem geschichtlich wichtigen Ort oder besser gesagt Ebene bei

Waterloo an, auf der über siebzigtausend Soldaten in einer Schlacht ihr Leben ließen. Wenn hier Napoleon nicht diese Schlacht gegen die alliierten Truppen aus England, Russland und Deutschland verloren hätte, wäre heute ganz Europa völlig anders geordnet und aufgeteilt. Nachdem wir mit einem anderen Ehepaar im Zentrum von Paris mutig unter Anleitung des französischen Kellners versucht hatten, eine riesige Portion von Krustentieren zu knacken, kamen die obligaten Besichtigungen des Eiffelturms und des Kaufhauses Lafayette. Immer wenn im Fernsehen ein Film läuft, freuen wir uns, dass wir all diese berühmten Orte und noch mehr einmal mit eigenen Augen gesehen haben. Die Kontakte zwischen niederländischen Chören und unserem Männergesangverein bestanden schon seit Jahrzehnten, da Zeven viele Jahre eine niederländische Garnison beherbergte und zeitweise etwa zwanzig Prozent unserer Sänger Niederländer waren. So gab es sehr viele gegenseitige Kontakte mit den Niederlanden und gegenseitige Einladungen nach Noordwijk. Die gemeinsamen Feiern waren stets besonders. Bei einer Begegnung hatten sie ein ganzes Gewächshaus für ein Fest ausgeräumt. Einer der Höhepunkte war, dass plötzlich die angebliche Königin Beatrice in ihrem typischen Outfit auftrat, um unter tosendem Beifall einen sogenannten Oranje-Orden einzelnen Gästen zu verleihen. Das Double war sich seines lachenden, donnernden Applauses sicher. Aber es gab noch einen zweiten Höhepunkt. Einige holländische Chormitglieder hatten spontan einen Shantychor gebildet und gaben an dem Abend ihr Bestes. Dieses Erlebnis führte dazu, dass auch in Zeven kurze Zeit darauf ein Shantychor entstehen sollte.

Der Shantychor

Animiert durch diese Anregung in Noordwijk wollte man ebenfalls im Jahr 2001 einen Shantychor ins Leben rufen. Beabsichtigt wurde, eine kleine Musikeinlage wie in Noordwijk auf dem Jahresball des MGV zu wiederholen. An niederländischen Sängern mangelte es nicht, die man aus dem großen Chor rekrutieren konnte. Gleichzeitig wurde ein holländischer Keyboardspieler angeheuert, was aber für einen Seemannschor untypisch ist. Elektronik gab es nicht auf Segelschiffen. Auch wollte der Musiker selbst sich verändern. Daraufhin bat man mich, ob ich nicht diese neue Musikgruppe wie üblicherweise bei Seemannsliedern auf dem Akkordeon begleiten wolle, wozu ich gern einwilligte. Da ich auch nach Gehör spielen kann, hatte ich keine Schwierigkeiten, die mir zunächst fremden, aber sehr melodischen holländischen Shanties zu intonieren. Den Rest lernte ich über spätere Aufzeichnungen. Deutschsprachige Shanties hatte ich ja schon als Schüler auf Anregung meines Vaters gespielt, der als ein gelernter Fahrensmann auf Segelschiffen die Shanties öfter zuhause gesungen hatte. Kurz darauf war dann der erste öffentliche Auftritt anlässlich des jährlich stattfindenden großen Herbstballes des MGV mit über 300 Besuchern. Mit viel Begeisterung und zur großen Überraschung der Festorganisatoren begrüßten wir im Foyer mit zünftigen holländischen Liedern die ankommenden Gäste. Dies war die Geburtsstunde des Shantychores. Durch die sehr bald einsetzende Verkleinerung und spätere Schließung der niederländischen Garnison wurden viele Sänger wieder zurück in ihr Heimatland versetzt. Um ein Aussterben des ursprünglich rein holländischen Chores zu vermeiden, wurden die fehlenden Stimmen sehr bald durch Sänger des MGV schrittweise ersetzt, die vorher schon in einer kleinen Gruppe zusammen gesungen hatten. Es lag also nichts näher, diese gut geübten, sicheren Sänger mit dem Shantychor zu verschmelzen. Damit wandelte sich auch das Repertoire. So wurde nun sowohl in deutscher als auch in niederländischer, aber auch in englischer Sprache zukünftig gesungen. Da ich anfangs der einzige Akkordeonspieler war und damit der Chor von meiner Teilnahme sehr abhängig war, sollte ich sehr bald durch einen weiteren Musiker im besten Lebensalter ergänzt werden. Trotz seines sehr anstrengenden Berufes und der auch damit verbundenen Reisen ins Ausland war er voll dabei und mischte durch seine Musikalität die Auftritte richtig auf. Außerdem kannte er sich bestens mit der Technik der Musikanlagen aus. Ebenso konnte er sehr gut nach Gehör spielen, obwohl mittlerweile fast bei jedem Treffen ein neu geschriebener Notensatz hinzukam. Doch da sich seine beruflich bedingten Abwesenheiten häuften, kamen wir zu dem Schluss, noch einen dritten Spieler zur Ergänzung zu suchen. Auf unsere Annonce hin meldete sich zu unserer Überraschung eine rüstige Sechzigjährige, die ihr sehr viel größeres Instrument sehr viel besser als ich mit meiner kleinen Quetschkommode beherrschte. Mit ihrer persönlichen und musikalischen Sicherheit und ihrem fröhlichen Wesen passte sie sehr gut in unsere Crew. In den folgenden Jahren bildeten wir ein erfolgreiches Terzett. Dabei ergänzten wir uns gegenseitig bestens in unserer Spielweise, zumal wir uns auch nicht immer daran hielten, was in den Noten zu lesen war, sondern jeder von uns dreien auch mal durch einen schrägen Akkord, mal durch einen überraschenden kleinen Lauf, mal leicht rhythmisch die Lieder ein wenig „aufpeppte". Um beim Aufspielen mithalten zu können, hatte ich mir auch später ein größeres Akkordeon gekauft.

Das Liedgut des Shantychores erweiterte sich sichtbar ebenso wie die Bekanntheit zunahm. Die Kosten des Chores wurden durch die Einnahmen der Auftritte bei Jubiläen und anderen Gelegenheiten finanziert. Schrittweise wurde der Shantychor zu einer Konkurrenz des großen Chores, auch weil die besten Sänger des MGV dort vertreten waren. Der kleinere Seemannschor wurde auch schneller zu einer geschlossenen Gemeinschaft und musste sich auch keine Sorgen um den Bestand machen. Ähnlich wie beim großen Chor gab es auch immer wieder Chorfreizeiten an Wochenenden, um neue Lieder einzuüben und alte zu verfestigen. Diese Freizeiten waren stets auch von der Geselligkeit ein Highlight. Und ebenso gehörten Besuche in den Niederlanden zu dem Shantychor aus Noordwijk dazu. Besonders die Teilnahme dort an einem Shantychor-Festival zusammen mit vielen holländischen Chören war ein absoluter Höhepunkt. Dieses Festival sollte später auch in Zeven in ähnlicher Form zusammen mit dem Beginn der Matjes-Saison fortgesetzt werden.

Wie in jeder Gemeinschaft gab es mit der Zeit unterschiedliche Meinungen. Durch die zwingende Mitgliedschaft auch im großen Chor wurde aber die Aufnahme anderer guter Sänger eingeschränkt. Nach einem Besuch des Noordwijker Shantychores kam es bei einer späteren Aussprache zum Eklat. Fehler in der Rolle des Gastgebers, die

Zwangsehe mit dem MGV, aber auch Geldangelegenheiten und musikalische und personelle Chorführung kamen zur Sprache. Da konstruktive Kritik falsch verstanden wurde und ich bestimmten Verläufen und Verhaltungsmustern nicht zustimmen konnte, erklärte ich meinen Abschied vom Shantychor. Ich sollte als Musiker nicht der Einzige sein. Dahinter stand, hierdurch eine Klärung herbeizuführen. Wegen der finanziellen Unklarheiten, bat ich gezielt um Auszahlung des anteiligen, auch von mir eingespielten Gewinns, wozu aber ein Kassensturz erforderlich gewesen wäre, der einige finanzielle Unklarheiten sehr schnell entzaubert hätte. Stattdessen bekam ich aber meine Restbeiträge vom großen Chor ausbezahlt, um die ich nie gebeten hatte. Zwar wurde Versuch gemacht, mich im Shantychor zu halten, aber ich konnte nicht zustimmen. Gern wäre ich beim Shantychor geblieben, wenn verstanden worden wäre, was konstruktive Kritik eigentlich heißt, dass dies für eine aufbauende Haltung zur Besserung von Missständen steht. Allerdings soll es dann Monate später nach meinem Ausscheiden und des anderen Musikanten doch zu einer Umverteilung und Trennung der Ämter gekommen sein. Ob auch später alle Finanzen einschließlich Subventionen jemals offen gelegt worden sind, weiß ich nicht. Auch wenn niemand es zugeben wird, so hatte man wohl etwas dazugelernt.

Bis zu meinem Ausscheiden hatten fast alle Chorsänger zu mir ein freundschaftliches Verhältnis, was sich aber sehr bald ändern sollte. Erst nach mehreren Jahren war teilweise Gras über meinen Austritt gewachsen, wie ich zunächst meinte. Doch da irrte ich mächtig. Als der Shantychor sein fünfzehnjähriges Gründungsjubiläum im Rathaussaal feiern sollte, bekam ich als damals allererster und einziger Akkordeonspieler, ohne den es im Jahr 2001 wohl kaum zu einem rechtzeitigen Start des Shantychores gekommen wäre, noch nicht einmal die Aufforderung, zum Jubiläumskonzert zu kommen geschweige denn eine offizielle Einladung. Ein ziemlicher Affront. Dabei hatte der Gründer des Chores persönlich einmal in einer Mail wortwörtlich geschrieben, ich sei *„ein Mann der ersten Stunde"* des Shantychores. Heute gibt es einige wenige Sänger, die mit mir und umgekehrt ich mit ihnen in alter Freundschaft verkehre.

Volkstanzmusik

Unsere Akkordeonspielerin im Shantychor spielte schon seit einigen Jahren im benachbarten Ort in einer Volkstanzgruppe mit zwei älteren Akkordeonspielern zum Tanz auf. Irgendwann nahm sie mich zu einem Übungsabend mit, auf dem ich sofort von der Gruppenleiterin freudig begrüßt wurde. Die locker geführte Gruppe, in der alle Altersgruppen vertreten waren, hielt wunderbar zusammen. Sofort steckte mich die Fröhlichkeit an, mit der alle dabei waren und tanzten. Ich hatte den Eindruck, eine Gruppe gefunden zu haben, bei der es keinen inneren Konkurrenzkampf oder Neid gibt, bei der Jung und Alt bestens miteinander auskommen. Erst später sollte ich merken, dass es hier genauso wie in jeder anderen Zusammenkunft Grüppchenbildung und Missgunst gibt. Außer meiner Kollegin vom Shantychor musizierten noch zwei über siebzigjährige ehemalige Landwirte mit ihren kleinen Quetschkommoden mit großem Eifer fast immer nach Gehör, da ihnen das Notenlesen schwerfiel. Zwar hatte die Musikerin inzwischen die Tanzstücke nach und nach notenmäßig aufgeschrieben, wobei sie fast alles nach C- oder F-Dur transponiert hatte, doch mussten wir so manchen falschen Akkord in Kauf nehmen, was aber die älteren Spieler nicht kümmerte, da sie dennoch die Stücke mit viel Schwung und Empathie spielten. Der Ältere mit seiner Quetschkommode musste dann aus gesundheitlichen Gründen bald mit dem Musizieren aufhören, der Jüngere spielte noch eine längere Zeit mit uns zusammen. Er intonierte fast sämtliche Tanzstücke auswendig und mit sehr viel Temperament. Später zog sich auch der zweite Spieler aus Altersgründen zurück, wobei auch die Sorge um die Gesundheit seiner Frau eine Rolle gespielt haben dürfte.

So fuhr ich dann jeden Donnerstagabend mit meinem Akkordeon zu den Dorfgemeinschaftshäusern der umliegenden Dörfer, wo die Übungsabende stattfanden. Mir machte das Musizieren in dieser Gruppe sehr viel Freude. Die Tänzer und Tänzerinnen wollten sich auch mit anderen messen und fuhren gern zu regionalen Veranstaltungen anderer Gruppen, von denen wir alle jedes Mal begeistert wieder zurückkamen. Höhepunkte aber waren Veranstaltungen wie beispielsweise die Niedersachsen-Tage in Bad Nenndorf, Hameln oder Celle, wohin auch meine Frau gern mitkam. Gerade diese Besuche waren wirklich eine Besonderheit. Es waren nicht nur die tänzerischen und musikalischen Auftritte, sondern das riesige und vielfältige Angebot eines derartigen Heimattages. Man muss sich dabei noch nicht einmal aktiv einbringen, es ist nach wie vor für jeden Bürger aller Altersklassen eine kaum geglaubte Abwechslung und ein breit gefächertes und buntes Unterhaltungsprogramm, nicht nur wegen der vielen farbfrohen Trachten. Ein ganz besonderes Highlight gab es an einem Abend des thüringischen Heimattages in Altenburg, dort von wo jede zweite Spielkarte in Europa herkommt. Wir übernachteten wieder zusammen in einem Gasthof mit sehr gemütlichen Gasträumen fast mitten in der Stadt an einem kleineren Markt gelegen. Als wir eines von den Gastzimmern betraten, um eine Abendmahlzeit einzunehmen, saß dort schon eine kleine Gruppe aus Bayern, die schon beim Nachtisch, also Gerstensaft waren. Einer von ihnen spielte schon kräftig auf seiner diatonischen Harmonika auf, was gleich für Stimmung sorgte. Nachdem auch wir nach der Abendvesper zu flüssigeren Nahrung übergegangen waren, sahen wir Musikanten uns an, denn unsere Instrumente ruhten sich nicht weit von uns in unseren Gästezimmern gerade aus. Schnell geholt und ebenfalls aufgespielt. Doch dann entstand etwas, was ich nur vom Jazz kannte, eine richtige Jamsession. Das heißt, alle Musiker musizieren frei und fröhlich ohne feste Vorgaben und nach eigenem Gusto ohne Noten, sich dabei gegenseitig ergänzend, frei und nur nach der gleichen Grundmelodie bzw. den Harmonien. Nur war es diesmal nicht eine bekannte Melodie aus bekanntem Jazz-Repertoire, sondern diesmal aus der Volksmusik. Oder der ein oder andere Musikant trug mit einem bayerischen oder hamburgischen Wirtshauslied zur Stimmung bei. Natürlich hatten draußen die Vorübergehenden, manch einer ebenfalls mit einem Musikinstrument unter dem Arm, die Musik gehört und beschlossen, hereinzukommen und mit zu feiern oder mit zu musizieren. Schließlich waren alle Räume des Gasthofes proppenvoll und alle Musikanten spielten in den unterschiedlichsten Formationen, sei es mit einer Tuba oder einer weiteren diatonischen Harmonika im ständigen Wechsel auch der Räumlichkeiten oder des Zusammenspiels einfach mit. Es war die allerbeste volksmusikalische „Jamsession", die ich je erlebt habe. Nur noch im Bayerischen Wald bei meinem Freund erlebte ich ähnliches bei einer Feier, zu der wohl jeder vierte oder fünfte Gast ein Instrument mitgebracht hatte. In Altenburg aber war es spontaner.

Die Tanzgruppen übernachteten fast immer in Schulen oder Jugendhäusern, auch die älteren Mitglieder, obwohl es sicherlich auf den Feldbetten oder Luftmatratzen nicht immer sehr bequem war. Ich selbst zog es vor, in einem kleinen Hotel oder Gasthof zu übernachten. Für die Gruppenleiterin war es aber zusammen mit ihrem Mann, dem Tanzleiter, ein Muss, nicht nur tagsüber , sondern auch nachts bei der Gruppe zusammen zu sein, denn manchmal neigen Jugendliche dazu, kaum dem elterlichen Auge entwischt, über die Stränge zu schlagen. Die innerlich jung gebliebene Gruppenleiterin war aber großzügig und drückte selbst öfter ein Auge zu.

Gruppenleiterin und Tanzleiter hatten sich wohl schon in früher Jugend wahrscheinlich mit ihrer absoluten Freude am Tanz gefunden und geheiratet. Besonders sie hatte ein stets fröhliches Gemüt, was sich in vielen Situationen schnell auf andere Menschen übertrug. Gern hätte ich als Rentner ihr manchmal organisatorisch geholfen, denn da haperte es manchmal. Aber sie ließ sich trotz einiger dieser Schwierigkeiten ihre Aufgaben nicht nehmen. Bei dem Tanzleiter, von Beruf Landwirt, hatte ich manchmal das Gefühl, dass er selbst vor lauter Begeisterung in seinem Stall zur Vorbereitung des Kurses einige Schritte übte, um sie dann am Übungsabend weiterzugeben. Da er selbst das Tanzbein gern schwang, tanzte er bei den Proben fast immer selbst mit. Während im Laufe der Jahre die Tanzjugend immer reifer und im Tanz eindeutig besser wurde, stagnierte langsam der Tanzstil der älteren Generation, was einfach auch altersbedingt war und dem einen oder anderen Tänzer selbst auffiel, dieser es sich aber wohl nicht eingestehen wollte. Das auch vor Auftritten so einzuteilen, mochte der Tanzleiter wohl nicht, da er eben selbst mit diesen Oldies in den vergangenen Jahrzehnten gemeinsam tänzerisch groß geworden war.

Bei Tanzveranstaltungen außerhalb buchten wir Musikanten mit unseren Partner/innen bei Tanzveranstaltungen außerhalb oft die gleichen Gasthöfe. Der Ehemann einer Akkordeonspielerin konnte wegen einer Kniearthrose nicht tanzen und hatte sich wohl auch deshalb eine sogenannte Teufelsgeige selbst gebastelt oder bauen lassen, um uns als Vierter im Bunde bei den offiziellen Aufführungen damit zu begleiten. Leider verstarb dieser stets freundliche und hilfsbereite Mann sehr plötzlich und relativ früh für sein Alter. *Eine Teufelsgeige, auch Bumbass genannt, ist ein meist selbst gebautes Instrument mit sehr viel Schellen, Rasseln, kleinen Trommeln, Tamburin an einem festen, nicht ganz mannshohen Holzstab, an dem früher eine Tierblase als Resonanzkörper, heute meist eine Saite fixiert ist. Beides wird dann rhythmisch verbunden mit gleichzeitigem Aufstampfen mit einem Schlägel geschlagen, manchmal auch die Saite gezupft. Oben auf dem Stab sitzt ein kleiner Kasper – oder auch Teufelskopf.* Da wir immer noch nach den stark vereinfachten, einstimmigen und transponierten Notensätzen spielten, kaufte ich mir ein PC- Notenschreibprogramm und begann, die wunderschönen, alten Tanzstücke notenmäßig wieder in die Originalform zu setzen. Ein-und dasselbe Stück klingt in einer B-Tonart völlig anders als in einer Kreuztonart. Gleichzeitig wollte ich auch die einzelnen Stimmen und Läufe variieren, damit wir nicht mehr exakt das Gleiche mit einer einzigen Stimme spielten, sondern mehr den Klang eines kleinen Orchesters bekämen. Wenn jedes Instrument im spontanen Wechsel die eine oder andere Stimme spielt, ist die Musik allein schon durch unsere vom Klang und von der Lautstärke her und dem Ton der unterschiedlichen Instrumente sehr abwechslungsreich und wirkungsvoll.

Doch das setzt unter bestimmten Konstellationen voraus, dass jeder Spieler spontan und plötzlich von einer Stimme in die andere springen kann. Mich hatte man schon weiter entfernt platziert, da ich auch bei der Volksmusik nach jazziger Manier dazu neige, nicht immer das zu spielen, was in den Noten zu lesen ist, sondern durchaus mal einen Sechstakkord spiele oder rhythmisch kleine Synkopen einbringe, um noch etwas mehr „Farbe" in das Musikstück zu bringen, was dann spontan mit Freude musikalisch beantwortet wurde. Beim Musizieren ist es wichtig, dass mit Gefühl und Empathie gespielt wird. Da wir Akkordeonspieler aber in der Art des Musizierens uns teils sehr unterschieden, hatte ich im steigenden Maße bei den Übungsabenden und Auftritten keine Freude mehr, was auch meine Frau bemerkt hatte.

Ich hatte mir aus Finnland Noten von bekannten Volksmusikstücken kommen lassen. Skandinavische Musik wird oft sehr schnell aber auch umgekehrt für mitteleuropäische Verhältnisse sehr langsam gespielt. Einen Wechsel zwischen Dur und Moll findet man häufiger. Schließlich ist Russland ja das Nachbarland. Mir machte es nun Freude, diese schönen Melodien wie auch unsere alten Musikstücke, von denen einige richtige Ohrwürmer sind, für drei Akkordeons zu arrangieren. Da ich beim Musizieren auch immer sehen konnte, wie sich ein Tanz zusammensetzt und welche Figuren sich wiederholen, befasste ich mich mit der Choreographie von Volkstänzen. Ich suchte mir auch ein schönes finnisches Stück aus und schrieb mit Hilfe von anderen Tanzanleitungen hierfür eine Choreographie, in der stillen Hoffnung, dass es eines Tages von unserer Gruppe einmal probeweise getanzt würde, um danach unter Sicht und mit Hilfe des Tanzleiters Verbesserungen vorzunehmen zu können. Im benachbarten Ort, wo ich Gelegenheit hatte, auch am Übungsabend teilzunehmen, wurden neue Werke der Musikanten, andere Notensätze oder andere Arrangements von allen Musizierenden durchaus gespielt. Bei meiner Gruppe wurden Tanzstücke teils sehr schnell gespielt. Bei den offiziellen Musik- und Tanzkursen des Landes Trachtenverbandes ebenso wie bei den Vorbereitungen und dem späteren Auftritt des neu gebildeten, großen Volkstanzorchester, in dem ich eine kurze Zeit mitspielte, wurden u.a. im bekannten Roten Rathaus in Berlin all diese bekannten Tänze einen ganzen Abend lang gespielt, aber im Originaltempo, zur Freude und Zufriedenheit aller.

Da ich mich mit meinen Vorstellungen des Musizierens nicht durchsetzen konnte, brachte es mir keine richtige Freude mehr, was es ja eigentlich soll. So erklärte ich an einem Übungsabend, ich würde ab sofort inaktiv werden und stände zum Musizieren nicht mehr zur Verfügung. Da ich aber die Gruppe, mit der ich auch sehr viele schöne Stunden verbracht hatte, nicht düpieren wollte, gab ich als Grund meinen eigenen schlechten Gesundheitszustand an. Da war auch ein wenig etwas dran, aber es war niemals der Hauptgrund vom Abschied des aktiven Musizierens.

Unter dem Strich aber ist die Volkstanzgruppe eine prima Corona von Jung bis Alt, die gut miteinander auskommt und miteinander tanzt. Es wird gern gelacht und die Übungsabende sind auch nicht so pedantisch wie teilweise bei anderen Volkstanzgruppen. Gern bin ich mit diesen Menschen zusammen. Aber in ihren Hochs und Tiefs unterscheiden sie sich nicht von anderen Gruppierungen, was ich anfangs dachte. Nach wie vor fühle ich mich ihnen zugehörig, aber eben nicht als aktiver Musikant.

Radfahren soll gesund sein.

Im Alter von achtundvierzig Jahren hatte ich einen Herzinfarkt erlitten mit nachfolgender Operation. Bei der Abschlussbesprechung hatte man mir empfohlen, mehr Sport zu treiben, am besten Schwimmen oder Radfahren. Ich entschied mit für letzteres. Mit einem Fahrrad war ich groß geworden. Im Gegensatz zur heutigen jugendlichen Generation, die entweder mit dem Bus direkt bis vor die Schule gefahren wird, manchmal auch schon, wenn sie nur drei Kilometer Schulweg haben, oder aber von ihren Müttern mit den spritdurstigen, übergroßen SUV zur Schule gebracht und auch wieder abgeholt wird, fuhren wir früher noch mit dem eigenen Rad zur Schule, nicht wenige von uns hatten einen Schulweg von bis zu zehn Kilometern, oder wir kamen zu Fuß, weil auch der Fahrradunterstand wie am Bückeburger Gymnasium zu klein war. Später an der Nordsee ging die Fahrt an jedem Schultag fünf Kilometer in eine Richtung, egal ob die Sonne schien, es regnete oder Eis und Schnee herrschte. Wir nahmen es gelassen und waren abgehärtet. Es wundert mich nicht, wenn die Bundeswehr heute jeden fünften Aspiranten wegen mangelnder körperlicher Leistung und Widerstandskraft ausmustern muss. Kurz gesagt, ich war mit dem Fahrrad aufgewachsen und mir brachte es Freude. So hatte ich auch sehr bald, als wir nach Zeven zogen, für jedes Familienmitglied ein Fahrrad gekauft. Im Viererpack billiger. Auch mein Veloziped mit einer Dreigang-Narbenschaltung war stabil und auch für eine längere Tour geeignet.

Ich hatte schon früher von der Donau-Radtour gehört. Also kaufte ich mir ein Buch, in dem alles gut beschrieben war einschließlich der Übernachtungsmöglichkeiten, die ich vorsichtshalber vorbestellte, und dann ging es an einem schönen Maitag los. Seinerzeit gab es noch D-Züge mit Gepäckabteil, wo man das Rad abgeben konnte. Insider hatten mir berichtet, dass es besser sei, das Fahrrad besser mitzunehmen und im Gepäckwagen persönlich abzugeben. Ohne Begleitung kämen Fahrräder meist ziemlich ramponiert am Ziel an. Zwar machte mein Zug von Bremen aus einen kleinen Umweg über Frankfurt, aber ich kam ohne Umsteigen in Passau an. Die erste Frau meines Freundes Eckart holte mich vom Bahnhof ab. Das Fahrrad kam huckepack. Nach einem schönen Wochenende in Waldkirchen

fuhr ich nun wieder selbst hinunter nach Passau. Dass ich bei dem Tempo, mit dem ich kurz vor Passau die Straße mit vollem Gepäck herunterbrauste, nicht gestürzt bin, wundert mich heute noch, denn bei diesem Fahrrad hatte ich keineswegs vernünftige Bremsen. Das sollte sich aber später ändern.

Nachdem ich mir Passau angesehen und den Dom bewundert hatte, ging es Richtung Wien immer auf dem schön ausgebauten Radweg, fast immer am Fluss entlang. Ende der achtziger Jahre war diese Tour noch nicht so bekannt und zum Glück noch nicht so sehr von Radfahrern übervölkert. Die Landschaft war wirklich beeindruckend. Zuerst fuhr ich auf der südlichen Seite, wechselte dann aber auf die andere Seite der Donau, weil ich unbedingt das Konzentrationslager in Mauthausen besuchen wollte, nichts ahnend, was auf mich zukommen sollte. Das Lager selbst liegt auf einem Berg in der Nähe von Granitstein-brüchen. Die Straße dorthin ist so steil, dass ich völlig durchgeschwitzt das Rad schiebend oben ankam. Zwar hatte ich schon am Ende meiner Schulzeit im Gymnasium in St. Peter einen Film über die Konzentrationslager gese-hen und danach auch wiederholt im Fernsehen, aber da-heim immer brav im Sessel sitzend mit großer Distanz, e-her wie Grausamkeiten aus Kaiser Neros Zeiten in einem Film, dabei völlig vergessend, dass eine große Mehrheit der Generation unserer Eltern und Großeltern es waren, die diese Unmenschlichkeiten, wenn schon nicht selbst ausgeführt, so doch für richtig geheißen oder zumindest wissend oder bestenfalls erahnend geschwiegen haben. Als ich durch das Tor des einstmals größten KZ Österreichs schritt, als man mir die Öfen zeigte, in denen man massen-haft unschuldige Menschen verbrannt hatte, als ich die Gaskammer im Keller sah, als man mir erzählte, dass rund 140.000 Häftlinge hier gequält oder getötet worden wa-ren, wurde ich ganz still und schämte mich. Diese Scham über diese Vernichtungsstrategie meiner Vorväter fühle ich bis heute, auch noch jetzt beim Schreiben dieser Zei-len. Etwa 200.000 Personen waren in Nebenlager depor-tiert worden. Fünfhundert sowjetische Offiziere wurden nur drei Monate vor Ende des Krieges, als halb Deutsch-land und Teile Österreichs schon besetzt waren, nach ei-nem Ausbruch niedergemetzelt. Erst im Jahr 2001 soll man diesen Opfern ein Gedenkstein aufgestellt haben, wie ich jetzt gelesen habe. Bevor ich erschüttert dieses Konzentrationslager verließ, kaufte ich noch eine Zusam-menstellung von Zeichnungen von todgeweihten italieni-

schen Künstlern, die mit meist sparsamen Strichzeichnun-
gen der Nachwelt und mir mit ihren unvergesslichen Bildern die Verlogenheit und das Böse im Menschen zeigten.

Tief in meinen Gedanken hätte ich bei der Weiterfahrt fast
mein Ziel in Au an der Donau mit dem Gasthof zum Jäger-
wirt verfehlt. Nach einem kleinen Erholungsschlaf ging es
mir schon besser. So ging ich in den Garten hinter dem
Haus, wo an dem warmen Frühlingsabend die Tische zum
Abendmahl gedeckt waren. Um nach einem solchen Tag
wieder seelisch ins Gleichgewicht zu kommen, bestellte
ich mir zuerst eine große Karaffe Grüner Veltliner. In Norddeutschland war dieser Wein bis vor ein paar Jahren kaum
bekannt, obwohl es die in Österreich meist angebaute
Rebe ist. Leider aber kommt in Deutschland nur die
zweite Wahl auf den Markt. Oft wird diese Weinrebe in
alten Studentenliedern besungen, allerdings mit dem Namen Malvasier, wie er auch in seinem Stammland heißt.
Er wird in ganz Österreich, am meisten im Weinviertel angebaut. Es ist ein frischer Wein, der sowohl leicht nach
Pfirsich, aber auch pfeffrig schmecken kann. Sollte aber
auf der Karte einmal Weißgipfler stehen, dann sollte man
diesen süffigen Wein sofort ordern, so kann der Wein in
seinem Heimatland nämlich auch heißen. Nach einem
ausgezeichneten Abendmahl mit einem frisch gefangenen
Zander aus der Donau konnte ich die Erlebnisse des Tages
langsam verdrängen und den Abend genießen. Viele
Gäste waren wohl aus der Region nur zum Essen gekommen oder hatten sich in ihre Zimmer verzogen. Nachdem
etwas Ruhe in der Gaststube eingetreten war, setzte sich
die Wirtin mit einer Flasche dieses soeben gepriesenen

Malvasiers zu mir, um mich nach meiner Reise auszufragen. Sie heiße Johanna, erklärte sie mir, ihr Glas mit meinem anstoßend. „Und ich werde Dietz genannt", kam meine Antwort, als die Gläser klangen. Wir unterhielten uns bestens. Ich konnte noch einmal über meine Eindrücke vom Tage ihr erzählen und sie erzählte mir darauf von der Zeit, als in Österreich noch die Sowjets als größte Besatzungsmacht waren.

Wir haben es heute völlig vergessen und ich denke, von der deutschen Generation nach mir wissen nur wenige, dass genauso auch Österreich wie Deutschland von den Kriegermächten des letzten Weltkrieges besetzt war. Ab 10. April 1938, also einem Tag nach meiner Geburt, hatte das Hitler-Regime das Sagen und danach ab 4. Juli 1945 immerhin bis 1955 die vier Alliierten, die sich Österreich genauso wie Deutschland in vier Zonen aufgeteilt hatten. Den größten Happen davon flächenmäßig hatten sich Russen geschnappt, nämlich das Burgenland, Niederösterreich, das Mühlenviertel und ein Teil von Oberösterreich. Den Rest hiervon einschließlich Salzburg bekamen die Amis, die Steiermark mit Kärnten wurden durch die Engländer verwaltet und Frankreich musste mit Tirol und dem Vorarlberg Vorlieb nehmen. Ebenso wie Berlin war auch das allein von den Russen eingenommene Wien in vier Sektoren aufgeteilt. Es gibt sogar ein sehr großes russisches Heldengedenkmal. Es gab ebenso wie in Deutschland regelrechte Zonen, die man nur mit besonderer Erlaubnis und entsprechenden Papieren überschreiten durfte. Auch in Wien selbst durfte man sich nicht frei bewegen. Es gibt nur einen großen Unterschied zu unserer eigenen Geschichte: Es wurde nie durch Wien eine Mauer wie zu DDR-Zeiten gebaut. Und nach mühsamen Verhandlungen zogen sich alle Siegermächte im Oktober 1955 aus Österreich zurück. Hiervon hatte ich in der Schule nie und danach auch nur sporadisch und bruchhaft erfahren.

Ich hatte Johanna, eine Frau etwa im gleichen Alter wie ich, von meinen bedrückenden Eindrücken im Konzentrationszentrum berichtet, was sie veranlasste, mir ausführlich von der Zeit unter der sowjetischen Besatzung zu erzählen, unter der sie wohl als junges Mädchen sehr gelitten hatte, wie die Besatzer sehr randaliert hätten, wenn des Sliwowitz, einem sehr gut schmeckenden Pflaumenschnaps, zu viel war. Es war nicht unsere letzte Flasche Wein. Aber dann um drei Uhr meinten wir doch, dass jeder von uns beiden nun besser sein Bett aufsucht. Im Gasthof von Johanna sollte ich später noch zwei Mal übernachten, was ich aber bei der Verabschiedung noch nicht ahnte.

Und weiter strampelte ich Richtung Wien. Ich kann hier nicht die ganze Reise beschreiben, deren Route ich mit kleinen Abweichungen insgesamt vier Mal gefahren bin, drei Mal mit dem Rad und dann das letzte Mal mit dem Traktor. Darum werde ich einige Erlebnisse zusammenfassen und hier nur das beschreiben oder davon erzählen, was besonders oder einfach nur anders war.

Von der nächsten Station in Marbach ging es jetzt immer weiter auf der nördlichen Seite am Fluss, aber auch auf den etwas höher liegenden Wirtschaftswegen des Weinanbaus entlang. Es lohnt sich, sich für jeden dieser malerischen Weinorte Zeit zu nehmen, doch mein Ziel war Melk, dessen Kuppel des Klosters ich schon weit über zehn

Kilometer Entfernung sehen konnte. Doch vorher musste ich noch einen kleinen Abstecher nach Pöchlarn machen, um das Geburtshaus Oskar Kokoschkas zu besuchen, der einstmals für Adolf Hitler der größte „Kunstfeind Nr. 1" war. Ich hatte erwartet, dort mehr Bilder von ihm zu sehen. Doch auch ohne eine große Ausstellung war nun sein Malstil in meinem Gedächtnis eingeprägt. So suche ich heute noch bei jedem Besuch einer größeren Gemäldegalerie nach Bildern von Oskar Kokoschka. Nachdem ich mich in Melk in einem Privatzimmer bei einer sehr netten Wirtin eingemietet hatte, besuchte ich das berühmte Barock-Kloster, dessen Kuppel und seine prominente Lage auf einer Anhöhe direkt am Fluss kilometerweit in der Wachau schon zu sehen sind. Beim Betreten des Klosters fielen mir sofort die meist in einem hellen Blau gemalten Fresken in den zentralen Giebeln auf, die vier Tugenden darstellen sollen. Zuerst dachte ich, sie wären von Kokoschka, dessen Geburtsstätte ich ein paar Stunden vorher besucht hatte. Aber sie waren jünger, von Anfang der Achtziger, Werke der beiden Maler Peter Bischof und Helmut Krumpel. Ich war überrascht, wie gut sich der moderne Malstil mit dem dominanten Barock des gesamten Klosterkomplexes aus den Anfängen des achtzehnten Jahrhunderts anpasste. Aber auch von den dreihundert Jahre alten Deckenfresken der Kirche und der Bibliothek konnte ich kaum den Blick abwenden. Das Kloster selbst soll aus dem elften Jahrhundert stammen und mehrfach abgebrannt sein. Sehr beeindruckend ist die riesige Bibliothek, die viele alte kostbare Bücher beherbergt ähnlich wie das Kloster Sankt Gallen in der Schweiz, unter anderem auch eine tausend Jahre alte Abschrift des römischen

Schriftstellers Vergil, dessen Werke, seien es Gedichte oder sein Hauptwerk, die Äneis, zu Ehren des römischen Kaisers Augustus verfasst, im gymnasialen Lateinunterricht obligat waren. Ich selbst besitze noch aus meiner Zeit am Adolfinum in Bückeburg eine Schulausgabe. Jeder kennt die Worte der Weihnachtsgeschichte: „Es begab sich aber zu der Zeit, dass ein Gebot von Kaiser Augustus ausging, dass alle Welt geschätzet werde……". Das ist genau der Augustus, den Vergil in seinem Werk lobpreist. Ebenso besitzt diese riesige Bibliothek auch eine Abschrift aus dem dreizehnten Jahrhundert der Nibelungensage, die jeder von uns als Schüler einmal gelesen hat, aber sicherlich nur sehr einfach gebunden. Es gibt in diesen mit Bücher beladenen Regalen der Bibliothek nicht zu erkennende, geheime Türen, durch die man nach draußen ins Freie gelangt oder sie heimlich betreten kann, jedenfalls die Mönche. Über Melk gibt es noch viel mehr zu erzählen. Aber am besten sollte man selbst einmal dorthin fahren. Ich besuchte auf meinen Touren zwei Mal diese einmalige Stätte, die auch in ihrer Prominenz optisch einfach nicht zu übersehen ist. Erwähnen sollte ich noch, dass von diesem Kloster vor nicht ganz dreihundert Jahren die Aufklärung für Österreich ihren Anfang nahm. Chapeau, die streng katholischen Mönche hatten also keine Scheuklappen.

Nicht an jedem Weinort der Wachau wie Krems und andere konnte ich Halt machen und so fuhr ich immer weiter, während die Landschaft immer flacher wurde. Langsam wurde es Zeit, sich um ein Zimmer zu kümmern, doch wo ich auch anhielt, alles war ausgebucht. Die Sonne senkte sich und ich wusste immer noch nicht, wo ich meine müden Beine ausstrecken sollte. Auf dem Wege hatten mich zwei junge Frauen etwa im Alter von zwanzig bis zweiundzwanzig Jahren mehrfach überholt oder ich sie, was auf so langen Radtouren nicht ungewöhnlich ist. Irgendwann dann kurz vor Tulln an der Donau trafen wir uns bei einer Pause auf einer Bank. Auch sie hatten das gleiche Problem wie ich: noch keine Übernachtungsmöglichkeit. Wir einigten uns, dass jeder abwechselnd bei jeder Absteige fragt, ob für drei Personen ein Doppel und ein Einzelzimmer frei seien. Doch so sehr wir uns bemühten, es war vergebens. Nun fuhren wir zu dritt weiter und mit Galgenhumor malten wir uns schon aus, dass wir wohl auf einer der Deichwiesen der Donau nächtigen müssten. Gegenseitig namentlich vorgestellt aber hatten wir uns noch nicht. Wir duzten uns, aber ohne direkte Anrede. Eine der beiden hätte die Tochter von Charlie Chaplin sein können, so ähnlich sah sie aus und dabei auch noch ebenso apart und hübsch. So gab ich ihr den Spitznamen „Josephine". Sie war überrascht und wunderte sich über meine Namensgebung. Doch ich erklärte ihr, wem sie so ähnlich sei. Lachend war sie mit meiner Namensgebung einverstanden. Schließlich standen wir nach wiederholtem vergeblichen Suchen um ein Nachtquartier hilflos in Tulln am Straßenrand, als urplötzlich ein Mann mit einem Auto neben uns hielt und fragte, ob wir ein Zimmer suchten. Er könne da helfen, sein Onkel würde privat vermieten, vielleicht sei ja noch etwas frei. Also fuhren wir ihm in seinem Auto, das in den engen Gassen nicht schnell fahren konnte, mit unseren Rädern nach. Er war dann die letzten Meter schon etwas vorgefahren und hatte seine Verwandten gefragt. Als wir ankamen, stand an einem Fenster im Obergeschoss ein älterer Mann und erklärte uns, ja er hätte ein Zimmer, aber eben nur eins, notfalls könne auch ein Dritter da noch mit auf einem Sofa schlafen. Wir schauten uns an, was sollten wir machen, denn die Wirtsleute dachten, wir gehörten zusammen und wussten nicht, dass wir uns erst vor zwei Stunden getroffen hatten. „Josephine" und ihre Freundin schauten mich an: „Sag mal, wie heißt Du denn eigentlich?" „Dietz", war meine Antwort. „Und nun? Wir kennen uns doch nicht, wollen wir wirklich in einem Bett bzw. einem Zimmer schlafen"? Der Vermieter beobachtete uns etwas misstrauisch von oben aus dem Fenster. „Also gut", meinten die Mädchen, „dann bist Du eben unser Vater oder Onkel und wir nehmen dann das Zimmer. Aber Du musst brav sein", fügten sie hinzu, „besser als draußen zu schlafen". Nachdem wir uns in dem großen Zimmer eingerichtet hatten, die großen Mädchen im Doppelbett und ich auf dem Sofa, gingen wir, der sogenannte Papa mit seinen Töchtern, noch zum Essen und auf ein Bier in den nächstgelegenen Biergarten und tauschten erst dort lachend unsere richtigen Namen aus und erzählten uns gegenseitig, woher wir kämen. Dass die beiden aus der Schweiz kamen, hatte ich mir wegen ihres Akzents schon gedacht. Ihre richtigen Namen habe ich leider vergessen. Allerdings bekam ich ein Jahr später Post aus der Schweiz mit Adresse von „Josephine", auch so unterschrieben, dass sie geheiratet hätte und sie sich freuen würde, wenn ich einmal vorbeikäme. Offensichtlich habe ich in der Nacht in Tulln wohl doch nicht so laut geschnarcht, wie man von mir sagt. Gemeinsam fuhren wir dann über Klosterneuburg bis nach Wien, wo wir uns am Stephansdom trennten.

Wien wollte ich mir bei der Rückfahrt ansehen und so stieg ich in den Zug in Richtung Neusiedler See, um in Neusiedl selbst auszusteigen und dann auf der östlichen Seite des Sees Richtung Süden bis Seewinkl auf Feldwegen zu fahren. Der Neusiedler See ist mit seinen 320 Quadratkilometern mit mehr als der Hälfte mit Schilf bedeckt, in dem eine Unmenge von Wasservögeln leben, die man nur selten sieht, aber fast immer hört. Das Schilf wird in zugelassenen Gebieten zu bestimmten Zeiten geschnitten und dann als Reet gebündelt in ganz Europa bis zu uns nach Friesland zur Dachabdeckung verkauft. Blickte ich nach Osten, sah ich eine Landschaft mit auffälligen, abgewinkelten, langen Baumstämmen an den Brunnen zum Wasserschöpfen und Bauernhäuser mit vielen Storchennestern auf den mit Reet abgedeckten Häusern wie in der Puszta. Kein Wunder, denn ein Teil des Sees gehört zu Ungarn. Darum konnte man damals auch nicht wie heute nach Öffnung der Grenzen um den See herumfahren, sondern musste mit einer kleinen, sehr flachen Fähre von Seewinkl nach Mörbisch übersetzen. Der Fährmann erzählte mir, dass der See im Durchschnitt nur einen Meter tief sei. Man könnte also theoretisch durchwaten, wenn nicht diese riesigen Schilfgürtel, besonders auf der westlichen Seite, wären. Diese Radtour machte ich zwei Mal. Beim ersten Mal schlief ich in einem Privatzimmer der Apothekerin von Rust. Bei der zweiten Tour, die ich mit Sangesbrüdern aus dem MGV machte, schliefen wir in einem Hotel, was man aber besser als Absteige bezeichnen sollte. Nicht nur, dass es sehr schmuddelig war, der einzige Kellner war schwul bis unter die Haarspitzen und benahm sich auch so und die stets leicht alkoholisierte Wirtin hatte wohl ihr Geld früher mit Prostitution in Wien gemacht. Vielleicht aber auch in Rust selbst, denn bei der zweiten Tour schlief ich diesmal zusammen mit meinem Zevener Nachbarn in einem sogenannten Doppelzimmer, bei dem das Bett oval und alles in Rot gehalten war und wenn wir zur Decke blickten, wir uns im Spiegel sahen, der genauso groß war wie unsere sehr federnde Schlafstatt. Zum Glück hatten wir abends so viel des Rotweins intus, dass uns das völlig egal war. Normalerweise weiß ich, wie viel Glas Wein ich vertrage. Aber schon bei meiner ersten Reise wunderte ich mich, wie ich es bis in mein Bett im Hause der Apothekerin geschafft hatte. Erst später erfuhr ich, dass der Wein aus dem Anbaugebiet um den Neusiedler See herum gut und gern fünfzehn Prozent und mehr Alkoholkonzentration hat. Auf der westlichen Seeseite führt der Radweg gen Norden weiter weg vom See. In einem der kleinen Orte hielt ich an, um mich zu stärken. In einem der Gasthöfe bekam ich die beste Knoblauchcremesuppe meines Lebens. Eine Spezialität dieser Region. Nirgendwo anders habe ich diese Suppe jemals wieder auf einer Speisekarte gesehen, aber auch niemals wohl so gegen den Wind gerochen oder gestunken. Leider war ich bei der Rückreise zu müde, um die in der Nähe liegende Stadt Eisenstadt mit ihrer interessanten Geschichte zu besuchen. Dort wirkte eine der reichsten Adelsfamilien Europas, die Esterhàzy, bei der Joseph Haydn Kapellmeister war und viele seiner Streichquartette komponierte. Auch bei der zweiten Tour mit Sangesbrüdern des MGV konnte ich sie nicht zu diesem Abstecher überreden.

Völlig kaputt nahm ich dann wieder in Neusiedl den Zug, um mich in Wien in einer privaten Unterkunft nicht weit vom Naschmarkt einzumieten. Mein Nachtquartier lag in einer guten Wohngegend. Mein Vermieter, ein älterer freundlicher Herr, war verwitwet und vermietete nun in seiner sehr großen Stadtwohnung Zimmer an Touristen. So bekam er dafür nicht nur ein paar Schillinge, den Euro gab es noch nicht, sondern er hatte auf diese Weise auch Gäste, mit denen er gern ein paar Worte wechseln konnte und sich nicht einsam fühlen musste. Als ich mein Fahrrad draußen auf der Straße fest mit einem Bügel anschließen wollte, warnte er mich sofort. Wien sei nach dem Ende des Kalten Krieges von vielen illegalen Osteuropäern überlaufen, die leider alles mitnähmen. Da das Abstellen von Rädern aus feuertechnischen Gründen in dem großen Mehrfamilienhaus verboten war, musste ich mein Fahrrad zur Wohnung hoch schleppen. Zum Glück lag die die Wohnung im ersten Stockwerk, was aber dennoch eine Lage höher ist als bei uns. Denn um Steuern zu sparen, hatten viele der in Wien um Neunzehnhundert gebauten großen Stadthäuser noch ein Zwischengeschoss, was Mezzanin genannt wird. In Wien wird eben anders gezählt. Wenn der Wiener im Ersten wohnt, verstehen wir darunter den zweiten Stock. Das brachte mich auch bei meinen späteren Wienbesuchen manchmal durcheinander, besonders wenn man im Fahrstuhl den falschen Knopf drückt. Nach dem Frühstück trug ich mein Rad wieder herunter und fuhr zum Naschmarkt, der in seiner Vielfalt ein gutes Bild der ehemaligen alten Donaumonarchie abgibt. Zwar durfte man dort das Rad verständlicherweise auch nicht schieben, abstellen aber wollte ich es nicht. Nach der Vorwarnung vom Vorabend tat ich so, als wüsste ich nichts von dem Verbot.

Als ich dann nachmittags am Westbahnhof ankam, um von Wien mit dem Zug, der auch einen Gepäckwagen haben sollte, nach Passau zu fahren und von dort weiter bis nach Hamburg, gab es eine große Überraschung. Schon als ich dort ankam, wunderte ich mich, dass genau zu der Zeit, an der auch ich abfahren sollte, an den Anzeigetafeln die Abfahrt des „Orient-Express" angegeben war. Besonders verwundert aber war ich, dass es diesen berühmt-berüchtigten Zug mit diesem Namen überhaupt noch gab, der seit 1883 Istanbul mit Paris verband, über den es die tollsten und interessantesten Geschichten gibt, der von einem König als Lokführer gefahren worden sein soll - es war Ferdinand I. von Bulgarien, den der Psychoanalytiker Sigmund Freud 1938 nach dem Anschluss Österreichs zu seiner Flucht vor den Nazis zuerst bis nach Paris und dann weiter nach London genutzt haben soll, über den Agatha Christie einen spannenden Krimi in Istanbul geschrieben hat, dessen Verfilmung mehr als Film Millionen Menschen gesehen haben. Das sollte mein Zug sein, der um sechzehn Uhr soundso abfuhr? Ich ging zum Schaffner in der Bahnhofshalle und fragte. „Ja", erwiderte er im besten „Weanerisch". „Sie sind schon richtig. Aber in Wels müssen sie umsteigen, wenn sie nach Passau wollen". „Hat er denn auch einen Gepäckwagen für mein Fahrrad"? „Ja, zwei sogar, aber die sind ganz hinten am Ende des Bahnsteigs". Etwas ungläubig schob ich mein Rad an den vielen, ziemlich alten, etwas ungepflegten Wagen vorbei, auf deren Außenwände man Typenbezeichnungen, Hinweise zu Achsen und vieles mehr in vielen Sprachen lesen konnte, sogar in griechischer und kyrillischer Schrift. Es stimmte also, dieser von außen etwas heruntergekommene, sehr lange Zug mit sehr vielen Kurswagen verschiedener Länder kam tatsächlich damals aus Bukarest, hatte Budapest angefahren und besaß Kurswagen aus Sofia und Belgrad. Irgendwo erwischte ich dann später einen Informationszettel. Dort konnte ich alles nachlesen, auch dass der Zug dann über Salzburg, München und Straßburg tatsächlich bis nach Paris fahren sollte. Für mich sollte die Reise nur kurz ein paar Stunden dauern, da ich in Wels, wie mir ja der Konduktor gesagt hatte, in Richtung Passau umsteigen müsste. Schlafwagen hatte der Zug nur wenige, dafür aber sehr viele Sitzwagen aller Couleur. Doch als ich dann in den überfüllten Abteilen endlich einen Sitzplatz gefunden hatte, fragte ich mich doch, in welchem Zug ich denn nun eigentlich gelandet sei. Ich fuhr eben nicht erster Klasse und hatte auch kein Dinner im Speisewagen bestellt. Als Fahrrad-Tourist reiste ich nun in einem ziemlich schmuddeligen Abteil, mit durchgesessenen, teils angefressenen und fleckigen Bänken und dreckigen Fenstern, durch die man nur schemenhaft das Außen erkennen konnte. Der Abwurf voller Müll quellte über und war wohl seit Bukarest nicht mehr geleert worden. Meine Abteilnachbarn sahen ebenfalls nicht sehr gepflegt aus. Soweit ich sie überhaupt beurteilen konnte, handelte es sich um einfache, arme Leute aus Bulgarien oder Serbien, die nun ihr Glück im Westen machen wollten. Keiner der Männer hatte sich seit Tagen rasiert oder sich die Hände gewaschen. Dass das auch nicht möglich war, erfuhr ich, als ich eine Toilette besuchen wollte. Sie war so dreckig, dass ich mir alles verkniff, auch das dringende Pinkeln. Später erfuhr ich, dass sich auf dieser langen Reise mit mehrfachem Wechsel der Lokomotive, zwar nicht mehr Dampf, aber doch Diesel oder E-Lok, sich niemand für zuständig oder verantwortlich hielt. Das Zugpersonal versuchte bestenfalls, den Waggon seines Heimatlandes zu reinigen. Niemand fühlte sich an den Bahnhöfen für den Müll zuständig, auch weil vieles nicht kompatibel war. Um im Abteil nicht nur stumm herumzusitzen, versuchte ich es mit einem Gespräch. Das war aber nicht möglich, da niemand deutsch oder gar englisch sprach. Zum Glück holte ein Tramper, der statt per Auto zu „hitchhiken" diesmal einen Zug zur weiteren Mobilität genommen hatte, seine Gitarre aus dem Gepäcknetz und spielte leise so vor sich hin. In Zukunft kann ich aber nun sagen, ich sei schon mal mit dem Orient- Express gefahren. Doch ich war heilfroh, in Wels diesem dreckigen Zug entronnen zu sein. Als ich mein Rad aus dem Gepäckwagen holte, meldete sich auch sofort meine Blase wieder. Selbst ein nicht immer sauberes Bahnhofs-WC hält man nach einer derartigen Reiseerfahrung für „clean". Ich erkundigte mich später nach der Historie dieses Zuges, der in all den Jahren viele Hochs und viele Tiefs erlebt haben soll. Nun, ich hatte wohl gerade die Tiefphase erwischt. Aber man kann heute wieder von London über Paris und Wien in sechs Tagen in allerfeinsten Luxuswaggons nach alter Manier bis nach Konstantinopel reisen, wie das Endziel Istanbul historisch bei der Gründung noch hieß.

Von Passau nahm ich dann den Nachtzug bis Hamburg, um dann die Elbe abwärts direkt am Wasser entlang zu radeln, vorbei an den oben am Hang liegenden teuren Elbchausseevillen bis nach Blankenese und um dort mit der Personenfähre nach Cranz überzusetzen. Quer durchs Alte Land war es dann nur! noch drei Stunden bis zum Ziel. Nach so einer Tour dann in der heimischen Sauna zu entspannen, ist einfach herrlich.

Da ich nach meiner Rückkehr so begeistert von meiner Donau-Radtour erzählt hatte, machte ich im Folgejahr die
gleiche Tour noch einmal. Außer mir, der ich alles organi-
siert hatte, fuhren noch Hartmut, der Architekt unseres
Hauses, Manfred, mein Nachbar, Ernst, mit dem ich später
noch mehrere Touren machte, Nils, ein pensionierter US-
Soldat und Siegfried, der damalige Ehemann meiner Sekretärin mit. Wenn sechs ausgewachsene Männer eine
lange Radtour machen, ist es doch eine andere Reise, als
wenn man allein die 370 km strampelt. Wir hatten zusammen sehr viel Spaß und die Abende wurden meist etwas
länger.

Inzwischen hatte ich mir für meine weiteren Radtouren
ein besseres und vor allem geeigneteres Rad gekauft, allerdings nicht direkt. Zunächst hatte ich mir die Lektüre
des Bremer Radsportvereins besorgt, in der nachzulesen
ist, was alles zu einem guten Fahrrad gehört. Ich stellte
eine Liste zusammen und ging zu meinem lokalen Fahrrad-
händler, der mir dann ein Rad ganz nach meinen Wünschen zusammenbaute. Unter anderem hatte dieses Rad
neben einem schmalen Ledersattel, der auf langen Touren
wirklich vorteilig ist, wenn er erst mal eingesessen ist. Das
Besondere aber war neben einer mit einem Stahlnetz ver-
stärkten Bereifung wie beim Auto, was die Häufigkeit eines Plattfußes reduziert, neben einer Narbenschaltung
eine zusätzliche Kettenschaltung. Beide konnte ich miteinander je nach Bedarf kombinieren. Die Narbenschaltung
allein erleichtert sehr das Schalten im städtischen Bereich,
da sie schneller und präziser ist. Wie wichtig gut wirkende
Felgenbremsen sind, zeigte sich bei der nächsten Tour.

Bei einer weiteren Radtour im Jahr 1994 ging es ungeplant nur einen Teil an der Donau entlang, und das ganz am Ende der Reise. Ich hatte meinen Freund Eckart aus dem Bayerischen Wald ermuntern können, mit uns mitzufahren. Diesmal sollte unsere Reise bei den Hohen Tauern beginnen. Die Hohen Tauern ist der größte Nationalpark Österreichs mit einer Fläche von 1800 Quadratkilometern. Eckarts Tochter Sabine fuhr Hartmut, Siegfried, Eckart und mich samt Rädern von Passau hoch bis zu den Wasserfällen der Hohen Tauern, wo die Salzach entspringt. Für uns drei Flachländler war der Anblick gewaltig. Von dort ging es dann immer an der Salzach entlang. Anfangs war jeder zweite Ort, durch den wir fuhren, wegen seines Wintersports berühmt und bekannt. Hartmut war auch schon hier zum Skilaufen gewesen. Aber schneebedeckt sieht doch alles anders aus als im Mai/ Juni. Immer am Fluss entlang fuhren wir bis nach Salzburg und weiter bis nach Passau. Eckart hatte sich aber aus beruflichen Gründen schon etwas früher von uns verabschiedet, so dass wir die zweite Hälfte der Reise nur zu dritt fuhren. Da die Salzach in ihrem unteren Verlauf auch ein Grenzfluss ist, fuhren wir mal auf der österreichischen, mal auf der deutschen Seite entlang. Außer der beeindruckenden Landschaft bleibt mir eine Begebenheit in Erinnerung. Obwohl es bekannt war, dass die Tour in die Alpen gehen sollte, fuhr Hartmut noch mit einem uralten Modell eines Fahrrads nur mit einer Narbenbremse, die nur durch Rücktritt funktionierte und ohne jegliche vernünftige Felgenbremse. Es kam wie es kommen musste. Zwar ging es auch bergauf, aber meistens bergab und oftmals auch steil. Kein Wunder, dass sich seine Narbenbremse heiß lief. Nichts lief mehr. Die letzten Kilometer musste er schieben. In Burghausen fand sich zum Glück ein Fahrradspezialist, der kurzfristig bereit war zu helfen. Ernst und ich schlugen vor, doch gleich eine Narbe mit Gangschaltung und zusätzlicher Felgenbremse installieren zu lassen. Wir hätten uns auch an der Finanzierung mit beteiligt. Doch Hartmut blieb stur, obwohl er sich das auch selbst hätte leisten können. Er wollte weiterhin ohne Gangschaltung strampeln. Außerdem würde man ja bei uns im flachen Land nicht so häufig bremsen müssen, meinte er. Dabei blieb es dann. Trotz dieses Zwischenstopps kamen wir für unsere von Passau nach Hamburg vorgebuchte Rückreise mit dem Zug zwei Tage zu früh in Passau an. Kurzerhand fuhren wir darauf noch einmal bis nach Aschach, was wir ja schon von früheren Touren kannten, und auf der nördlichen Seite der Donau wieder zurück. Gut trainiert schafften wir es auch noch, dann von Hamburg wieder durchs Alte Land zurückzufahren.

Hartmut, Ernst und ich waren inzwischen ein gutes Team geworden. So fuhren wir 1995 ab Travemünde die wunderschöne Steilküste mit bestem Blick über die Ostsee entlang durch alle bekannten Ostseebäder bis nach Heiligenhafen. Heute, über zwanzig Jahre danach, dürfte ein Teil des Radweges, auf dem wir noch gefahren sind, drei Etagen tiefer am Wasserrand liegen, da die Steilküste Jahr für Jahr abbricht und nicht nur Bäume, sondern auch alte Sommervillen mit sich herunterreißt. Faszinierend war es, über die sehr lange Brücke mit dem Rad, statt mit dem Auto, den Fehmarn-Sund zu überqueren. Auf Fehmarn übernachteten wir bei Verwandten von Ernst. Bei dieser Reise war fast jede zweite Mahlzeit ein Fischerfrühstück, was einfach nichts anderes als Rührei mit sehr viel Krabben ist.

Unser Radkumpan Siegfried hatte inzwischen seinen Arbeitgeber gewechselt und wohnte in einer Stadt am Unterrhein. Wir hatten ihn gebeten, doch auch mal eine Tour zu planen. Schließlich meldete er sich, es könne losgehen. Ernst und Hartmut fuhren meist an der Ruhr entlang bis zum Unterrhein. Ich kam aus terminlichen Gründen später mit dem Auto dazu. Zu viert ging es dann von Xanten aus Richtung Niederlande. Anfangs fuhren wir immer die Grenze entlang. Wenn wir nicht wussten, ob wir noch in Deutschland oder bereits im Nachbarland waren, sahen wir uns nur die Häusertypen an. Wenn die Häuser schmal und vor den Fenstern keine Gardinen waren, befanden wir uns in Holland. Als wir schließlich in Nijmegen ankamen, waren wir nicht nur von den vielen ausgezeichneten Radwegen überrascht, sondern auch, dass es mitten in der Stadt regelrechte Parkhäuser nur für Fahrräder gibt. Die alte, sehr schöne Stadt mit dem Rad auszukundschaften, war beeindruckend. Insgesamt aber hatte für mich diese Reise nicht solche Höhepunkte wie früher.

An einem Samstag traf ich mich mit Ernst mit dem gepackten Fahrrad vor dem Rathaus. Beide hatten wir keine spezielle Reise geplant. Auf einer Bank im Stadtpark sitzend beschlossen wir kurzerhand, in die Lüneburger Heide zu fahren. Anfangs ging das Fahren ja noch sehr gut, so lange die Wege glatt waren. Doch dann wurden sie sandig und es war sehr mühselig, mit dem Gepäck auf den weichen, sandigen Wegen voranzukommen. Ein großer Teil dieses Gebietes soll einmal mit Eichen bewachsen gewesen sein. Aber durch intensive Rodung schon vor tausend Jahren zur Gewinnung von Acker- und Weideflächen und im Mittelalter durch den Holzbedarf für die Salzgewinnung zum Betrieb der Lüneburger Saline bekam das ehemalige Waldgebiet mit sandigem Untergrund seinen letzten Todesstoß. Heute versucht man durch die allesfressenden Heidschnucken die weitere Ausbreitung der Heide in den Griff zu bekommen. Zum Wandern eignet sich die Landschaft mehr als zum Radfahren. Wegen eines Heideblütenfestes fanden wir auch zunächst kein Nachtquartier. Aber durch die Empfehlung oder Vermittlung eines Hoteliers kamen wir bei einem Malermeister unter, der kurzerhand seine alte, verwitwete Mutter aus ihrem Schlafzimmer verscheucht haben musste, damit Ernst und ich in ihrem altmodischen Doppelbett unsere Beine zur Nacht ausstrecken konnten. Ernst benutzte dann noch am nächsten Morgen „Omas" altes, gebrauchtes Handtuch, was ich ihm aber erst hinterher sagen konnte. Das Frühstück war ausgezeichnet mit frischen Eiern von Hühnern, die unten im Garten scharrten. Darauf quälten wir uns noch auf den weit und breit höchsten Berg in Wilsede mit seinen einhundertneunundsechzig Metern Höhe. Danach konnte es ja nur abwärts gehen, nicht auf Sand-, sondern auf richtigen Radwegen.

Mein liebstes Spielzeug: ein Oldtimer Traktor

Viele meiner älteren Patientinnen hatten wiederholt in meiner Praxis auch über sehr private Sorgen mir ihr Herz ausgeschüttet. Fast immer war ein Thema, dass der inzwischen pensionierte Ehemann ihnen das Leben schwermachte, weil er nun ohne Arbeit zuhause vor lauter Nichtstun zum Ärger der Ehefrau die Küchenschränke aufräumte, die Abfalleimer aber nicht an den Straßenrand brachte, fast nur vor dem Fernseher saß und dabei eine Flasche nach der anderen leerte. Während ihrer Berufsperiode hatten viele dieser Männer aus vielerlei Gründen keine Nebenbeschäftigung, kein Hobby sich angeeignet. Nun saßen sie, oft unrasiert und ungepflegt, daheim im Sessel herum und gingen ihren Ehefrauen auf den Geist. Bei diesen Erzählungen wurde mir klar, dass ich persönlich dagegen rechtzeitig Vorsorge treffen müsste. Zwar spielte ich zuhause Klavier, Akkordeon im Shantychor und später in der Volkstanzgruppe und sang jeden Donnerstag im Männergesangverein, aber das konnte und sollte nicht alles sein, womit ich mich nach meiner Pensionierung beschäftigen wollte. Die früheren langen Radtouren konnte ich wegen meiner Durchblutungsstörungen in den Beinen auch nicht mehr machen. Also musste ich mir rechtzeitig noch etwas einfallen lassen. Verrückte Ideen soll ich schon als Schüler gehabt haben.

Als ich mit meinen 62 Jahren an unserem Rathaus einen Mann mittleren Alters mit einem offenen Traktor mit Vollgas bei strömenden Regen trotz aller Widernisse fröhlich lächelnd über die Kreuzung donnern sah, schlug es bei mir wie ein Blitz ein. Das war es. Nicht der Luxus , das leise Surren meines BMW Sechszylinders, nicht die mollige Wärme dessen Sitzheizung, nicht das automatische Wischen des vom Regensensor gesteuerten Scheibenwischers. Ein Oldtimer musste es sein. Da ich ländlich wohne, sah ich Schlepper oder Traktoren jeder Art, jeden Alters und in jeder Größe. Eines Tages traf ich einen Bediensteten der Gemeinde mit einem kleinen Kubota-Traktor mit der allerfeinsten Ausstattung einschließlich Sitzheizung wie bei meinem *Bemmari,* wie die Finnen einen BMW nennen. Das sollte es nun nicht gerade sein. Und ein großer moderner Traktor? Billig sind die nicht. Noch heute frage ich mich, wie manche Landwirte diese großen, oft monsterhaften Vehikel mit bis zu acht Zylindern samt Güllehänger für zwanzigtausend Liter und mehr stinkender Flüssigkeit finanzieren können. Ohne viel Schnickschnack muss man gut und gern mehrere tausend Euro pro einer Pferdestärke rechnen. Und mehr als einhundert PS haben heute fast alle Schlepper Doch eines Tages sah ich einen Traktor am Wegesrand stehen, dessen helles Enzianblau schon aus der Ferne jedem auffallen musste. Auf einem Schild stand „zu verkaufen". Dass der Traktor schon ein paar Jahrzehnte hinter sich hatte, war gut zu erkennen, dass sein Baujahr aber 1965 war, erfuhr ich erst, als ich den Verkäufer kontaktierte. Der war ein gelernter Kfz-Mechaniker und hatte den alten Traktor wieder restauriert. Es war ein Fordson und in England gebaut. Dessen Geschichte erfuhr ich erst später. Wir wurden uns handelseinig. Doch bevor ich den Traktor abholte, ließ ich ihn von einem befreundeten Landwirt Probe fahren. Meine Frau hatte mich zum Abholen mit unserem BMW hingefahren und war völlig überrascht, wie schnell ich mit dem neu erworbenen Traktor zurück auf unserer Einfahrt stand. Es dauerte keinen Tag, dass mein inzwischen verstorbener Nachbar Claus staunend mein Fundstück bewunderte. Am meisten wunderte er sich aber darüber, dass ausgerechnet ich als Arzt mir einen Oldtimertraktor gekauft hatte. Diesbezüglich sollte er nicht der Einzige sein. Er selbst sammelte ebenfalls Traktoren und alte landwirtschaftliche Geräte, da er auch beruflich mit der Landwirtschaft zu tun hatte. Er bot mir sofort an, mein Gefährt in seiner angemieteten Halle unterzustellen. So war das Problem sehr schnell gelöst. Auch anderen Nachbarn waren mein neues Gefährt in meiner Auffahrt aufgefallen und kamen prompt vorbei, um mich als Mitglied des Historisch-Technischen-Vereins anzuwerben.

Fordson, Der beste Traktor seiner Zeit

Der erfolgreiche Autohersteller Henry Ford wollte nach seinem berühmten Automobil „Tin Lizzie" auch einen zuverlässigen, einfachen und preisgünstigen Traktor bauen. Dank moderner Fertigungstechnik konnte er schon 1917 sein erstes Modell, den Fordson F, auf den Markt bringen. Nur durfte der Traktor nicht wie seine Pkw den Firmennamen Ford tragen, da dieser Name schon von einer anderen Firma für ihre Zugmaschinen patentiert war. Also hießen seine Traktoren noch fast bis zum Ende des zwanzigsten Jahrhunderts Fordson, eine Wortkombination aus „Ford and Son". Erst seit Ablauf des patentierten Namenschutzes heißen heute auch die Traktoren Ford. Dieser Firmenteil wurde aber verkauft und wird heute unter dem Namen „New Holland" weitergeführt. Aber noch heute erkennt man diese inzwischen sehr veränderten Traktoren an der auffälligen knallblauen Farbe. Über die Geschichte der Fordson Traktoren und ihrer Entwicklung ließe sich noch viel schreiben, doch ich will mich hier auf meine Erlebnisse und Reisen beschränken. Bei meinem Traktor handelte es sich um einen Fordson Dexta mit 31 PS, der von 1958 bis 1965 in Dagenham in Ostengland gebaut wurde. Im Gegensatz zu den europäischen und hier den deutschen Traktoren bekommt man noch heute sehr gut Ersatzteile im Original oder nachgefertigt, da diese Traktoren im gesamten britischen Empire massenhaft verkauft wurden und noch heute in Indien und Afrika eingesetzt werden. Auch in Skandinavien sind sie auch heute noch sehr verbreitet. Technisch waren die Fordson Traktoren im Vergleich zu den in Deutschland gebauten sehr viel weiter entwickelt. Grell war ihre Farbe immer, allerdings in den Anfängen leuchteten einige Modelle in einem hellen Orange. Wegen der deutschen Tiefflieger über England im letzten Weltkrieg wurde deren Farbe schnell auf Grau umgestellt. Und nach dem Krieg wurden alle Modelle in blau verkauft wie heute auch bei New Holland.

Doch nun im stolzen Besitz eines so ansprechenden Oldtimertraktors in auffallendem Blau, machte ich meine Besorgungen, fuhr zur Post und zur Bank, machte meine Einkäufe bei Aldi, Lidl und Edeka und fuhr schließlich auch bei gutem Wetter, denn eine Fahrerkabine gab es nicht, morgens in meine Praxis. Mich überraschte die Reaktion der Menschen. Nicht nur gute Bekannte oder Patientinnen, sondern auch völlig fremde Personen winkten mir zu und fröhlich grüßte ich von meinem höheren Sitz zurück. Ich beteiligte ich an Wochenenden beim Aufräumen und Säubern der Stadt durch die Bürger und sammelte mit meinem kleinen Anhänger die Abfallsäcke, um sie zu einer Sammelstelle zu transportieren. Jeder lächelte zwar über die spinnige Idee des „Doktors". Aber die meisten Menschen fanden es gut. Noch heute, nach fünfzehn Jahren, fragen mich manchmal Leute, ob ich immer noch meinen Traktor hätte.

Immer an den Flüssen entlang bis Heidelberg

Meine erste Reise sollte nach Heidelberg gehen, wo ich selbst früher Medizin studiert hatte und nun mein Sohn Chemie studierte. Wie ich von meinen früheren Radtouren wusste, sind die ersten Wochen im Mai meist sehr schön. Doch ich sollte mich mächtig irren. Nicht nur, dass es auf meiner ersten längeren Reise immer wieder regnete, es fing auch in der Rhön an zu schneien. Daraufhin zog ich alles übereinander an, was ich dabei hatte. Als Route hatte ich mir überlegt, immer an den Flüssen entlang zu fahren, so wie einst die Römer von Süden her Germanien besetzten und später die Kähne auf den Treidelwegen die Flüsse entlang hochgezogen wurden, wie vor Jahrhunderten die Menschen über längere Strecken größere Lasten beförderten. Wenn die Straße direkt am Wasser entlang führte, konnte ich immer wieder beobachten, dass ich mit meinen 27 km/h genauso schnell war, wie die Schleppkähne und Binnenschiffe auf der Weser, der Werra, dem Main und dem Neckar. Die Gesamtstrecke von circa sechshundert Kilometern war gut mit kleineren Pausen in vier Tagen zu schaffen. Schließlich hatte ich ja keinen Stau <u>vor</u> mir. Aber ich war höflich und schaute mich immer wieder um, um nachfolgende Autos vorbei zu lassen. Angekommen besuchte ich zuerst Sinsheim mit seinem großen, höchst interessanten technischen Museum, wo auch gleichzeitig eine große Oldtimertraktoren-Messe lief. Dann ging es wieder die letzten Kilometer entlang des Neckars. Leider durfte ich nicht mit meinem Vehikel wie noch zu meiner Studentenzeit in Heidelberg vor fünfzig

Jahren über die uralte Brücke fahren, die schon im zweiten Jahrhundert n.Chr. Steinpfeiler hatte und in ihrer jetzigen Form seit 1788 existiert. Mein Sohn Johan und seine damalige Freundin waren von meinem Traktor hell begeistert und wollten auch gleich Probe fahren. Ich übernachtete dann bei Johan in seiner WG und lernte so gleich „die Ordentlichkeit und Sauberkeit" einer studentischen Wohngemeinschaft kennen. Nachdem ich auch mit meinem Traktor das Heidelberger Schloss einmal wieder besichtigt hatte, ging es nach ein paar Tagen wieder heim, ziemlich der gleichen Route entlang, aber bei besserem Wetter. Aufpassen musste ich nur auf meinen kleinen Anhänger, auf dem nun mehrere Kartons mit pfälzischem Wein unter der Plane versteckt waren. Schon bei der Hinreise hatte ich gelernt, dass abseits der Hauptverkehrsrouten entlang der alten Landstraßen es wunderschöne Gasthöfe gibt, in denen man im gemütlichen Gästezimmer mit Dusche und WC und herzhaftem Frühstück für zwanzig Euro übernachten kann. Auf all meinen Reisen habe ich nie über achtundzwanzig Euro gezahlt inklusive eines guten Frühstücks, meist weniger. Warum sollte ich mir dann einen Wohnwagen hinten anhängen, dann hätte ich noch 10 Euro für den Stellplatz bezahlt und keine eigene Dusche und WC und kein Frühstück gehabt. Doch etwas zerzaust und müde kam ich dann doch, von meiner Frau aufatmend und strahlend begrüßt, daheim wieder an.

In den Büchern, die ich mir gekauft hatte und auf der Messe ins Sinsheim hatte ich inzwischen gesehen, dass das Outfit meines Traktors nicht dem Original entsprach. Also wurde zunächst der Überrollbügel, der nur in der Landwirtschaft Vorschrift ist, abgebaut. Dann wurden die kantigen Schutzbleche durch geschwungene Kotflügel ersetzt, die aber die Hinterräder nur halb abdecken. Der Meister einer Autolackiererei in der Nachbarschaft lackierte mir in seiner Freizeit für nur wenige Euro den ganzen Traktor neu. Außerdem hatte ich mir die Rohlinge der Fordson–Dexta- Embleme besorgt, die ich zusammen mit Sirkka noch farblich verbesserte und dann fixierte. Alles sollte dem Original entsprechen. Es gab nur eine Ausnahme, das war der Sitz. Aus Holland ließ ich mir einen kleinen modernen, gefederten Sitz kommen, bei dem man auch das Gewicht einstellen konnte. So konnte es bald auf die nächste Reise gehen.

Die folgenden Reisen werde ich nur in der Kurzfassung beschreiben, da ich hierüber ausführliche Artikel für deutsche und ein englisches Traktor-Magazin geschrieben habe und viele meiner Fotos ebenfalls veröffentlicht wurden. Ich werde nur einige Highlights beschreiben. Dabei kann es Überschneidungen geben. Die Artikel und die Fotos konnte ich teilweise an die Verlage von Fachzeitschriften in Deutschland und England verkaufen, wobei bei der Übersetzung mir mein Schwager behilflich war, denn dafür reichen meine sprachlichen Kenntnisse nicht aus. Von diesen Einnahmen finanzierte ich teilweise meine Reisen.

Zwei Mal mit dem Fordson durch East-Anglia

Absolute Höhepunkte waren meine zwei Reisen mit dem Traktor nach East-Anglia, wobei ich beim ersten Mal auf der Traktoren- und Steammesse in Strumpshaw bei Norwich landete. Zu der Zeit gab es noch die direkte Fährverbindung von Cuxhaven nach Harwich nördlich der Themsemündung, die zwanzig Jahre früher Sirkka, unsere Kinder und ich seinerzeit bei einem Besuch von London und meiner Schwester Barbara genutzt hatten. Mit meiner Geschwindigkeit war ich leicht in vier Stunden in Cuxhaven, um schon am folgenden Morgen zur Verwunderung der englischen Zollbeamten in Harwich die Fähre mit meinem Traktor zu verlassen. Wie bei vielen Oldtimertraktorfahrern bei Veranstaltungen und Reisen üblich hatte auch ich an meinem Oldie eine kleinere Fahnenstange, allerdings leuchtete die Flagge nicht nur in den Farben Schwarz-Rot-Gold, sondern dazu auch noch das Emblem eines springenden Rosses, also die Niedersachsenfahne. Übrigens nutzen die Engländer selten die Flagge Britanniens, sondern die der Region, aus der sie kommen. Mit dem Linksfahren hatte ich kein Problem, da ich schon früher mehrfach mit dem Auto in England war. Bei der ersten Tour hatte ich die Reise schon in großen Zügen festgelegt und mir aus Sicherheitsgründen Nachtquartiere „Bed and breakfast" vorbestellt. Dabei ging es immer auf alten, schmaleren Landstraßen entlang mit herrlichem Ausblick von meinem erhöhten Sitz auf die leicht gewellte Landschaft und einige schlossartige Landsitze. Nur einen Umstand hatte ich nicht berücksichtigt, dass eine englische Meile eben gut eineinhalb Mal länger ist als ein Kilometer.

Folglich war ich oft erst sehr spät an meinem Ziel. Von meinen Gastgebern wurde ich stets zuvorkommend und sehr freundlich behandelt. Meist waren es alte, sehr hübsche, kleinere Herrenhäuser, in denen ich nächtigte. Ein Wirt hatte sogar vor meiner Abreise am Folgetag meinen Traktor technisch kontrolliert und auch Diesel nachgefüllt. Im Folgenden will ich meine beiden Reisen nach England zusammenfassen und nur über kuriose und besonders menschliche Erlebnisse berichten, die man in Deutschland wohl so nie erleben dürfte.

Ich hatte bei der ersten Tour in einem kleinen Ort etwa 30 Kilometer südlich von Norwich ein Zimmer reserviert und war abends zu einer kleinen Mahlzeit und einem Bier mit meinem Oldie zum lokalen Pub gefahren, was den Einheimischen schon auffiel. Am nächsten Morgen frühstückte ich typisch „english and not european style", was mit seinen gebackenen Bohnen, dem gerösteten Schinken, den kleinen Würsten und den warmen Tomaten, manchmal auch einem Brei, sehr reichhaltig war und für den ganzen Tag ausreichte. Danach ging es in Richtung Norden, diesmal nicht einer kleinen Landstraße entlang, sondern einer Bundesstraße, wie wir es bezeichnen würden. Doch plötzlich wurde diese Straße vierspurig mit einem Mittelstreifen wie bei einer Autobahn. Was sollte ich machen? Umkehren konnte ich wegen des Mittelstreifens nicht und eine Abfahrt kam auch nicht in Sicht. Obwohl ich mich ganz links hielt (we are in England), dauerte es nicht lange und ein Polizeiwagen hielt mich an. Wohin ich denn wolle und ob ich wüsste, was für eine Straße diese sei, fragte man mich. In Deutschland sei es doch auch verboten, mit dem Traktor auf der Autobahn zu fahren. Ich verteidigte mich und sagte, aus meiner Sicht handele es sich um eine Art vierspurige Bundesstraße und ich hätte auch keine Chance gehabt, hier umzukehren. Sie nickten freundlich. Wo ich denn hin wolle, fragten sie mich. Nach Strumpshaw, war meine Antwort. Doch nun kam die Überraschung. Statt mich anzuweisen, die allernächste Autobahn- bzw. Schnellstraßen- Abfahrt zu nehmen, zeigten die beiden Polizisten, dass es günstiger sei, noch an zwei Abfahrten vorbeizufahren, dann erst nach der nächsten Gabelung die Abfahrt zu nehmen, um auf dem schnellsten (wohl auch für Traktoren) und kürzesten Weg zur Dampf-vehikel- und Traktorenshow in Strumpshaw im großen Park eines alten Herrenhauses anzukommen. Als ich Strumpshaw erreichte, fiel ich mit meinem Traktor mit deutschem Kennzeichen und der Niedersachsenfahne dem Organisationsleiter der Oldtimertraktorenmesse sofort auf, der anfangs nicht glauben wollte, dass ich nicht ohne Trailer- Transport, *piggyback* wie die Engländer sagen, bis Strumpshaw gefahren sei. Dann fragte er mich, ob das BBC-TV-Team mich interviewen und filmen dürfte. Ich willigte ein, allerdings mit der Bemerkung, dass meine Kenntnisse in der englischen Sprache nicht gerade gut seien. Darauf musste ich kreuz und quer durch den Park des Anwesens fahren, während irgendwo und irgendwie quer auf meinem Traktor ein Moderator saß und mir laufend Fragen stellte und mich dabei filmte. Ich hatte mir nichts dabei gedacht und meinte, das käme irgendwann wie bei uns im dritten Programm mit nur wenigen Zuschauern. Doch es sollte anders kommen. Schon auf der Rückfahrt zu meinem Schlafdomizil, diesmal aber wirklich nur Landstraßen entlang, fiel mir bei einem Zwischenhalt an einer Tankstelle auf, dass die Menschen mich mehr als

üblicherweise anschauten und dass ich äußerst liebens-
würdig bedient wurde. Doch als ich später am Abend wieder in den Pub ging, wurde ich von allen Anwesenden mit
einem freudigen, lauten „Hello" begrüßt und man reichte
mir sofort ein Bier und prostete mir zu. Erst dort erfuhr
ich, dass eine halbe Stunde vor den offiziellen Abendnach-
richten in der BBC ganz East-Anglia, vielleicht auch noch
weiter, im Fernsehen das Interview auf meinem Fordson-
Traktor gesehen hatte. Nun war ich in der ganzen Region
bekannt wie ein bunter Hund, aber positiv, denn Engländer lieben geradezu etwas verrückte Ideen. Es sollte ein
sehr feuchter Abend werden. Zum Glück aber heißt es in
den Pubs *at Eleven o´ clock p.m.* immer noch *Gentlemen,
last order please*. Selbst auf der Heimfahrt eine Woche
später wurde ich noch im Hafen von den Zollbeamten darauf angesprochen. Später habe ich von Deutschland aus
leider vergeblich versucht, von der BBC einen Mitschnitt
der Sendung zu bekommen.

Bei meiner zweiten Tour im Folgejahr hatte ich wieder ein
ganz besonderes Erlebnis. Und wieder ging es um eine Autobahn. Strumpshaw liegt östlich von Norwich in Ost-England. Diese heute mittelgroße Stadt mit etwa 150.000 Einwohnern muss ich unbedingt erwähnen, denn ich stattete
ihr bei einer dieser Reisen einen Extra-Besuch ab, aber
ohne Traktor. Sie hat mich sehr beeindruckt, obwohl nur
wenige Ausländer sie kennen. Sie soll historisch die älteste und größte Siedlung Englands einmal gewesen sein
und viele Jahre bedeutender als London sowohl wirtschaftlich als auch kirchlich kulturell, was früher eng miteinander verbunden war. Um die Jahrtausendwende
machten die Wikinger sie dem Erdboden gleich, aber

schon einhundert Jahre später bauten die Normannen eine Festung. Später wurde um die Siedlung eine Stadtmauer gebaut, die mit ihren vier Kilometern Länge in Europa einmalig war. Reste der Festung kann man heute noch besichtigen. Wenn mich auch der Kölner Dom schon allein von außen beeindruckt hat, so tat dies die Kathedrale von Norwich, deren Bau schon um 1200 begann, beim Betreten noch mehr. Beim Eintreten durch das westliche Portal wollte das Mittelschiff mit seinen 140 Metern Länge einfach nicht enden. Irgendwo in der Ferne erahnte man im Osten die Apsis. Weit in der Ferne gingen links und rechts die Querschiffe ab, die im Gegensatz zum Mittelschiff mit seinem Flachdach jeweils Kreuzgewölbe hatten. Sehr gut konnte man an der Architektur, zwischen romanischen und frühgotischen Teilen erkennen, was wann erbaut sein musste. Trotz der dicken Stützsäulen im romanischen Stil wirkte diese gesamte Kathedrale durch die vielen auflockernden Stützpfeiler sehr viel heller und lichter als der Kölner Dom. Im Prospekt las ich dann, dass diese Kathedrale allein acht Altäre beherbergt. Leider konnte ich an dem Tag nicht dem Orgelspiel auf der angeblich größten Kathedralorgel Englands zuhören. Stark beeindruckt verließ ich dieses kirchliche Bauwerk, um nach englischer Sitte erst einmal *a pot of tea with milk* zu genießen. Auf dem Weg zum Bahnhof sah ich in der Stadt noch viele weitere sehenswerte Gebäude. Als ich dann zur Feierabendzeit in dem kleinen lokalen Zug zu meinem Nachtquartier fuhr, erlebte ich zu meinem großen Erstaunen etwas, was in Deutschland erst zehn Jahre später Mode werden sollte. Kein einziger Fahrgast in dem offenen, gefüllten Großabteil sprach mit seinem Nachbarn oder Gegenüber nur ein einziges Wort, sondern jeder griff zu seinem

Mobiltelefon, was bei uns zu der Zeit noch kaum verbreitet war, und redete pausenlos und laut ohne sich stören zu lassen mit seinem Gesprächspartner, sei es nun Ehefrau, Geliebte, Mutter, Tochter oder der Sohn. Der ganze Raum war ein einziges Geraune, was nur von den Aussteigenden an den kleinen ländlichen Minibahnhöfen unterbrochen wurde. Mein Fordson hatte auf dem Bahnhofsplatz brav auf mich gewartet. Hellauf begeistert über die alte Normannenstadt Norwich suchte ich das mehrere hundert Jahre alte Herrenhaus auf, wo ich mich diesmal einquartiert hatte.

Von Norwich war in den letzten Jahrzehnten eine Autobahn Richtung Osten an Strumpshaw vorbeiziehend zum Atlantik gebaut worden. Das Gelände der Strumpshaw-Show lag südlich dieser Verbindung und ich wohnte diesmal nördlich der Autobahn in nicht einmal zwei Kilometer Entfernung in einem uralten, herrschaftlichen Gutshof mit sogar eigener kleiner Kirche. Um aber zur Ausstellung zu kommen, musste ich jeweils zehn Kilometer in eine Richtung fahren, um zur offiziellen Brückenüberquerung zu gelangen, und dann wieder zurück zehn auf der Gegenseite. Doch das sah der noch rüstige Gutsbesitzer anders. Ihm gehöre hier das ganze Land soweit man blicken könne, erklärte er mir stolz beim gemeinsamen Frühstück in der großen Gutsküche, auch auf der anderen Seite der Autobahn, die man gegen seinen Willen gebaut hätte, bis an die Grenze von Strumpshaw heran gehöre das Land seiner Familie seit Jahrhunderten. Das glaubte ich ihm gern, nachdem ich das Gut mit vielen Nebengebäuden und die eigene Kirche ein wenig erkundet hatte. Nach langem Kampf mit den Behörden hätte er schließlich die Erlaubnis

erhalten, mit landwirtschaftlichen Fahrzeugen die Autobahn zu überqueren. Mein Traktor sei ja schließlich auch
zu dieser Gattung zu rechnen, zumal er noch in England
gebaut worden sei. Dann gab er mir genaue Anweisungen:
*You are driving on the country road until you reach the
gate next to the motorway, you open the gate yourself,
drive through it and don`t forget it to close again. Then you
wait right next to the motorway, look around if the coast
is clear and then quickly cross over towards the median,
which is quite spacious for all agricultural machinery or for
tractors with trailers. If you don't see coming from the
right (remember, you are in England) hit the gas pedal and
cross over again towards the gate on the other side of the
motorway, which you open and close as before.* Zu
Deutsch: Du fährst den Feldweg bis zum Gatter der Autobahn, öffnest es, fährst selbst durch und vergisst nicht, es
wieder zu schließen. Dann platzierst du dich an den Rand
der Autobahn, schaust, ob alles frei ist und fährst schnell
bis zum Mittelstreifen, der dort ausreichend breit auch
noch für landwirtschaftliches Gerät oder großem Anhänger ist. Wenn dann nichts von rechts kommt (denk daran,
du bist in England), Gas geben und rüber bis zum Gatter
auf der anderen Seite, das du genauso erst öffnen und
dann schließen musst. Zuerst wollte ich die Geschichte
nicht glauben. Aber in meiner Neugier fuhr ich doch bis zu
Gatter und sah, dass alles so war wie beschrieben. Dann
gab ich mir innerlich einen Ruck und folgte genau seinen
Anweisungen. Doch mein Puls war bestimmt 120 pro Minute, denn es war an dem Wochenende auf der Strecke
zur See alles andere als ruhig. Die Verbindung ließe sich
leicht mit der von Hamburg nach Travemünde verglei-

chen, vielleicht mit etwas weniger Verkehr, aber immerhin doch gut befahren. Selbst die englischen Traktor-Kollegen wunderten sich kopfschüttelnd, als ich ihnen erzählte, wie ich jeden Morgen zu und am Abend von ihrer Show mit meinem Traktor zu meinem Nachtquartier komme.

Damit will ich es mit meinen Englandfahrten bewenden lassen und mich noch anderen Traktorreisen zuwenden. Dazu gehören auch meine Fahrten nach Österreich und zu meinem Freund Eckart in den Bayerischen Wald, die ich hier ebenfalls zusammenfassend beschreiben will.

Traktoren WM am Großglockner

In einer Traktoren-Zeitschrift hatte ich gelesen, dass es tatsächlich in Österreich am Großglockner eine Oldtimer-Traktoren-Weltmeisterschaft immer am zweiten Wochenende des Septembers geben solle. Das reizte mich und so fuhr ich dort sogar zwei Mal hin, um auch teilzunehmen. Die stärksten Eindrücke dieser beiden Reisen will ich hier zusammen berichten. Bei der Tour gesellte sich Traktor-Kollege mit seinem kleineren Kramer und noch ein weiterer Traktorfan aus Bremen dazu. Um nicht quer durch ganz Deutschland fahren zu müssen, hatten wir ab Hamburg-Altona den Autoreisezug gebucht. Der erste Teil Richtung Hamburg ging noch ganz gut durch das Alte Land. Doch dann hieß es, die Elbe überqueren und zwar genau an der Stelle, wo vor den Elbbrücken die Autobahn zu einer Bundesstraße wird, die Autos aber noch ziemlich schnell fahren. Die Fahrer waren ganz schön verwundert, als sie auf der mehrspurigen Elbbrücke unsere Schlepper sahen. Aber es war ganz offiziell erlaubt. Und da wir ja höher als im Pkw saßen und so ein Traktor ja auch sehr stabil ist, hatten wir auch keine Angst. Über die Reeperbahn ging es dann jedes Mal zum alten Altonaer Sack-Bahnhof, wo man damals zum Beladen der Pkw noch in die Bahnhofshalle hineinfahren musste. Das war für uns die Aufforderung, unsere Motoren noch einmal in der Halle so richtig mit herunter getretener Kupplung aufheulen zu lassen. Das Ziel war Salzburg, beim zweiten Mal ging die Rückfahrt von München aus. Dann ging es mit dem Traktor gemütlich durch das wegen seiner Schönheit viel besungene Salzburger Land oder durch die bekannten Skiorte wie

Kitzbühel, Kufstein und andere. Ziel war jedes Mal Bruck am Fuße des Großglockners, wo wir uns in einem Gasthof eingemietet hatten. Der ganze Ort und auch die Nachbargemeinde waren voller alter Traktoren, dass es kaum ein Durchkommen mit einem Fahrzeug gab. Zum Glück blieb der Dieselgeruch dort nicht im Tal hängen. Weil diese Weltmeisterschaft, richtiger wäre Europameisterschaft wegen der Herkunft der Teilnehmer gewesen, in kurzer Zeit einen derartigen Zuspruch erhalten hatte, wurde die Teilnehmerzahl auf sechshundert Traktoren begrenzt. Am Vorabend hatten wir alle unsere Vehikel am Fuße des Berges und dem Beginn der Passstraße in Fusch abgestellt. Als wir morgens dann um sechs Uhr in der Morgendämmerung fast gleichzeitig unsere Prachtstücke anschmissen, ankurbelten oder gar vorglühten, dröhnte es im ganzen Tal und roch wegen der tief liegenden Wolken ziemlich nach Benzin und Diesel oder Öl. Es herrschte eine einmalige Stimmung. Nach einer Kontrolle fuhren wir noch fein gesittet bis zum Start an der unteren Pass- Station. Nach Kontrolle der Teilnehmernummer am Gefährt kam die Erlaubnis zur Abfahrt. Es sollte eine genaue Zeitfahrt werden, es ging also nicht um Schnelligkeit, sondern um die genaueste Zeit bis zum Ziel, was ohne Tachometer nicht einfach ist, trotz einer Übung am Vortage. So arbeitete ich mich Serpentine für Serpentine immer höher, gleichzeitig wurde der Ausblick nach oben und dann später nach unten immer schöner, bis ich in 2428 Metern das Ziel am Fuscher Törl erreichte, wo meine Fahrzeit gemessen wurde. Der Ausblick auf das weite Alpen-Panorama kilometerweit war für mich, der vom flachen Land kam, höchst beeindruckend, aber ebenso der Blick zurück ins Tal, wo die nachfolgenden Traktoren auf den Serpentinen wie Spielzeuge aussahen. Bei meinem zweiten Besuch wusste ich, dass ich mit dem Zeitfahren doch nicht gewinnen könne. Als mich dann ein Niederländer mit seinem Traktor mit Vollgas überholte, schlichtweg schnell fuhr, fühlte ich mich animiert. Und so donnerten wir beide immer im Wechsel mit voller Geschwindigkeit die Serpentinen hoch und hatten so beide unseren Spaß. Bei der Abfahrt aber waren wir alle dann schon vorsichtiger. Einige Traktoren wie der Lanz-Bulldog benötigten sogar bei der Abfahrt Hilfe, da sich sonst ihr Einzylinder überdreht hätte, es also keine Motorbremse gab. Zum Abschluss fand dann in einer großen Brauereihalle ein tolles Fest statt, was bestimmt origineller und besser war als das Münchner Oktoberfest.

Salzburg-Passau-Waldkirchen-Linz-Wien

Meine beste Reise neben meinem England-Trip war aber meine Tour von Salzburg immer entlang der Salzach bis zum Inn und weiter bis zur Mündung in die Donau bei Passau. Nach einem Abstecher in den Bayerischen Wald zu meinem Freund Eckart in Waldkirchen ging es dann weiter über Linz bis nach Wien. Zwar war ich mit dem Auto und mit dem Fahrrad schon mehrfach in Salzburg gewesen, aber von der hohen Warte eines Traktorsitzes nimmt man eine Stadt und die Umgebung doch anders, ja besser wahr, was für die gesamte Fahrt grundsätzlich gilt. Das fiel mir besonders auf, weil ich ein Jahrzehnt vorher die Salzach entlang schon mit dem Rad gefahren war. Auch wenn ich Burghausen an der Salzach schon kannte, es lohnt sich immer wieder diese 1051 Meter lange Burg zu besuchen. Sie ist damit nicht nur die längste Burg Europas, sondern laut Guinnessbuch auch der Welt. Der Berg, auf dem die Burg sichtbar steht, soll schon zur Eisenzeit besiedelt gewesen sein. Noch von der letzten Reise hatte ich nicht nur den wunderbaren Ausblick von oben, sondern auch die Marterinstrumente des Mittelalters nicht vergessen. Kurz nachdem der Fluss in den Inn mündet konnte ich von meinem Traktorensitz eine kaum endende Auenlandschaft und in der Weite die Umrisse eines Klosters sehen. Es handelte sich um das direkt am Inn liegende Stift Reichenberg, an dem ich nicht einfach so vorbeifahren konnte, ohne es zu besichtigen. Später dann wurde der Inn wieder durch die Berge eingeengt. Kurz vor Passau hätte ich die offizielle Straße unten am Fluss entlang nehmen können, doch ich entschied mich, an der Mündung des Inn in die Donau hoch auf eine Anhöhe zu fahren, wovon ich einen herrlichen Blick von oben auf die alte Domstadt und das gegenseitige Ufer der Donau hatte. Da ich Passau schon kannte, hielt ich mich nicht lange dort auf, sondern fuhr auf der anderen Seite der Donau dann in Richtung Bayerischer Wald bis Waldkirchen.

Mein Freund Eckart weiß noch aus unserer gemeinsamen Studienzeit, dass sein Freund, wenn er sich etwas in den Kopf gesetzt hat, es auch ausführt, so verrückt es auch sein mag. Zu meinem Empfang in Waldkirchen hatte er mit seinem Freund Fritz den ganzen „Bulldog" Verein, wie die Bayern einen Traktor bezeichnen, mobilisiert, der mir zu Ehren mit circa fünfzehn Traktoren in einer Rundfahrt ihren schönen Ort zeigte. Ich wollte es nicht glauben, aber da einer der Traktoren nicht anspringen wollte, ließ dessen Fahrer den fast zwei Tonnen schweren „Bulldog" im Leerlauf mit voller Geschwindigkeit eine steile Bergstraße herunterrollen, um dann im allerletzten Moment den Gang reinzudrücken, was aber auch nichts nützte. Mir sträubten sich die Haare. Anschließend gab es ein Konzert mit Eckarts Alpenhorn-Blasgruppe mitten auf dem Marktplatz, wo mir nach kurzer Ansprache noch vom Chef des Tourismusverbandes eine mit Waldkirchen bestickte Kappe überreicht wurde, die ich noch heute jeden Sommer trage. Ehrenvoller und besser hätte man auch nicht einen bajuwarischer König empfangen können. Es passte gut, dass für den Abend der gemütliche Gasthof gleich nebenan lag. Nach einem so besonderen Wochenende ging es quer durch den Wald und immer nah der tschechischen Grenze abwärts herunter bis zur Donau. In Linz erging es mir genauso wie in Salzburg, vom Fahrersitz eines Traktors erlebt man einen größeren Ort völlig anders. Etwas erschöpft machte ich dann in Marbach an der Donau ein paar Tage Station und bekam im benachbarten Schloss Leiben eine Privatführung der beachtenswerten Traktorensammlung. Eigentlich wollte ich ja noch weiter an der Donau bis ins slowakische Bratislava fahren, doch dazu reichte meine Zeit nicht mehr.

Bevor ich jedoch meine Erzählung meiner Traktorreisen abschließe, möchte ich von einem kuriosen Erlebnis berichten: Als ich auf einer der Einfallstraßen Wiens anhielt, um mich auf einer Straßenkarte zu orientieren, hielt neben mir ein Ford Transit und die Männer fragten mich nach meiner Niedersachsenfahne und wohin ich denn wolle. Ich antwortete ihnen, ich wolle mir noch kurz Wien ansehen (wo ich allerdings schon mehrfach war) und dann mit dem Autozug abends Richtung Heimat fahren. Bei diesem Gespräch hatte ich bemerkt, dass beide Männer ein Emblem am Ärmel hatten. Sie gehörten der Bundespolizei Österreichs an. Doch nun kam die Überraschung: Ausgerechnet sie empfahlen mir, doch einfach mit meinem Traktor langsam den Fiakern nachzufahren, dann hätte ich eine schöne Rundfahrt und würde alle Sehenswürdigkeiten sehen. Doch man muss wissen, dass heute die gesamte Innenstadt Wiens für den Verkehr gesperrt ist mit Ausnahme eben der Fiaker und nun eben meiner Person auf dem nicht gerade leise bullernden Schlepper. Ich trottete also brav den Kutschen hinterher. Viele wunderten sich, aber niemand sagte etwas, selbst als ich am Stephansdom eine Pause machte. In Hamburg angekommen

ging es wieder zurück über die Reeperbahn und die Elbbrücken, aber gleich danach bog ich rechts ab in Richtung
Altes Land.

Kirmes-Orgeln

Ich habe schon erzählt, dass eine meiner Cousinen einmal zu meiner Frau gesagt hatte, dass ich schon Im Kindes- und Jugendalter immer ausgefallene Einfälle gehabt hätte. Offensichtlich scheint daran etwas wahr zu sein. Denn nach meiner Pensionierung fragte ich mich, was es denn sonst noch für Sachen gäbe, die mir Spaß machen würden. Dass mir dabei die Kirmes-Orgeln einfielen, hat seinen Grund. Aus meiner Kindheit kannte ich noch die kleinen trag- oder auch fahrbaren Drehorgeln, die mich ebenso wie die großen Kirmesorgeln faszinierten. Als ich mit meinem Traktor in Strumpshaw in Ost-England auf der Odtimermesse war, sah ich nicht nur riesige fahrende Dampfmaschinen, sondern auch sehr viele, fast hundert Jahre alte Karussells, die nicht nur durch eine Dampfma-schine angetrieben wurden, sondern bei denen gleichzei-tig ein sogenanntes Orchestrion für die beste musikali-sche Stimmung sorgte. Zusätzlich standen an vielen Plät-zen diese Kirmesorgeln, wie wir sie nennen, in allen Far-ben, mit vielen sich drehenden und beweglichen Figuren mit lauter, nicht zu überhörender Musik. Ich war begeis-tert. Dann bei späteren Besuchen von Groningen und Breda in den Niederlanden zusammen mit Sirkka und ein-mal auch mit finnischen Verwandten, hörte ich wieder von weither diese Klänge, folgte ihnen und stand plötzlich be-geistert vor jetzt fahrbaren, kleineren Orgeln, die auf den Samstagmärkten für gute Stimmung sorgten. Also fing ich an, mich zu belesen und erfuhr dabei, dass nicht nur diese alten Instrumente man in den Niederlanden noch häufiger auf den Märkten antrifft, sondern dass es auch in der

Nähe von Breda ein Museum mit vielen Orgeln gibt. Ich fuhr hin, stellte mich dem Museumsleiter vor und bekam eine private Führung, wobei mir alles genau noch erklärt wurde. Schon Anfang des 15. Jahrhunderts baute man zunächst stationäre Dreh- oder Walzenorgeln. Im achtzehnten Jahrhundert schrieben namhafte Komponisten wie Mozart spezielle Musik für diese Gattung. Auch Albert Schweitzer ließ es sich nicht nehmen, für ein Frey Orchestrion zu schreiben. Allerdings war im neunzehnten Jahrhundert die Entwicklung schon weiter, denn statt über eine Stiftwalze ähnlich einer Spieluhr wurde nun die Orgel über eine gelochte Papierrolle gesteuert. Die Männer, die diese Papierrollen lochten, mussten nicht nur die Technik kennen, sondern auch gleichzeitig gute Arrangeure sein, damit der Rhythmus stimmte und im richtigen Moment das richtige Instrument einstimmte. Bei dem Besuch im Straßenorgelmuseum in Breda in den Niederlanden erfuhr ich auch, dass Waldkirchen, diesmal im Schwarzwald und nicht bei meinem Freund Eckart im bayerischen Wald, auf diesem Gebiet führend im Orgelbau war und sogar auch heute noch ist. Also fuhr ich voller Neugierde nach Waldkirchen und betrat zum ersten Mal in meinem Leben eine richtige Orgelbau-Werkstatt. Straßenorgeln bauten sie eigentlich nicht mehr, nur noch vereinzelt bei einem besonderen Auftrag. Das wäre auch, sollte es einigermaßen vom Klang und von der Technik akzeptabel sein, nicht ganz billig, da so viele Arbeitsstunden benötigt würden. Ich war von der Führung dieses Betriebes durch den Inhaber persönlich höchst beeindruckt. Noch heute würde ich sagen, wenn man feinste Tischlerarbeit und Musik liebt, sollte man Orgelbauer werden. Orgeln werden niemals aussterben. Einfach etwas Großartiges bauen, das nach hundert Jahren und mehr die Menschen immer noch beeindruckt. Heute wäre Orgelbauer eine echte Alternative für mich, wenn ich nicht studiert hätte. Gleichzeitig wurde mir aber auch klar, dass ich nicht für meine größere geplante Straßenorgel, mit der ich dann über die Märkte ziehen wollte, zwischen dreißig- und fünfzigtausend Euro ausgeben wollte. Als ich dann fragte, ob ich denn eine gebrauche Orgel erwerben könnte, schüttelte der Chef des Betriebes nur mit dem Kopf, sagte mir aber dann, er würde mit mir gern im Museum von Waldkirchen eine persönliche Führung machen, das über mehrere Jahrhunderte ein Zentrum des Orgelbaus von der einfachen Drehorgel bis zum riesengroßen Orchestrion gewesen sei. Auf dem Wege dorthin erzählte er mir, dass angeregt durch den Bau der berühmten „Cuckoo-clocks", die Schwarzwalduhren, die weltweit als typisches Souvenir aus Deutschland gesehen werden, schon am Ende des achtzehnten Jahrhunderts ein Ignaz Bruder begann, mit ähnlicher Technik und guter Präzision wie bei den Uhren zunächst kleinere Drehorgeln auf Walzenbasis herzustellen. Schließlich baute man riesige Orchestrion von gigantischen Ausmaßen und vielen beweglichen Figuren mit dem Einsatz neben Orgelpfeifen, Schlagzeugen auch von einer Violine oder einem Akkordeon. Der ganze Ort sei damit beschäftigt gewesen. Die Geschichte der Firma, die er heute leitete, wäre sehr wechselhaft gewesen. Es fielen die Namen der Gebrüder Bruder und auch Andreas Ruth, die sich mehr auf Schaubudenorgeln spezialisiert haben sollen. Namen wie Gavioli und Limonaire Frères tauchten auf, die nicht nur in Waldkirchen, sondern auch in Lübeck, Dresden und Berlin imposante Kirmesorgeln hergestellt hatten. Dabei hatte neben der Kuckucksuhr alles mit einer kleinen Vogelorgel in einem Kasten mit neuen Pfeifen einmal begonnen. Damit wollte man den Zeisingen im Käfig das Singen beibringen. Deshalb nennt man auch die kleinen Orgeln in Frankreich Serinetten, weil Serin im Französischen den Zeisig bezeichnet. All diese Geschichten hörte ich, als er mir voller Stolz das Waldkirchener Orgelmuseum zeigte. Einige der Namen hatte ich zwar als Kind mal auf der Kirmes und mehrere in England auf der Traktorenmesse, zuletzt auf den Fisch-, Gemüse- und Kleidermärkten und auf den Straßen in Holland in Aktion gesehen. Mehr aber nicht. Um nicht ganz so dumm dazustehen, erwähnte ich, dass in dem Elbe-Weser-Dreieck, woher ich käme, es einige wunderbare Arp Schnitger Orgeln gäbe, worauf sein Gesicht nun als Kirchenorgelbauer sich sofort aufhellte und wir beiden Männer ein anderes wunderbares Gesprächsthema hatten. Einige alte Orgeln im norddeutschen Raum hätte er schon restauriert. Nun wartete er nur auf einen Großauftrag für einen Orgelneubau. Aber die Kirchen hätten dafür heute kein Geld mehr und würden notfalls auch eine CD auflegen, schimpfte der eingefleischte Orgelbauer aus Waldkirchen, dessen Firma auf viele Veränderungen, aber auf eine fast dreihundertjährige Geschichte zurückblicken konnte. Nun, aus dem Kauf einer fahrbaren Orgel etwa in VW Bulligröße, wie ich sie auf den Märkten in Holland mehrfach gesehen hatte, wurde nun nichts. Aber Orgelbauer wäre schon ein Beruf für mich früher gewesen. Mich wundert auch noch heute, dass man über Waldkirchen und speziell zu diesem Thema nie etwas in den Medien erfährt.

Die Alte Liebe

Viele Menschen haben den Begriff „Alte Liebe" irgendwann schon einmal gehört, die Norddeutschen auch in einem anderen, besonderen Sinne. Es ist die Spitze der Hafeneinmündung von Cuxhaven, als es den Namen Cuxhaven überhaupt noch nicht gab, sondern diese Region Ritzebüttel hieß, wie man auf sehr alten Karten noch lesen kann, und der Ort der Hansestadt Hamburg gehörte. Hier hatte man vor fast dreihundert Jahren ganz gezielt zur Festigung der Hafeneinfahrt drei ausgediente Schiffe versenkt, wovon eines „Olivia" hieß, und anschließend mit Steinen, Buschwerk und Planken gefüllt und so die Hafeneinfahrt sturm- und wellenfest gesichert. Die Einheimischen nannten dann auf Plattdeutsch und abgekürzt nach dem Schiffsnamen die Ecke „ole liv", woraus später dann „Alte Liebe" wurde. Obwohl das Leuchtfeuer auf der vorgelagerten Insel Neuwerk schon ein halbes Jahrtausend den Schiffen den Weg gewiesen hatte, baute nun die Stadt Hamburg auf diesem Dreieck etwa dreißig bis fünfzig Meter landeinwärts einen 23 Meter hohen viergeschossigen Leuchtturm zur Verbesserung der Elbeinfahrt. Dessen erste Lichtquelle wurde noch mit Rübenöllampen befeuert und erst im Jahr 1937 mit Glühlampen bestückt. Am Portal ist noch heute zu lesen: MDCCCIII, also 1803. Der Betrieb dieses Leuchtfeuers wurde dann aber im Jahr 2001 eingestellt. Soweit zunächst zur Geschichte des Hamburger Leuchtturms, der aber auch wegen der Lage im Volksmund auch Alte –Liebe -Leuchtturm genannt wird.

Es muss kurz nach der Jahrtausendwende gewesen sein, als ich einmal wieder mit meiner Frau nach Cuxhaven fuhr, um den großen und sehr interessanten Wochenmarkt zu besuchen und alte Freunde zu begrüßen. Auf dem Wege dorthin sagte ich ihr während der Autofahrt, wir müssten uns für ein paar Stunden trennen, da ich noch etwas zu erledigen hätte. Als sie nachhakte, was ich denn vorhätte, gestand ich ihr, dass ich beabsichtigte, den rund zweihundert Jahre alten Leuchtturm bei der Alten Liebe zu kaufen. Sie fiel aus allen Wolken und wollte es zunächst nicht glauben. Doch als ich ihr dann sämtliche Unterlagen über das Gebäude und ein Verkaufsangebot vom Hintersitz meines Autos hervorholte und zeigte, merkte sie, dass es ihrem lieben Ehemann tatsächlich ernst damit war. Ich sagte ihr, dass ich hiervon über den Architekten meines Hauses den Tipp und die Unterlagen erhalten hätte und der Verkauf öffentlich ausgeschrieben sei. Über eine mögliche Finanzierung der etwa dreißigtausend D-Mark hätte ich auch schon mit meiner Sparkasse gesprochen. Ich sei deshalb daran so interessiert, weil es als Feriendomizil einfach eine fabelhafte Lage hätte mit allerbester Aussicht, wie man sich vorstellen kann. Platz sei genug für ein paar Betten, einer Kochgelegenheit und ein paar gemütliche Sessel, wie ich aus den Bauzeichnungen ersehen konnte. In Finnland hatten wir unser Sommerhaus verkauft. Also warum nicht so ein schönes Objekt in dieser optimalen Lage und der besten Adresse? Das einzig Störende wären die etwa einhundert Stufen bis zur Spitze gewesen. Aber wir waren ja vor rund zwanzig Jahren noch fit. Nun wusste meine Frau Bescheid über mein Vorhaben und in der Hoffnung, dass es doch irgendwie einen Haken für diese für sie verrückte Kaufabsicht gab, war sie bereit, zur näheren Besichtigung mitzukommen. Der Backsteinbau war noch absolut in Ordnung. Alles machte einen sehr ordentlichen Eindruck. Doch dann kam es heraus: Zum Grundstück gehörte nur ein schmaler Landstreifen rundherum um das Mauerwerk von etwa zwei Meter Rasenfläche. Dazu kam, dass man noch nicht einmal, abgesehen von einer eventuellen Sondererlaubnis, auch rein räumlich weder einen größeren Tisch mit ein paar Stühlen oder sein Auto vor dem Turm draußen hätte stellen dürfen. Dann wurde mir auch klar, warum der Preis in meinen Augen keineswegs überzogen war. Der Leuchtturm steht unter Denkmalschutz und es dürfen weder drinnen noch draußen irgendwelche Veränderungen, auch nicht die kleinsten, vorgenommen werden. Auch das seit Jahren ungenutzte und technisch völlig veraltete Leuchtfeuer darf nicht entfernt werden, dort, wo ich später gemütlich im Sessel sitzend, die ganze Elbemündung überblickend, die ein- und auslaufenden Schiffe und den Sonnenauf- oder -untergang beobachten wollte. Aus dem Kauf wurde also nichts. Dabei wäre ich so gern an so bekannter Stelle Leuchtturmbesitzer geworden. Ohne all diese Auflagen hätte ich ohne länger zu zögern, den Turm gekauft und wäre mir sicher gewesen, dass auch meine Kinder, die beide Cuxhaven lieben, diesen niemals verkauft hätten. Der Turm soll nach mir 2001 und nochmals schon 2005 jeweils an einen privaten Käufer gegangen sein. Die Gründe des schnellen Eigentümerwechsels ist leicht durch das oben Geschilderte zu erklären. Dann ist es schon besser, wenn dieser denkmalgeschützte alte Leuchtturm als Museum in öffentlicher Hand bleibt.

„Wenn man eine Reise macht, dann

kann man was erzählen", heißt ein Sprichwort. Bis zum Jahr 1986 reisten wir in jedem Sommer und einmal auch im Winter nach Finnland. In den ersten Jahren gab es noch die Finnjet, die einen Gasturbinenantrieb hatte und extra für den Passagierdienst zwischen Travemünde und Helsinki 1977 in den Dienst gestellt worden war. Da das Schiff die höchste Eisklasse besaß, fungierte es im Winter gewissermaßen auch als Eisbrecher für diese Route, wenn ihm dann andere Handelsschiffe wie im Gänsemarsch im Kielwasser hinterherfuhren. Das Schiff bot 1686 Passagieren in 565 Kabinen Platz und konnte rund 400 Pkw mitnehmen. Für Sirkka und mich einschließlich unserer Kinder war allein die Schiffspassage schon ein Teil unseres Urlaubes. Trotz seiner Größe von fast 33 tausend Bruttoregistertonnen war das Schiff immer noch übersichtlich und irgendwie gemütlich und unterschied sich doch sehr von den heutigen sechs-und mehrstöckigen Fährschiffen mit bis zu 4000 Passagieren. Leider fuhr dieses schöne Schiff, das mit seinen 33 Knoten, was nicht ganz 61 km/h sind, wegen Unwirtschaftlichkeit diese Route nur noch bis 1997. Noch eine kurze Zeit soll die Finnjet die Route nach St. Petersburg und nach Talliin gefahren sein, wurde aber dann später an die Bahamas ausgeflaggt. Die Finnjet kannte früher fast jeder Nordeuropäer. Nach einer sehr wechselhaften Geschichte war 2008 noch eine finnische Gruppe bereit, die Finnjet, die nicht nur die Herzen aller Finnen besaß, vor dem Abwracken zu bewahren. Leider vergeblich.

In Finnland ging es dann zu unserem Sommerhaus oder *Mökki*, wie die Finnen sagen. Wegen meines Berufes konnte ich nie länger als drei Wochen in einem Stück Urlaub machen. Der aber war, da es zum Glück noch kein Mobiltelefon gab, sehr entspannend. Und das trotz ständiger Arbeit, denn am Anfang des Urlaubes musste das Haus aus dem Winterschlaf ausgepackt werden und vor unserer Abfahrt wieder eingepackt werden. Unsere Kinder erfanden auch ohne Spielzeug allein mit Steinen, Ästen und Blättern immer wieder neue Spiele. Für mich war die schönste Beschäftigung, die am Abend ausgelegten Fischnetze morgens schon um 5 Uhr, wenn sich der Nebel so gerade lichtete, wieder einzuholen. Auch Sirkka war gut beschäftigt mit Pilze- und Beerensammeln oder Fensterrahmen streichen. Nicht immer war es sommerlich warm, was man auf den Fotos erkennen kann, auf denen man die Kinder mit dicken Pullovern sieht. Aber es konnte auch richtig mollig sein. Ich will mich hier nicht wiederholen, da ich unser *Mökkielämä*, Leben im Sommerhaus, schon im zweiten Teil meiner Erinnerungen beschrieben habe. Doch nachdem ich 1986 dort im Urlaub einen Herzinfarkt erlitt, entschlossen wir uns, unser geliebtes Sommerdomizil zu verkaufen. Wäre ich noch ein zweites Mal erkrankt, was nicht selten ist, hätte Sirkka mit den Kindern und wegen unserer Hypotheken auf unserem neuen Haus in Zeven mit einem großen Schuldenberg dagestanden.

Doch nun waren wir auch wiederum freier in unseren Urlaubsentscheidungen. Im nächsten Sommer ging es nach Mimizan, südlich von Bordeaux. Die nur sehr kleine Gemeinde wird auch als die Perle der Silberküste bezeichnet.

Als ich den einheimischen, älteren Boule-Spielern, die zwischendurch immer ihren kleinen „Roten" tranken zuschaute, erfuhr ich, dass schon der englische Ministerpräsident Churchill regelmäßig im Urlaub dort die Kugeln geworfen haben soll. Später las ich dann, dass dort die Westgoten sich mit den dort schon ansässigen Christen vor eineinhalb Jahrtausend bekämpft haben sollen. Mittlerweile kennen wohl mehr Menschen den Ort, da die Kirche mit ihrem alten Turm für Pilger auf dem Weg nach Santiago ein Ziel ist. Auch für uns allein war die Fahrt dorthin beeindruckend, da wir einen Umweg über die Pyrenäen gemacht hatten und dabei all die Nebenstraßen lang gefahren waren, die wir heute bei den Berichten über die Tour de France im TV wiedererkennen. Auf der Reise dorthin und in Mimizan selbst war es sehr heiß. So ließen Johan und ich unseren jungen Hund mehrfach den kleinen Fluss durchqueren. Doch diese gut gemeinte Abkühlung war dann doch zu viel. Da er wegen des ständigen Lechzens schon dehydriert war, mussten wir danach einen Tierarzt aufsuchen. Bei einem langen Spaziergang immer an der Küste entlang wunderte ich mich, dass ich niemandem begegnete. Erst sehr spät sollte ich dann merken, dass ich eine militärische Sperrzone betreten hatte. Als Selbstversorger grillten wir häufiger abends die in der Markthalle gekauften Sardinen oder auch ein Steak vom Charolais-Rind, was mir der Schlachter empfohlen hatte, nicht ohne einen guten Grund. Der Besuch eines Sommerfestes war ein richtiges Highlight, weil nämlich auf der einen Seite des Marktes Musik für die ältere Generation gespielt wurde und auf dem Gegenüber etwas entfernter die sehr laute Musik und Hits, die junge Menschen lieben. Auch dort gab es reichlich gegrillte Sardinen, auch mit viel

Knoblauch gewürzt, und dazu ein frischer Rotwein der Region gleich in großen Kannen. Die Rückreise ging dann jedes Mal direkt quer durch Frankreich, wobei wir an vielen bekannten Orten und Landschaften vorbeikamen. Bei unserer ersten Frankreichreise versuchte ich mich noch auf Französisch zu verständigen, das ich in der Volkshochschule ein wenig gelernt hatte. Das führte dann mehrfach dazu, dass wir in unserem Übernachtungshotel auf der Strecke etwas völlig anderes zu essen bekamen, als ich bestellt hatte. Letztendlich war das aber völlig egal, denn die französische Küche schmeckt immer. Bei einer Fahrt hatten wir auf der Heimreise zwei Fünf-Liter-Kanister, gefüllt mit frischem Wein aus der Markthalle, mitgenommen. Doch was uns dort so gut gemundet hatte, schmeckte zuhause dann fürchterlich. War es die fehlende Atmosphäre oder war der Wein durch das Rütteln auf der Reise umgekippt? Einmal besuchten wir auch eine Stierkampfarena, die wohl nach aus der Zeit der Römer stammte. Bei dieser Veranstaltung waren meist nur junge Tiere, die dann jugendliche Franzosen mit ihrer überschießenden, menschlichen Kraft bezwingen wollten, aber ohne Spieße wie in Spanien. Da kein Blut bei diesen Stierkämpfen fließt, ist es nur ein reines Volksvergnügen, was man sich gern anschauen kann. Bei unserer zweiten Reise konnten unsere Kinder nicht nur besser Französisch als ich, sondern unser Sohn hatte auch gerade seinen Führerschein bekommen und fuhr uns den größeren Teil der Strecke bis Mimizan. Nachdem er uns durch den Morgenverkehr in Bordeaux sicher kutschiert hatte, konnte ich ihm später völlig sicher immer meine Autoschlüssel geben.

In einem Sommer bat ich die Familie, mit mir nach Malta zu fliegen, doch alle lehnten es ab. Nun gut, dachte ich, dann reist du eben allein und machst gleichzeitig einen Englischkurs. Als ich dann zurückkam und so begeistert von meiner Reise erzählte und Fotos zeigte, wollte im folgenden Jahr die gesamte Familie mit mir unbedingt dorthin. Die sehr kleine Insel mit einer Breite von nur 13 und einer Länge von rund 25 Kilometer ist kleiner als das Land Bremen. Da Malta unterhalb des 37. Breitengrades liegt, sind die Sommer besonders heiß, was aber nicht so stört, da von See her immer eine kleine Brise weht. Die Insel hat seit Jahrtausenden eine sehr wechselvolle Geschichte. Sämtliche wichtigen Länder der Antike gaben sich dort ihr Stelldichein, auch Franzosen und Engländer stritten sich um die Vorherrschaft, bis 1817 Malta Teil der britischen Kronkolonien wurde. Deshalb ist heute die offizielle Landessprache Englisch, obwohl auch immer noch maltesisch gesprochen wird, was eine Mischung aus Englisch, Italienisch und Arabisch ist. Erst 1947 wurde Malta ein selbstständiger Staat. Wegen seiner Historie ist es aber noch heute ein sehr beliebtes Urlaubsziel der Engländer. Außerdem gibt es sehr viele Sprachschulen. Das war auch der Hauptgrund meiner ersten Reise. Ich wollte meine Englischkenntnisse in einer Sprachschule verbessern und gleichzeitig Urlaub machen. Sprachlehrer war ein Schauspieler um die fünfzig Jahre alt aus London, der im Sommer sich ein Zubrot verdienen wollte. Sein Unterricht war jedes Mal wie ein Schauspiel mit sehr lebendiger, mitreißender Theatralik. Dagegen ist normaler Schulunterricht wirklich zum Einschlafen. Nachmittags ging dann der halbe Sprachkurs zum Segeln. Ich hatte dann bei meiner Rückkehr so begeistert von meinen Erlebnissen berichtet, dass ich die ganze Reise ein Jahr später mit meiner Familie wiederholte. Auch beim zweiten Besuch, nun mit der Familie, wohnten nun wir in einem von einem Deutschen geführten Hotel, in dem aber zu 90 Prozent Engländer gastierten. Mit sollte es nur recht sein, denn so konnte ich abends beim Bier im hoteleigenen Pub mit gebürtigen Engländern meine Sprachkenntnisse nur noch verbessern. Da hier der Maltesische Ritterorden Jahrhunderte lang residierte, sind auf dieser Insel die prächtigsten Bauten entstanden, was in der kleinen Hauptstadt Valletta besonders auffällt. Die Verbindung von Schule und Urlaub war für uns alle angenehm. Neben unserem Hotel war eine kleine Gaststätte, in der nur maltesisch gesprochen wurde, wo man aber mit den Einwohnern direkt in Berührung kam. Wenn man das Lokal betrat, bekam man sofort ein geröstetes Brot mit zerdrückten, wegen der Sonne besonders schmackhaften Tomaten bestrichen. Die sehr freundlichen Malteser hatten nur einen Fehler: Sie ließen im Gegensatz zu den erzogenen Nord-und Mitteleuropäern sämtlichen von ihnen produzierten Müll am Strand einfach liegen. Die Müllentsorgung schien grundsätzlich bei dem Massentourismus für die kleine Insel ein Problem zu sein. Die staatliche Müllabfuhr fuhr den Abfall einfach in große steinerne Gruben, wo er weiterhin moderte. Solche Orte konnte man schon von weitem riechen. Die Insel Malta, die man wegen seiner Größe schnell durchfahren hat, herrscht Linksverkehr, was die Malteser aber nicht so genau nehmen, was ich bei einem Ausflug mit einem geliehenen offenen Jeep merken sollte. Ich musste da nicht nur wegen des Gangschaltens mit der linken Hand, sondern auch wegen der Fahrweise der Einheimischen höllisch aufpassen. *Maltesians don´t drive on the right or the left side, they drive there, where they find shadow*, sagt man.

Als unsere Kinder studierten, machten Sirkka und ich diesmal etwas nördlicher von Malta, auf Sizilien, der größten Insel im Mittelmeer, einen für uns beide unvergesslichen Urlaub. Ich hatte eine Rundreise mit einem Leihwagen gebucht. Gleich am ersten Abend wurden wir belehrt, aufzupassen, als in Palermo zwei vorbeifahrende Mopedfahrer meiner Frau die Handtasche entreißen wollten. Als wir uns die Altstadt von Palermo ansahen, wo die Normannen sichtbar ihre Spuren hinterlassen haben, begegneten wir vor einer Kirche einer typischen Mafia-Hochzeit, wie man sie aus Filmen kennt. Aus Furcht, dass mir etwas passieren könne, wagte ich kein Foto zu machen. Als ich Geld in einer Bank wechseln wollte, denn den Euro gab es noch nicht, musste ich zunächst zwei Wachmänner mit entsicherten Maschinenpistolen passieren. Dann begab ich mich in einen nur einen Quadratmeter großen Raum, dessen Türen sich auf beiden Seiten sofort schlossen. Nach einer Musterung durch die Glaswände öffnete sich die eine Tür bankwärts. Aber auch dort musste ich Ewigkeiten warten, bis es mir gelang zwanzigtausend Lira zu bekommen. Klingt viel, waren aber wegen des Wechselkurses nur zweihundert Deutsche Mark. Den ersten Eindruck der Geschichte der Insel, die historisch von Griechen beherrscht wurde, bekamen wir in Selinunte, als wir neben den mächtigen, riesigen Säulen eines Tempels fast wie Zwerge standen. In Agrigent befinden sich gleich mehrere Tempel nebeneinander mit einer Geschichte von teils über zweitausendfünfhundert Jahren. Wir vergessen nie eine Szene, als einem Touristen beim plötzlichen Niesen auf dem Weg zwischen den drei Tempeln sein Gebiss in den Sand fiel, er es blitzschnell aufhob und zurück in den Mund schob, um sich dann weiter mit seiner Begleiterin, die das nicht mitbekommen hatten, munter zu unterhalten, als sei nichts geschehen. Zwar fiel der Name Syrakus in der Schule sehr häufig, aber es ist doch eine andere Sache, wenn man diesen historischen Ort selbst besucht. Im riesigen Amphitheater machten wir einen Hörtest. Während einer von uns ganz leise auf der zentralen Bühne stehend ein paar leise Worte sagte, versuchte der andere in den alleroberste steinernen Reihen dies zu verstehen. Alle Hochachtung! Die griechischen Erbauer verstanden schon etwas von guter Akustik. Dass die Sizilianer wie Verrückte mit dem Auto fahren, sollten wir in Catania erleben. Auf den Kreuzungen wurde meiner Beifahrerin Sirkka angst und bange. Auch ich fuhr wie die Einheimischen bei Rot über eine Ampel, sonst hätte es garantiert gekracht, wenn ich vorschriftsmäßig gebremst hätte. Dazu ständig laut die Hupe bedienen. Uns fiel sofort auf, dass die Straßen wie auf einem Schachbrett rechtwinklig laufen und dass ganze Straßenzüge denselben barocken Baustil aufweisen. Den Grund dazu konnten wir nachlesen: Im Jahr 1669 wurde der Ort Catania, der schon 300 Jahre vor Christi erwähnt wird, von einer Lavawelle des immerhin fünfzig Kilometer entfernten Vulkans Ätna überrollt. Als alles erkaltet war, hatte man die Stadt wieder aufgebaut. Wir waren neugierig geworden und fuhren zum Ätna, der zu der Zeit einmal nicht rauchte. Die Straße führte in Serpentinen über riesige, wulstige, erkaltete, schwarze Lavamassen bis zum oberen Drittel. Wir hätten noch weiter hochkrabbeln können, doch das war uns zu mühselig. Aber wir hatten von dort oben aus einen herrlichen Blick auf das entfernt liegende Catania. Im Italienisch-Unterricht habe ich gelernt, dass es aufgrund der Höhe auf der anderen Seite des Ätnas Schneepisten geben soll, auf den die Sizilianer selbst im Hochsommer sich auf die nächste Winterolympiade vorbereiten können. Ob es tatsächlich stimmt, weiß ich nicht. Aber der Ätna ist mit seinen 3323 Metern über dem Meeresspiegel schon der höchste Vulkan Europas. Möglich ist es also. Wir waren nur etwa gut 2000 Meter hoch. Unten an den Hängen gab es viele blühende Gärten, um mit Helmut Kohls Worten zu sprechen, da der Boden dort besonders fruchtbar und ergiebig sein soll. Das dürfte wohl auch der Grund sein, warum hier sich Menschen ansiedeln, obwohl ein Ausbruch des Vulkans jederzeit möglich sein kann. Auch jetzt im 21. Jahrhundert sind schon wieder regelmäßige kleinere Vulkanausbrüche registriert worden. Seit Sommer 2015 soll der Ätna wieder mehr aktiv sein. Doch alle vertrauen auf die vielen geologischen Messstationen rund um den Ätna. Nachdem wir uns noch Messina angesehen hatten, wo man an der Meerenge bis „zum Fuß" von Italien sehen kann, schlossen wir unsere Rundreise in dem kleinen, aber wunderschönen Ort Taormina ab. Der Ort und die Region sollen schon vor über dreitausend Jahren von den griechischen Sikelern, die der Insel ihren Namen gaben, die auch in Homers Odyssee erwähnt werden, besiedelt worden sein. Im Hausprospekt unseres Hotels, wovon wir von unserem Fenster aus einen einmaligen Blick auf die Bucht und den diesmal sogar Feuer speienden Ätna hatten, war eine nette Geschichte zu lesen: Als die Griechen vor rund neunhundert Jahre vor Christi einen Olympioniken befragten, woher er denn käme, antwortete dieser, er käme aus Taormina. Damit war der Beweis erbracht, dass Taormina älter als das legendäre Rom ist, dessen offizieller Gründungstag am vierundzwanzigsten April im Jahre 753 vor Christi unserer Zeitrechnung genannt wird, wie ich noch im Lateinunterricht lernen musste.

Da wir gerade bei Italien sind, schließt sich hier auch bestens die Geschichte an, als ich meine Tochter Christina in ihrem neuen Studienort in Ferrara in Norditalien, auf der rechten Seite des Po - Flusses gelegen , besuchte und später am Studienende wieder zurück nach Konstanz brachte. Christina wohnte fast noch in Zentrum Ferraras in einer Studenten-WG mit großen komfortablen Räumen. Ferrara ist eine der ganz wenigen Städte, die keine römische Vergangenheit haben. Die Stadt wurde von der Adelsfamilie Este geprägt. Die Stadt besitzt noch einen intakten mittelalterlichen Wall um das Zentrum. Christina kann heute sagen, sie hätte an der zweitältesten Universität Europas von 1391 studiert. Abgesehen von der sehr der schönen Renaissance-Altstadt sind mir neben der gotischen Kathedrale das mitten in der Stadt liegende Kastell der Familie Este und die vielen kleinen Läden in Erinnerung geblieben. Aber auch, dass ein Espresso im Stehen getrunken nur eintausend Lira, also eine D-Mark kostete, fand ich gut. Gleich am ersten Abend feierten wir zusammen mit allen WG-Bewohnern mit italienischem Essen. Vorher kauften wir in einem riesigen, außerhalb des Zentrums gelegenen Lebensmittelmarkt mit über zwanzig Kassen, was in Deutschland zu der Zeit noch unbekannt war, die für die Feier notwendigen Lebensmittel einschließlich Wein ein. Als ich dabei zu einer Rotweinflasche griff, die etwa 6000 Lira kosten sollte, wurde ich schnell belehrt. Wir Deutsche würden für die Weine viel zu viel Geld bezahlen und so richtig ausgenommen. Auch zum halben Preis bekäme man einen guten Roten. Da ich in meiner Studentenzeit auch immer schlecht bei Kasse war, beglich ich selbstverständlich die Einkäufe. Als ich am nächsten Morgen zu Christina sagte, man könne auch heute noch gut erkennen, dass vor tausend Jahren in dieser Region der Germanenstamm der Lombarden geherrscht hätte, weil die Frauen hier in Norditalien anders als woanders fast alle blond seien, lachte sie nur, weil ihr etwas dusseliger Vater nicht gemerkt hatte, dass die Farbe Blond mit Hilfe von Färbung gerade „in" war. An einem der Abende ging ich mit Christina in eine Pizzeria, wo das halbe Lokal schon gefüllt war. Während wir unsere Pizza aßen, betrat sehr auffällig ein Italiener in Begleitung mehrerer anderer Männer das Lokal und nahm sofort den zentralen Tisch in Beschlag, während seine Begleitung sich an den umliegenden kleinen Tischen verteilte. Sofort merkte ich, dass die Gesprächstonlage im gesamten Lokal leiser wurde und die Bedienung von dem neuen Gast mit tiefen Verbeugungen die Bestellung aufnahm. Die Pizzaköche, die vorher mal immer wieder in das Restaurant hineinlugten, schienen urplötzlich sich hinter ihrem Pizzaofen geradezu zu verstecken. Die anderen Gäste hatten es ebenfalls sehr eilig zu zahlen, obwohl nicht alle ihre ganze Pizza vollständig gegessen und noch nicht einmal sich nach dem Mahl einen Grappa gegönnt hatten. Zunächst verstand ich nicht, was in der Pizzeria auf einem Mal passiert war, bis mir Christina leise auf Finnisch zuflüsterte, dass dieser Mann inmitten des Lokals zur Mafia gehöre samt seiner Begleiter auf strategisch wichtigen Positionen. Er sei gekommen, um Schutzgelder einzutreiben. Dieses „Spielchen" sei durchaus hier bekannt und nicht selten. Ich wunderte mich sehr, mit welcher Offenheit dies mitten in einer mittelgroßen Universitätsstadt passieren konnte und warum die Polizei nicht einschritt, obwohl das Problem durchaus bekannt war. Armes Italien, von Sizilien bis hoch zur nördlichen Landesgrenze von der Mafia durchseucht! Wir aßen aber dennoch unsere Pizza vollständig auf, waren aber froh, dann doch anschließend wieder gesund und unverletzt auf der Straße zu sein.

Da meine Tochter auch zur Uni musste, hatte ich am Morgen Zeit, im Palazzo Diamanti eine einmalige Wanderausstellung über Pompeji zu besuchen. Noch zwanzig Jahre danach erinnere ich mich sehr gut an diese Ausstellung. In der Schule im althumanistischen Zweig hatte ich gelernt, dass im Jahr 79 n.Chr. sich der Schlotpfropfen des Vesuvs sich eruptionsartig geöffnet haben soll und das ganze Gebiet um den Vesuv von Pompeji bis zum antiken Herculaneum in kürzester Zeit von nur achtzehn Stunden mit Asche und Bimsstein meterhoch überschüttet hatte. Die Bevölkerung hatte keine Chance zu entkommen. Erst fast sechzehnhundert Jahre später hatte man durch einen Zufall bei Kanalarbeiten die ersten Funde dieser einst so bekannten Städte der Antike gemacht. Und das, obwohl der römische Geschichtsschreiber Tacitus, den viele von uns noch mit seiner „Germania" aus dem Unterricht kennen wie *Gallia est omnis devisa in partus tres…..,* schon ein paar Jahre danach ziemlich genau diesen Ausbruch und den Untergang beschrieben hat. Einzelheiten waren deshalb schon in der Antike bekannt, weil auch der jüngere Bruder Plinius mit dem Schiff seinem älteren Bruder gefolgt war und den Ausbruch ebenfalls beschrieben hat. Dabei handelt es sich um den ebenfalls vom Gymnasium her bekannten römischen Schriftstellers Plinius. Er wollte seinem älteren Bruder von Seeseite her helfen. Doch dieser erstickte an den Gasen des Vulkanausbruchs. Ohne helfen zu können, sah er nur von Ferne den Untergang der ganzen Vesuv-Region. Deshalb wird dieser Ausbruch in der Literatur auch als „Plinische Eruption" bezeichnet. Nach dem ersten zufälligen Fund wurde in den späteren Jahrhunderten des ausgehenden Mittelalters stufenweise die ganze Stadt Pompeji, die einmal sehr reich gewesen sein muss, ausgegraben und freigelegt. Besonders gut erhaltene Fundstücke wurden nun in dieser Wanderausstellung zu der Zeit in Ferrara gezeigt Man ist wirklich maßlos erstaunt, wenn man sieht, welche hohe handwerkliche Kunst, welche Handfertigkeit und welches hohe Niveau in der darstellenden Kunst die Römer kurz nach Christi Geburt schon besaßen. Es fängt mit den allerkleinsten täglichen Gebrauchsgegenständen an, geht über Häuserbeheizung und allerfeinstem Schmuck bis zu wunderschönen Mosaikbildern, die hier gezeigt wurden. Leider habe ich niemals in meinem Leben Pompeji besucht, was ich sehr bedauere, da ich ja schulisch vorbelastet bin und viel davon im Unterricht gehört hatte. Von dieser Ausstellung habe ich aber auch gelernt, dass die damalige Welt des römischen Zeitalters um viele Male in der Technik und in der Kunst weiterentwickelt war als das europäische Mittelalter. Schuld daran ist die römisch-katholische Kirche, die jegliche Entwicklung ausgebremst hat. Wenn nicht einsichtige, kluge Mönche in ihren klösterlichen Bibliotheken die Schriften aus römischer Zeit und die wissenschaftlichen Erkenntnisse der Araber teils übersetzt und oft heimlich aufbewahrt hätten, wäre für uns sehr viel bedeutsames Wissen verloren gegangen. Jeder Laie kann heute sich nur wundern, wenn er das handwerklich hohe Niveau dieses römischen Zeitalters, was in der Ausstellung bestens dargestellt wurde, mit dem doch relativ primitiven Leben der Menschen im vierzehnten Jahrhundert vergleicht. Erst die Renaissance und die Aufklärung brachten eine Wende. Leider drangsaliert und bremst noch heute die katholische Kirche die normale Entwicklung der Menschheit. Das so kirchlich betonte Mittelalter war ein Rückschritt in der Entwicklung der Menschheit. Das wurde mir bei diesem so eindrucksvollen Besuch der Ausstellung von Pompeji bewusst. Bei einem meiner Besuche in Ferrara fuhr ich auch zusammen mit Christina nach Florenz. Ich werde von der Stadt in einem anderen Zusammenhang noch berichten.

Mein zweiter Besuch in Ferrara war kürzer, denn ich wollte Christina am Ende ihres italienischen Semesters mit ihren tausend Sachen wieder zurück nach Konstanz bringen. Nachdem wir mein Auto vollgepackt hatten, gingen wir wieder in die Pizzeria, die ich von meinem ersten Besuch noch kannte, diesmal ohne Mafia-Gesellschaft. An der Abschiedsfeier der WG nahm Christina nicht teil, was ich nicht verstand. Sie drängte zur Abfahrt. Ihre Verabschiedung von ihren WG- Kumpanen(innen) war kurz. Nachdem ich ihr noch Geld für die Reparatur eines von ihr angeblich abgebrochenen Wasserhahns für den Hausmeister gegeben hatte, fuhren wir noch am Abend in Richtung Mailand, wo wir aber leider nicht Station machten. Wir übernachteten dann in Como an dem wunderschönen gleichnamigen See. Über den Gotthard-Pass erreichten wir schließlich Konstanz, das ebenfalls schon zu Zeiten des oben beschriebenen Kaisers Augustus als Siedlung am Bodensee bekannt war. Ein Turmfundament auf dem Münsterplatz weist auf diese Zeit hin.

Es war nicht der letzte Besuch von Italien. Auch Sirkka hatte noch Christina in Ferrara besucht und war ebenso wie ich zu einem Italienfan geworden. Beide hatten wir auch an der Volkshochschule in getrennten Kursen etwas Italienisch gelernt. Unser nächstes Ziel sollte dann Viareggio in der Toskana sein, direkt am Meer gelegen. Die Städte Pisa mit seinem schiefen Turm und Lucca, bekannt durch die Verarbeitung des schneeweißen Marmors, der nördlich davon in den Steinbrüchen von Carrara seit über zweitausend Jahren geschlagen wird, liegen nicht weit entfernt. Wir wohnten in einem Hotel direkt an der Promenade, das von einer älteren, wohl verwitweten Frau geleitet wurde. Die Möbel in den Zimmern waren zwar alt, aber vom Feinsten und hätten im Antiquitätenhandel ein Vermögen gekostet. Das gleiche galt für die hervorragenden Gemälde, die völlig ungesichert in sämtlichen Räumen hingen, selbst im Treppenhaus. Will man ein Volk kennenlernen, so muss man auf seine Märkte gehen, was wir dann auch regelmäßig taten. Dass Viareggio neben Venedig auch die bekannteste Stadt des Karnevals ist, ist anderswo kaum bekannt. So fotografierte ich ein großes Standbild von einem Clown, der zur Werbung für die Karnevalszeit auf der Strandpromenade stand.

Da wir nicht jeden Tag am Strand sein wollten, machten wir Tagesausflüge nach Lucca, der uralten etruskischen Stadt, wo heute fast in jedem dritten Haus eine Bildhauerei sich befindet, die den weißen Marmor aus den nahe liegenden Steinbrüchen verarbeitet. Auf dem Weg zum

Zentrum begegneten wir einer bronzenen Brunnenskulptur mit einer wasserspeienden Schildkröte, auf der ein puttenartiger Knabe saß, den ich ebenfalls fotografisch bannen musste. Beide Bilder hängen heute gerahmt und stark vergrößert in meinem Arbeitszimmer. Schließlich standen wir auf einem sehr großen ovalen Markt, umrahmt von zwei- und dreistöckigen alten Häusern, der Piazza dell` anfiteatro, die einmal, wie der Name schon sagt, ein sehr großes Amphitheater gewesen ist. Auf dem Weg zurück zum Parkplatz fiel mir ein Hinweis auf Giacomo Antonio Puccini auf, der Mitte des 19. Jahrhunderts in Lucca, wo sein Vater Organist am Dom war, zur Welt kam. Dem berühmten Sohn dieser Stadt Lucca zu Ehren findet hier jährlich ein großes Puccini-Festival statt. Lucca ist zum Glück nicht so stark touristisch überlaufen wie unsere beiden nächsten Tagesziele.

In den nächsten Tagen steuerten wir Florenz oder Firenze an, wie es in vielen anderen Sprachen genannt wird, der größten Stadt der Toskana. Die Stadt soll eine der reichsten Städte des 16. und 17. Jahrhunderts gewesen sein, was man aber auch spürt, wenn man die vielen Gebäude und vor allem auch Michelangelos Skulpturen aus dem schneeweißen Marmor der Carrara –Steinbrüche vor dem alten Rathaus sieht. Die Stadt soll im Jahr 59 v.Chr. von Julius Caesar dort gegründet worden sein, wo vorher aber schon die Etrusker siedelten. Bereits zu Römerzeiten gab es Thermalbäder in Colonia Florentina, wie sie damals hieß. Ich will hier jetzt nicht all die Sehenswürdigkeiten aufzählen und nur das beschreiben, was ich nicht vergessen habe. Auf dem Weg ins Zentrum fiel uns beiden auf, dass in vielen kleinen Läden Steinpilze angeboten wurden.

Weitaus mehr, als man je in Deutschland gesehen hat. Sirkka und ich fragten uns, ob derartig große Mengen vielleicht doch aus Finnland importiert würden. Unvergesslich ist mir das achteckige Baptisterium oder Taufkirche aus dem elften Jahrhundert mit seiner nach Osten gerichteten sogenannten Paradiespforte im romanischen Stil direkt vor der romanisch-gotischen Kathedrale mit seiner weithin sichtbaren Kuppel. Als wir zur alten Brücke, der Ponte Vecchio kamen, kamen wir aus dem Staunen nicht mehr heraus. Soviel Goldschmuck, wie dort auf der Brücke in allerkleinsten Läden auf engstem Raum verkauft werden sollte, hatten wir beide noch nie gesehen. Dagegen waren die Juwelierläden in Valletta auf Malta gar nichts. Michelangelo begegnete uns nicht nur vor, sondern auch sehr mannigfach im großen Sitzungssaal des alten Rathauses. Hochinteressant war auch für mich ein großes Kartenzimmer mit einem Globus von zwei Meter Durchmesser. Auf den uralten Karten an den Wänden konnte man sehr gut erkennen, mit welchen Städten in Europa und auch in Deutschland die florentinischen Kaufleute Handel getrieben hatten. Besonders interessant war für mich eine etwa gut dreihundert Jahre alte, sehr große Karte von Deutschland, die ich mir in der Kopie verkleinert später kaufte. Hamburg gab es noch nicht, aber Altona. Cuxhaven gab es nicht, aber Ritzebüttel, der Sitz des Hamburger Amtmanns. Viele große Städte tauchen auf der Karte gar nicht auf, dafür aber kleine Städte wie Wolfenbüttel, das aus heutiger Sicht wirtschaftlich völlig uninteressant ist. An der Karte kann man gut erkennen, warum einige kleinere Städte vor ein paar Jahrhunderten bedeutend und sehr reich durch den Handel waren, was man an den luxuriösen Fassaden der Bürgerhäuser oft erkennen kann. Heute sind sie bedeutungslose, fast schlafende Städte. Andere Handelszentren haben sie längst abgelöst. Will man Florenz wirklich kennenlernen, benötigt man gern gut eine Woche. Das stand aber nicht in unserem Reiseplan.

Aus zeitlichen Gründen ließen wir Pisa mit seinem Turm seitlich liegen, aber auch weil uns andere Orte wichtiger waren. Dazu gehörte Siena. Sie soll angeblich die schönste Stadt der Toskana sein. Da wir aber vorher Florenz besucht hatten oder wir einfach auch schon zu müde waren, wirkte diese Altstadt, umringt von einer Stadtmauer trotz ihrer italienischen Gotik nicht so sehr auf uns. Sehr interessant waren die vielen Geschäfte, in denen sämtliche echt typischen italienischen Esswaren angeboten wurden. Neben sehr gutem Olivenöl, Pasta, tiefdunklem Balsamico-Essig und vielem mehr gehörten auch Würste und Schinken vom Wildschwein dazu. Leider aber waren viele Waren wegen der Touristen überteuert. Jedoch den großen Platz im Zentrum, Piazza del Campo, auf dem jährlich ein Pferderennen für den Palio di Siena in alten Kostümen stattfindet, muss man unbedingt gesehen haben. Nicht umsonst taucht dieser Platz sehr häufig bei Berichten im TV aus Italien auf. Alle diese Städte gehören selbstverständlich zum UNESCO- Weltkulturerbe, was für die Nachwelt zumindest sicherstellt, dass keine baulichen Veränderungen gemacht werden dürfen, es sei denn, man macht es so wie die Stadt Dresden, die mit dem Bau einer einzigen weiteren Brücke über die Elbe ihren Status als Kulturerbe verlor.

Natürlich war uns auf der Hinfahrt zu den oben genannten Städten die Landschaft aufgefallen, aber nun auf der Rück-

fahrt zu unserem Hotel hatten wir doch einen intensive-
ren Blick auf die Toskana, der wohl bekanntesten Kultur-
landschaft Italiens. Auch hier stammte der Name für diese
Region wie bei den besuchten Städten von den Etruskern,
die vor den Römern hier gelebt hatten. Jeder kennt zumindest von Fotos und alten und auch modernen Gemälden
diese hügelige Landschaft mit den in Reih und Glied ste-
henden Säulenzypressen, den Olivenhainen und den vielen Weinstöcken. Hier reiht sich ein bekanntes Weindorf
nach dem anderen wie Perlen auf. Von hier kommen die
berühmten Rebensorten wie der Sangiovese, der zu 75
Prozent im Chianti enthalten ist, dem bekanntesten und
viel besungenen Wein Italiens. Aber auch den kleinen Bruder des Chiantis, der Rosso di Montalcino, der aus der
Brunellotraube gekeltert wird, kann man scho` trinke,
schwäbisch gesagt, was ein Lob bedeutet. Auf den Nebenstraßen, die wir ganz bewusst nahmen, war ein Straßen-
verkauf nach dem anderen, so wie ich das aus dem riesigen Obstanbaugebiet vor den Toren Hamburgs, dem Alten
Land, kenne. Ich musste einfach anhalten. Wegen der
strengen, italienischen Alkoholgesetze beim Autofahren
konnte ich nicht groß probieren, auch wenn ich die Probe
ausgespuckt hätte. Ich musste den Anpreisungen des
Weinanbauers vertrauen oder schnell im Johnson Wein-
buch nachschauen, was ich vorsichtshalber mitgenommen hatte. Aber ein paar Flaschen dieser bekannten
Weine mussten es dann doch schon sein. Da ich in diesem
Italienurlaub immer nur maximal zwei Flaschen Wein in
der Toskana und auch woanders gekauft hatte, bemerkte
ich nicht die Gesamtmenge. So war zum Schluss bei der
Rückreise mein Kofferraum fast zu einem Drittel mit Flaschen gefüllt.

Mit dem Männergesangverein war ich zwei Mal in Tregnago, einmal auch mit Sirkka zusammen. Der Weinort liegt nur dreißig Kilometer entfernt von Verona. Da war es selbstverständlich, dass wir dahin noch einen Abstecher machten. Verona hatte mich so beeindruckt, dass ich diese alte Stadt unbedingt noch einmal privat besuchen wollte. Dazu sollte auch ein Opernbesuch im alten Amphitheater gehören. Verona liegt an der Etsch. Wir erreichten die Stadt über die Brennerautobahn, die unmittelbar vorbeiführt. Verona hat eine sehr wechselvolle Geschichte. Sie wurde zwar etwa 89 v.Chr. von den Römern gegründet, doch ein paar Jahrhunderte später herrschten dort die Langobarden, auch der Ostgotenkönig Theoderich, in der Sage Dietrich von Bern genannt, soll dort gewesen sein. Neben verschiedenen herrschenden italienischen Adelsgeschlechtern gehörte Verona aber auch mal zu Bayern und auch zu Österreich. Das mitten in der Stadt liegende Amphitheater mit einer Länge von 139 Metern wurde schon 30 n. Chr. vom römischen Kaiser Tiberius gebaut. Ein Gang durch die gut erhaltene Altstadt ist Geschichte pur. Einer der schönsten Plätze ist die Piazza delle Erbe, dem mittelalterlichen Marktplatz mit seinen Bürgerhäusern, viele im Barockstil. Weit muss man nicht gehen und man steht vor dem Haus der Julia, die jeder aus dem Schauspiel Romeo und Julia von Shakespeare kennt. Ob es historisch gesehen diese Julia jemals gegeben hat, ist höchst fraglich. Das alte Gebäude war ursprünglich mal der Stall eines Bürgerhauses aus dem 14. Jahrhundert. Den Balkon, auf dem sie gestanden haben soll, hat man 1930 erst aus touristischen Gründen geschickt angebaut. Wenn man aber dort in dem kleinen Innenhof steht, stört diese „fake", wie man auf neudeutsch sagt, nicht. Man denkt nur an das großartige Werk des großen Dichters Shakespeare. In Verona gibt es so viel zu sehen, dass man dort gern eine Woche verbringen kann. Unbedingt muss man die Ponte Pietra, die über zweitausend Jahre alte steinerne Brücke über der Etsch gesehen haben, wo das Wasser aus den Alpen kommend selbst im Sommer eine sehr hohe Fließgeschwindigkeit hat. Aber offensichtlich hat die alte Brücke auch im Laufe der Jahrtausende den Wassern der großen Schneeschmelzen widerstanden. Als wir von unserer Stadtbesichtigung zurück in unser Hotel kamen, hatten wir eine kleine Überraschung: unsere Hotelzimmertür war aufgebrochen worden. Zum Glück hatte man aber nichts gestohlen, da wir unsere Koffer noch im Auto hatten. Bis wir ein neues Zimmer bekamen, saßen wir in der großen Hotelhalle und hatten eine gute Gelegenheit, die ankommenden Gäste zu beobachten. So kam die Mannschaft einer Fluggesellschaft stürmisch herein, der Flugkapitän, der Copilot, die Stewardessen, alle picobello in blauer Uniform gekleidet. Es dauerte keine fünfzehn Minuten und die gleichen Personen kamen nun in den buntesten Sommerhemden und Shorts mit Sandalen zurück, um nun in ihrer Freizeit Verona zu erobern. Für uns beide höchst amüsant zu sehen. Doch unser Hauptziel war ein Opernbesuch im Amphitheater, was wir vorher schon gebucht hatten. Mit dem Bus wurden wir zum Vorplatz gebracht und später auch wieder zurück ins Hotel gefahren. Es war ein schöner, lauer Spätsommerabend. Auf dem Vorplatz angekommen tranken wir erst einmal in einer Bodega einen Espresso wie all die fein gekleideten Menschen, die wohl wie wir in die Oper wollten. Immerhin soll das Amphitheater Platz für bis zu 22.000 Menschen bieten, die sich über 45 Sitzreihen verteilen. Wir hatten

Plätze im Zentrum gebucht. Während die Abendsonne hinter dem Gemäuer schon versunken war, erklang vor uns die Ouvertüre zu Verdis Nabucco. Es ist sehr schwer, die wunderbare Akustik und die Stimmung in diesem Amphitheater zu beschreiben. Wenn der bekannte Gefangenenchor aus über hundert Kehlen erklingt, ist es, wie wenn ein Rieseln durch den ganzen Körper geht. Ich kann heute sehr gut verstehen, dass einige Menschen jedes Jahr wieder hierher kommen, um wie eine Droge diese Opernaufführungen zu genießen. Aber nicht nur die Musik berauscht, auch die eindrucksvolle Kulisse. Doch kaum waren die ersten Arien gesungen, kam ein kräftiger Regenguss. Pause, die Vorstellung unterbrochen. Alles strömte in die Katakomben des Theaters, um nicht klitschnass zu werden. Offensichtlich kannte man dieses Problem. Während wir uns mit den anderen Gästen in den engen Gemäuern drängten, wurde jedem Besucher ein Plastikcape in schillernden Farben gereicht. Nach einer kurzen Pause wieder zurück, alle in bunten Regenschutzmänteln. Trotz der unfreiwilligen Pause war die Stimmung sofort wieder da. Aber wieder kam ein Schauer. Alle wieder zurück in die trockenen Katakomben. Doch niemand war betrübt. Ja, einige weise Besucher hatten wohl auch für solche Fälle schon Sekt mitgebracht. Jeder Gast nahm die unfreiwilligen Pausen gelassen und war fröhlich entspannt. Ich glaube, insgesamt waren wir zwei oder drei Mal Schutz suchend in den Katakomben. Die Solisten sangen ihre Arien dennoch mit großem Enthusiasmus, was sich auch auf die Zuhörer übertrug. An einigen Stellen rief jemand aus den oberen Reihen „ Bravo Maestro". Und alles applaudierte prompt nochmal, was natürlich den oder die

Sänger/in animierte. Ob es bezahlte Claqueure waren oder echte Begeisterung, weiß ich nicht. Aber noch heute nach zwanzig Jahren sagen Sirkka und ich, wenn ein Gesang besonders gut war, „Bravo Maestro". Wenn über einhundert Chorsänger/innen begleitet von einem großen Orchester in einer derartigen Kulisse mit einer so ausgezeichneten Akustik den Gefangenenchor singen, dann fühlt man sich wie im Himmel und vergisst so eine Aufführung niemals. Es war ein einmaliger Opernabend, wie ich ihn so nie wieder erlebt habe. Die Uhr war morgens 2.30 h, als wir überglücklich trotz oder wegen der Unterbrechungen in unserem Hotel ankamen.

Auf der Rückfahrt Richtung *Germania* machten wir zuerst in Bolzano halt, in Deutschland unter dem Namen Bozen bekannt. Die Anfang des zwölften Jahrhunderts gebaute Marktsiedlung hatte im ersten Jahrhundert ihrer Gründung etwa zweitausend Einwohner. Heute haben gut dreißigtausend Bürger die Möglichkeit, unter den Laubengängen der Innenstadt in den kleinen Geschäften etwas Besonders zu kaufen. Mir fiel dabei auf, dass es in diesen winzigen Boutiquen herzlich wenig Tinnef für Touristen gab. Viel gekauft aber haben wir dort nicht. Das holten wir zwei Stunden später nach. Bozen ist die Hauptstadt der Region Meran, was mir schon seit meiner Kindheit ein Begriff ist. Der Grund ist, dass in dem Bückeburger Wohnzimmer meines Geburtshauses ein großes Bild vom Meran an der Wand hing und meine Mutter mir wiederholt erzählt hatte, wie schön diese Gegend sei. Früher dachte ich immer, der Grund ihrer Lobpreisungen sei ihre verspätete Hochzeitsreise dorthin und auch, dass ich dort wohl gezeugt worden bin (rein rechnerisch, wie so pubertierende

Knaben mal rechnen), worüber ich mich immer bei den Erzählungen still amüsierte. Heute weiß ich, dass ich falsch
gerechnet hatte. Die Region des Merans ist wirklich
traumhaft schön für den, der einen Blick dafür hat. Der
Meran liegt in einem von Bergen umgebenen Talkessel, in
den noch im Spätherbst und dann gleich am Ende der Win-
terszeit warme Luft aus dem Süden strömt und damit für
ein höchst angenehmes Klima sorgt, bei dem Palmen und
Zypressen wachsen und auf den Obstbäumen nicht nur
Äpfel, sondern auch Citrusfrüchte gedeihen. Bei der Fahrt
durch das lange Tal lohnt sich auch einen Blick in die schönen Seitentäler. Das gleichmäßige und wohltuende Klima
zieht auch die Menschen an. Nur fünfzehn Kilometer vor
dem Brennerpass wollten wir in dem kleinen, aber se-
henswerten Ort Sterzing übernachten. Dort ist zwar die
deutsche Sprache vorherrschend, die Stadt heißt aber offiziell *Vipiteno*, denn sie ist die nördlichste Siedlung des
italienischen Staatsgebietes. Sie ist mit gut neunhundert
Metern die höchst gelegene Stadt der gesamten Alpen.
Dass dieser Ort mit seinen gut sechstausend Einwohnern
einmal wohlhabend gewesen ist, erkennt man an den vielen schönen alten Gebäuden und der gepflegten Innenstadt. Zu Geld war man vor etwa fünfhundert Jahren
durch die in der Nähe liegenden Silberminen gekommen.
Heute sind es wohl mehr die wirtschaftlichen Vorteile,
den fast alle Grenzstädte haben. Der Ort ist aber keineswegs von Touristen überlaufen. Die meisten rasen nur
schnell achtlos besonders am Ende eines Urlaubes daran
vorbei. Sie merken nicht, dass man hier mit Deutsch und
nicht mit gebrochenem Italienisch und mit Händen und
Füßen beschreibend die allerbesten italienischen Speziali-
täten zu zivilen Preisen kaufen kann. Ich hatte hier schon

einmal übernachtet und musste meiner Frau diesen Ort unbedingt zeigen. Als wir dann am nächsten Tag über den Brenner fuhren, hatten wir weitaus mehr als beabsichtigt dort eingekauft. Aber wem schmeckt nicht die italienische Küche? Und Sirkka fand dort sogar einen Laden, vollgepfropft mit Pollini-Taschen, wie man sie in Deutschland kaum findet. Quintessenz: der letzte Stopp war voll geglückt und kann dem Leser nur empfohlen werden.

Feste soll man feiern, wann sie sind

So heißt ein altes Sprichwort. Und da der Leser wohl gemerkt hat, dass ich mein Leben sehr intensiv und abwechslungsreich gelebt habe, möchte ich auch einige besondere Feiern beschreiben. Selbstverständlich war schon die Hochzeitsfeier ein ganz besonderes Ereignis. Doch nun schildere ich die Zeit rund zwanzig Jahre später und danach.

Eine der ersten größeren Feiern war das Richtfest unseres neuen Hauses. Es war im Frühjahr 1983 und noch sehr kühl, als der Zimmermann oben auf dem Dachfirst sitzend seine segnenden Sprüche klopfte und anschließend Sirkka und ich mit der Schnaps Buddel in der Hand um das halbfertige Haus herumliefen und an allen vier Seiten den begleitenden Handwerkern nicht nur unter dem Beifall unserer Gäste zuprosteten, sondern auch ein Gläschen Steinhäger nach altem Ritual an jeder Ecke verschütteten. Im Gasthof Zur Linde hatte ich das typisch norddeutsche Essen, Grünkohl mit Kassler, geräucherten Mettwürsten, geselchtem Bauchspeck und Pinkel bestellt. Doch zu meiner großen Überraschung wurde von den Handwerkern weder viel gegessen und noch weniger Bier getrunken. Stattdessen stillten sie ihren Durst mit Mineralwasser. Als ich verwundert fragte, warum sie nicht ordentlich zulangten, erklärten sie mir, dass besonders die Zimmerleute etwa alle zwei Wochen ein Dachgerüst fertigstellen, was dann jedes Mal eingeweiht werden muss. Während so ein Richtfest für den Bauherrn ein einmaliges Fest ist, ist es für ihre Zunft völlig normale Routine. Wenn sie dann jedes Mal beim Essen kräftig zulangten und sich mit Bier und

Schnaps volllaufen ließen, würden sie wohl bald wegen Fettleibigkeit und Trunkenheit vom Dach fallen. So ist das eben im Leben, was für den Einen etwas ganz Besonderes wie beispielsweise Richtfest, Taufe oder Bestattung ist, ist für den Anderen, wenn schon nicht alltäglich, so doch meist allwöchentlich. Nun weiß ich, warum auch die Pastoren bei Einladungen sich immer so zurückhalten. Es ist eben nicht die löbliche Bescheidenheit. Und wenn sie sich nicht daran halten, sieht man es auch.

Wir waren kaum eingezogen und wohnten noch nicht lange in unserem neuen Haus, als es in den frühen Abendstunden an der Tür klingelte. Dort stand unser Apotheker, der später unserem Sohn Johan seine Geige schenken sollte, mit einem großen Strauß von Petersilie in der Hand in der Tür, begleitet von noch mehreren Bekannten. Alle gratulierten uns freudestrahlend und Sirkka und ich wussten anfangs nicht warum. Irgendwie hatten sie sich aus einem allgemeinen früheren Gespräch das Datum unserer Hochzeit gemerkt und dann weitergerechnet. Es war der Tag der sogenannten Petersilienhochzeit, was wir beide zum ersten Mal hörten. Wir waren also auf den Tag zwölfeinhalb Jahre verheiratet. Für Sirkka und mich kein besonderer Tag. Aber wir beugten uns der Situation und baten die Gäste, einzutreten. Es sollte ein netter Abend werden

Ich hatte in der Klinik sehr viele niederländische Frauen zu betreuen, Ehefrauen der Offiziere und Unteroffiziere der niederländischen NATO- Streitmacht in Seedorf bei Zeven. Bei den zahlreichen Geburten lernte ich auch so gleichzeitig die Ehemänner kennen. Außerdem bestanden auch sehr gute Kontakte zu den Ärzten der holländischen Poliklinik in Zeven. Durch diese Kontakte wurde ich auch fast regelmäßig zu den großen Geburtstagsfeiern der damaligen Königin Wilhelmine und später der Beatrix eingeladen. Doch amüsierte es mich immer, als ich dann merkte, dass diese Damen an dem benannten Feiertag Ende Mai überhaupt nicht trotz großer Beflaggung Geburtstag hatten, so wie es wohl bei vielen gekrönten Häuptern der Fall sein dürfte. Ein bestimmter Tag wurde einfach durch die Regierung und die Regenten zu einem Festtag erklärt, an dem dann das ganze Volk richtig feiern durfte. Ich bin ja nun am neunten April zur Welt gekommen, also um Ostern herum. Und so schönes Wetter, wie es Goethe in seinem „Osterspaziergang" beschrieb, herrscht in Norddeutschland nur äußerst selten. Doch warum sollte ich es nicht so machen wie die besagten gekrönten Häupter? Ich suchte mir für meinen 50. Geburtstag ein schönes Wochenende Mitte Mai aus, sorgte dafür, dass ich nicht wieder Bereitschaftsdienst hatte und schrieb meine Einladung an alle mir lieben Freunde, Verwandte und Nachbarn. Gefeiert werden sollte in unserem vier Jahre vorher bezogenen Haus, das auch noch nicht alle kannten, weder von drinnen als auch von draußen. Es gab auch noch einen weiteren Grund zur Freude. Nur eineinhalb Jahre vorher hatte ich nach einem während eines Urlaubs in Finnland erlittenen Herzinfarktes eine Herzoperation gut überstanden und war wieder, wie es heißt, „gut im Saft", hatte also Kraft, wieder genug zu arbeiten, aber auch zu feiern. Lustig aber fand ich damals, dass sogar einige meiner besten Freunde und Verwandten nicht gemerkt hatten, dass ich mit meinem Jubeltag ein wenig gemogelt hatte, obwohl sie früher mit mir schon so manchen Geburtstag am neunten April gefeiert hatten. Sie hatten ohne nachzudenken, den Termin auf der schriftlichen Einladung so akzeptiert.

Acht Jahre später war aber das Wetter noch besser, denn wir hatten am 29. Mai geheiratet und beschlossen, unsere Silberne Hochzeit in Form eines runden Gartenfestes zu feiern. Wir hatten wieder all unsere in der Nähe wohnenden Verwandten, all meine Freunde aus der Studienzeit und all unsere Nachbarn eingeladen. Diese hatten zum Teil auch ihre Kinder mitgebracht, so dass auch die jüngere Generation sich gut unterhalten konnte. Schon am Vortage hatte ich neben den Bratwürsten zum Grillen auch reichlich gute, kleine Filetstücke vom Schwein in einer Marinade mit viel italienischen Kräutern eingelegt. Am Festtag war das Fleisch so zart, dass es im Munde fast zerging. Wir konnten diesmal sogar die ganze Zeit draußen an den mit weißen Tischtüchern gedeckten Holztischen und den mit gepolsterten, bunten Läufern bedeckten Holzbänken sitzen. Inzwischen hatte ich mir einen größeren Holzkohlegrill gekauft. So konnten mit der guten Vorbereitung alle Gäste fast gleichzeitig das Essen bekommen, da auch die zarten Fleischstücke nur Minuten brauchten, um gar zu werden.

Seit sechs Jahren war ich von der Last der ständigen Bereitschaft und Dienste in der Klinik befreit und beteiligte mich nur noch an den allgemeinärztlichen Notdiensten, die nicht allzu häufig waren. Wenn es einem gutgeht, dann will man sein Wohlbefinden auch gern mit anderen teilen. Auch wenn ich mich noch fit fühlte, ich wurde tatsächlich sechzig Jahre alt. Diesmal erwartete ich noch mehr Gäste, weshalb ich beschloss, im Landgasthof Adebar in Zeven-Oldendorf zu feiern. Zu meinen Verwandten, Freunden und Nachbarn, die nun alle ihre inzwischen erwachsenen Kinder zu meiner Freude mitbrachten, kamen auch meine aktuellen und ein Teil meiner früheren Mitarbeiterinnen samt Partner dazu. Kurz gesagt, der Saal war so gut wie voll. Besonders freute es mich, dass diesmal auch meine in Kalifornien lebende Schwester mit ihrem inzwischen verstorbenen Mann dabei war. Nach dem Motto, „nenne mir deine Freunde und ich sage dir, wer du bist", konnte meine Schwester so nun mit einem Male sehen, mit wem und wie ich hier lebte. Ich hatte all meine Gäste gebeten, nicht wie sonst so hier üblich mit langen, in Wirklichkeit nichtssagenden Tischreden die Stimmung nach unten zu ziehen. Stattdessen hatte ich ihnen vorgegeben, über ihren eigenen Beruf oder ein anderes nettes Thema mit einer maximalen Dauer von fünf Minuten zu reden. Schon häufiger hatte ich nämlich mit dem MGV auf ähnlichen Veranstaltungen gesungen und dabei so viel Blödsinn und lange Reden gehört, dass ich das unbedingt vermeiden wollte. Meine Aufforderung mit der Begrenzung hatte sich gelohnt. Alle Beiträge waren tatsächlich kurz und höchst amüsant. Die besten Beiträge aber kamen von meinem holländischen Nachbarn, der Tief -und Deichbau-Ingenieur war, typisch für Niederländer. Er zog zwischen seiner beruflichen Tätigkeit mit meiner gynäkologischen Tätigkeit irgendwie eine Beziehung und brachte mit seinem tiefgründigen Humor die gesamte Gesellschaft zum herzhaften Lachen. Nicht anders war es bei meiner Tochter, deren Thema der Kuss war. Als gute Rednerin stellte sie das Thema so witzig und spannend dar, dass alle an ihren Lippen hingen. Selbst meine Frau stand auf und hielt eine sehr schöne Rede, die sehr viel Beifall erhielt, weil viele der Gäste in falscher Einschätzung ihrer Person das so nicht erwartet hatten. Ich war sehr stolz auf sie. Da aber Frauen immer etwas Angst um ihren Mann haben und ihn deshalb oft ausbremsen, machte mein Sohn in seinem Beitrag darauf aufmerksam, dass es trotz meines Alters und meines Herzinfarktes völlig falsch sei, mich in Watte packen zu wollen. Umrahmt wurde die Feier auch durch den Auftritt des gesamten Männerchores, in dem ich zu der Zeit selbst sehr aktiv war. Höhepunkt aber war ein ganz besonderer Auftritt, was man so im Ort bisher noch nie gehört und gesehen hatte. Ein paar Jahre früher hatte mir mal mein alter Freund Eckart bei seiner Geburtstagsfeier zu seinem Fünfzigsten in Waldkirchen im Bayerischen Wald einmal gesagt, wenn ich es wollte, würde er auch mit seinen Alphorn-Quartett zu mir in den Norden kommen. Ich hatte vorsichtig angefragt, ob das immer noch sein Ernst sei. Selbstverständlich, war seine Antwort, wir kommen. Und so ging nach einem wunderbaren Essen plötzlich die Saaltür auf und vier Männer betraten den Raum, ein jeder mit einem sehr langen Alphorn unter dem Arm. Als ob der Saal des Landgasthofes für dieses Konzert geradezu gebaut war, so schön harmonisch und sanft im Ohr erklangen die Hörner. Die Gespräche wurden auf einmal ganz still im Saal. Doch dann nach einer längeren Verzögerung, was zeigte, wie beeindruckt die Zuhörer waren, dröhnte geradezu der Beifall. Doch damit nicht genug. Nachdem die langen Alphörner wieder in Einzelteile zum Transport gelegt waren, griffen Eckart und seine Freunde zur Klarinette, zur Posaune, zum Akkordeon und zum Bass und spielten bayerisch-böhmische Weisen. Ihr Auftritt sollte nicht der letzte hier in Zeven sein. Mein Sohn, damals noch ungebunden, hatte seine Studienfreunde mitgebracht, die teils auch bei unseren alten Nachbarn übernachteten, die dann nach der Feier mit den „Nachbar-

Girls" bei uns zuhause noch die Nacht zum Tage machten. Ich selbst aber schlief da schon so fest.

Zehn Jahre später zum Siebzigsten hatte ich wieder alle Freunde, Nachbarn und Verwandte samt deren Partner und Kinder diesmal in den Gasthof auf der anderen Stadtseite eingeladen. In den zehn Jahren hatte sich natürlich schon einiges verändert. So waren meine beiden Kinder inzwischen fest gebunden. Christina hatte ihren Daniel mitgebracht und Johan seine Frau Stephanie mit unserem Enkel Kalle, der noch nicht drei Jahre alt war, und unserer Enkelin Anneli, die noch in den Windeln lag. Viele meiner Gäste dachten, in einem Landgasthof gäbe es kein besonderes Essen. Umso überraschter waren alle, als der Wirt das allerbeste warme und kalte Buffet auffuhr. Einige waren zehn Jahre vorher nicht mit dabei und waren deshalb umso überraschter, als sie bei ihrem Eintritt in den Saal zum Empfang wieder mit bayerisch-böhmischer Musik empfangen wurden. Auch diesmal hatte Eckart es sich nicht nehmen lassen und war mit seinen Mannen über siebenhundert Kilometer gefahren, um auf meinem Fest aufzuspielen. Allerdings klagten die Musikanten mit Ausnahme von Eckart am Folgetag erheblich über Kopfschmerzen. Der Grund war eindeutig. Ich hatte auch den Shantychor zu einem Auftritt gebeten, von denen einige auch bei der Feier meine persönlichen Gäste waren. Diese aber hatten dann im Laufe des Abends nichts Besseres zu tun, als den Bajuvaren beizubringen, dass in Norddeutschland angeblich zu jedem Glas Bier auch ein kräftiger Schluck Schnaps gehört. Zwar trinkt man in Süddeutschland manchmal genüsslich einen guten Obstler. Aber Schluck um Schluck oder „nen lütten Lütt" wie man in

Hamburg sagt, war ihnen unbekannt. Mir wurde einmal erzählt, dass man in deutschen Weinregionen sich erzählt, wir Norddeutschen würden sogar zu jedem Glas Wein „einen „Kurzen" runterspülen. Meine inzwischen verstorbene Cousine filmte die ganze Feier und schenkte mir später dann eine schöne DVD. Mein Freund Willi war diesmal ohne seine Familie gekommen. Doch zeigte Willi in seinem Verhalten schon leichte Anzeichen einer beginnenden Verwirrung, wie wir Freunde, die ihn seit Jahrzehnten kannten, beobachten mussten. Meine in Kalifornien lebende Schwester hatte leider abgesagt, was ich außerordentlich bedauere. Sie wurde aber durch ihren in Kanada lebenden Sohn sehr gut vertreten, der zusammen mit der jüngeren Generation der Oldesloer Verwandtschaft gekommen war. Wieder sagte auch Sirkka ein paar nette Worte, meinte aber, dass ich mich in meinem jetzigen Alter in Vielem mehr zurückhalten müsse. Dem entgegnete dann Johan wie zehn Jahre früher, dass ich verkümmern würde, wenn man mich in Watte packte.

Ich dürfte wohl nicht der einzige Mensch sein, dessen Gesundheitszustand sich mit zunehmendem Alter verschlechtert. Ab einer gewissen Jahreszahl, die sehr individuell sein kann, fragt man sich doch, wie lange lebt man noch. Von diesen Gedanken bin auch ich, ehrlich gesagt, nicht mehr ganz frei. So beschloss ich, auch meinen fünfundsiebzigsten Geburtstag würdevoll zu feiern, diesmal aber nur innerhalb der engen Familie. Seit vielen Jahren findet um die Osterzeit eine vierwöchige Konzertreihe in Heidelberg statt. Da die Hälfte meiner Familie mittlerweile im Umkreis von einhundert Kilometern von Heidelberg

wohnt, bot sich dieser Ort an. Ich selbst kannte diese Konzertreihe schon von früheren Besuchen. Diesmal waren
wir eine kleinere, aber sehr illustre Gesellschaft. Wir alle
übernachteten im Hotel der alten Brauerei in der Altstadt.
Nach einem guten gemeinsamen Abendessen gingen wir
in die Stadthalle, die zwar nicht so groß ist, dafür aber eine
ausgezeichnete Akustik hat. Das große Symphonieorches-
ter der BBC zu hören, war ein echter Genuss. Als Solistin
genossen wir Janine Janssen mit ihrer Violine. Nach einem
derartigen wunderbaren Konzert konnten wir uns nicht
einfach schlafen legen, sondern ließen im Hotel den
Abend bei einem guten Getränk langsam ausklingen. Beim
gemeinsamen morgendlichen Frühstück hatte jeder noch
einmal die Möglichkeit, sich mit jedem gedanklich auszu-
tauschen. Dabei machte meine liebe Cousine Hiltrud eine
Bemerkung, die mir seither immer wieder zu denken gibt.
Sie meinte, dass wir in so einer netten Runde und in dieser
familiären Konstellation uns wohl nie wieder träfen. Im
Folgejahr erkrankte sie selbst schwer. Damals nichts ahnend sollte sie die Erste unserer Generation sein, die ein
Jahr später sich für immer von dieser Welt verabschieden
musste.

Auch in der Verwandtschaft wird gern gefeiert. Während
mein Sohn als Schüler eher zurückhaltender war, feiert er
heute, unterstützt von seiner Frau, richtig große Feste,
wie er sie von seinem Vater her kennt. Bei meiner Tochter
sieht es genau umgekehrt aus. Früher war ihr eine richtige
Geburtstagsfeier im Kreise all ihrer Freundinnen sehr
wichtig, heute lässt sie feierwürdige Ereignisse unter den
Tisch fallen mit der Folge, dass unsere Familie ihrem persönlichen Umfeld nie begegnet ist. Vielleicht ändert sich

das, wenn ihre Kinder herangewachsen sind. Doch dann bin ich zu alt, um alles nachzuholen. Jedoch wurde in meiner Oldesloer Verwandtschaft keine einzige Gelegenheit zu einer größeren Feier ausgelassen. Zur Hochzeit der Tochter meines verstorbenen Vetters gab es sogar ein Feuerwerk. Und meine Tante ließ es sich auch im hohen Alter nicht nehmen, ihre Jubeltage im Schlossrestaurant Tremsbüttel im großen Familienkreis mit einem guten Essen würdig und regelmäßig zu begehen.

Ganz besonders muss ich den siebzigsten Geburtstag meiner ältesten Cousine erwähnen. Sie hatte all ihre Kinder und Enkelkinder, ihre Verwandten, guten Freunde und Arbeitskolleginnen aus dem von ihr gegründeten Hospiz zu einem Gartenfest an einem schönen Frühsommertag eingeladen. Wir Gäste von weiter her wohnten in einem kleinen Hotel in der Pfalz. Zu unser aller Überraschung wartete dann vor unserem Hotel ein großer, mit zwei kräftigen Pferden bespannter Planwagen, dessen Kutscher uns nach einer wunderschönen Fahrt durch die Pfalz auf herrlichen Wald- und Feldwegen zu ihren Haus bei Kaiserslautern bringen sollte. Das Wetter spielte mit und fröhlich singend kamen wir dort an, doch nicht ganz bis vor den Hauseingang. Auf der steil aufwärts führenden Straße mit rundem Kopfsteinpflaster rutschten die schweren Pferde mit ihren glatten Hufeisen so sehr aus, dass auch unser Schieben des Planwagens nicht half. Ja, wir mussten zusammen mit dem Kutscher auch Angst haben, dass die Pferde ausgleiten und sich die Knochen brechen könnten. Im Garten mit einem herrlichen Blick auf ein tiefes Tal wurde dann nicht nur gegessen, sondern erklangen auch auf alte, auf einer Drehleier gespielte, altdeutsche Weisen.

Zum Schluss möchte ich zum Thema Feiern und Feste von einer Sitte berichten, die ich erst in dieser norddeutschen Region, wo ich seit über dreißig Jahren lebe, lernen musste. Als ich zusammen mit meiner Frau hier die erste Einladung zu einer Hochzeit auf dem Lande bekam, passierte uns nichts ahnend und unwissend ein Fauxpas. Wir hatten nämlich für das Brautpaar ein extra in Finnland ausgesuchtes, schönes Gastgeschenk dabei, konnten es aber nicht überreichen, da man auf handfeste Geschenke überhaupt nicht eingestellt war. Stattdessen sah ich, wie jeder Gast dem Bräutigam einen Umschlag mit Inhalt überreichte. Wir kennen aber nur eine Geschenkliste für ein junges Paar zu konkreten Anschaffungen. Heute würde man sagen „Hardware", aber keine „Money Ware". Dass man hier auch bei anderen Feiern indirekt sein Getränk und sein Essen selbst bezahlt, war uns fremd. Inzwischen habe ich gelernt, dass nicht nur bei Hochzeiten die Gäste einfach einen Briefumschlag mit einem Schein übergeben. Ein wenig erinnert es mich an eine spontane „Buddelpartie" in meiner Jugend. Aber als junger Mensch geht es auch wegen der finanziellen Ressourcen nicht anders. Manchem Rentner mit kleinerem Einkommen fällt es unter diesen Voraussetzungen schwer, häufigere Einladungen anzunehmen, wie mir ein älterer Freund gestand. Es gibt zu diesen Feiern, gleich welcher Art, ganz bestimmte Sätze, wieviel man in das Kuvert steckt. Da ich die aktuellen Preise nicht immer kenne, muss ich mich jedes Mal nach dem aktuellen „Tarif" erkundigen. Persönlich denke ich, dass man durchaus auch im kleineren und finanzierbaren Rahmen sehr gut feiern kann. Oder aber man spart einfach länger, um dann mit vielen Menschen richtig einmal „auf die Pauke zu hauen". Am liebsten kaufe ich bei jungen Menschen ein gewünschtes Teil aus einer ausgelegten Wunschliste zur Vermählung oder bringe dem Jubilar ein persönliches Geschenk mit. Es gibt ja auch noch eine andere Regel, die lautet: Wer bestellt, bezahlt.

Morbus diethardiensis

Da ich bald achtzig Jahre alt werde, werde auch ich ein größeres Fest geben, wenn Gott will, wie ein Freund stets sagt. Viele Menschen haben nicht damit gerechnet, dass ich dieses Alter noch schaffe. Der Grund ist mein „medizinischer Lebenslauf". Die große Überschrift heißt „Morbus", wie wir Medizinmänner eine Krankheit auch bezeichnen. Als Arzt musste ich viele Erfahrungen selbst machen. Aber auch davon haben Patienten und Patientinnen indirekt profitiert, da ich mehr Verständnis aufbringen konnte.

Jeder weiß, dass es äußerst schwierig ist, einen saftigen Weidenast glatt durchzubrechen. Man erkennt nur, dass die vielen Fasern wie ein Grünspan das saftige Holz dennoch zusammenhalten. Bei Kindern ist es nicht anders, wenn sie wie ich beim Sprung sich den Arm brechen, hat man keine zwei oder mehrere Teile wie bei einem alten Menschen. Das nennt man dann Grünspanfraktur und ist Jahre danach auch im Röntgenbild nicht mehr zu erkennen. Das passiert, wenn man wie ich als Junge im Wettkampf mit anderen versucht, mit einem Satz die meisten Treppen herunterzuspringen. Meinen Blinddarm, korrekter Wurmfortsatz oder Appendix, wurde ich nur bei den kleinsten Unterbauchschmerzen deshalb los, weil mein Vetter daran gestorben war. So gibt es in meiner Generation niemanden mehr, der dieses kleine Dickdarmanhängsel noch besitzt. In meinem Medizinstudium hatte ich einmal einen wirklich fast tennisballgroßen Kalkstein gesehen, der bei einem alten Mann in dessen Harnblase jedes Mal vor den inneren Harnröhrenausgang so unglücklich kullerte, dass weder das Pinkeln im Sitzen und schon gar nicht im Stehen gelang. Aber soweit muss man es ja nicht kommen lassen. Ausgerechnet während des Bereitschaftsdienstes an der Uni-Frauenklinik in Helsinki färbte sich mein Urin rötlich, gleichzeitig hatte ich immer wieder wellenartige rechtsseitige Rückenschmerzen. Ein Kollege gab mir ein krampflösendes Mittel und ein großes Glas kalten Tee zu trinken. Doch als ich mich in der benachbarten urologischen Klinik meldete, war wohl ein oder mehrere Steinchen vom Nierenbecken schon durchgerutscht. Zur exakten Diagnostik hätte ich besser durch ein Kaffeesieb pinkeln sollen, blödelte der Urologe. Von da an hatte ich später in meinem Beruf keinerlei Schwierigkeiten, eine Nierenbeckenkolik zu diagnostizieren.

In den fünfziger Jahren erkrankten im Koreakrieg über dreitausend amerikanische Soldaten, von denen die meisten am Fluss Hanta in Südkorea stationiert waren. Die Hälfte der Erkrankten starb meist an einem Nierenversagen. Aber auch eine schwere Lungenerkrankung oder der Zusammenbruch der Blutgerinnung gehörte zum Krankheitsbild und im schlimmsten Falle alles zusammen. Doch niemand kannte die Ursache dieser so schweren Erkrankung. Man stellte alle möglichen Behauptungen auf. Erst seit 1977 hat man den Erreger diagnostiziert und weiß nun, dass es sich um eine Virus-Erkrankung handelt, die von Nagetieren wie Mäusen und Ratten übertragen wird. Zu den Nagetieren gehören übrigens die kleinen Meerschweinchen, die man in vielen deutschen Haushalten meist mit spielenden Kindern findet. Bis heute kann man die Erkrankung nicht gezielt behandeln, sondern nur die

Symptome bekämpfen. Sie tritt, wie man heute weiß, zu bestimmten Zeiten regional begrenzt, also endemisch auf. Nach ihrem Erstauftreten in Korea bezeichnet man sie Hanta-Virus-Erkrankung, wobei man heute ähnlich wirkende Viren mittlerweile weltweit erkannt hat und unterschiedlich bezeichnet wie Belgrad-Virus oder auch Puumala-Virus-Typ. Letzteren hatte ich mir 1979 den Puumala-Virus-Typ beim Urlaub in Finnland genau in dieser Region in der schwersten Form eingefangen. Zum Glück behält man eine lebenslange Immunität. Obwohl in der Literatur inzwischen häufiger beschrieben, denken nur wenige Ärzte auch mal an diese Möglichkeit, wenn ein Kind starke Rückenschmerzen hat und liebevoll seinen neu erworbenen Hamster streichelt. Der gehört auch zu der Gruppe der Nager.

Ein Erlebnis sollte meine Lebensart sehr ändern. Früher hatte ich ohne Rücksicht auf meine Gesundheit alles gegessen, was mir schmeckte. In der Regel auch nicht wenig. Im Gegensatz zu Sirkka liebte ich fettiges Essen und hatte auch keine Scheu vor Bauchspeck und Schmalz, da ich damit groß geworden bin. Und Gemüse und Salate wurden bei mir ganz klein geschrieben. Das aber sollte sich radikal ändern, nachdem ich in Finnland den Herzinfarkt erlitten hatte. Besonders in der Rehabilitation lernte nicht nur ich viel, was gesundes Essen heißt, sondern auch Sirkka lernte bei ihren Besuchen mit Schulungen für die Hausfrau, wie man das norddeutsche Nationalgericht Grünkohl mit Kassler und Pinkel auch fettarm kochen kann. Kaum zu glauben, auch so schmeckt es hervorragend.

Ab dem fünfundfünfzigsten Lebensjahr erkranken jährlich allein in Deutschland 65.000 Menschen an einer bestimmten bösartigen Veränderung, die durch häufiges Essen von rohem Fleisch vermehrt und durch häufiges Essen von Fisch eindeutig gesenkt wird. Es ist der Mastdarmkrebs, der zunächst meist harmlos mit einem kleinen Polypen anfängt. Direkt nach meinen sechzigsten Geburtstag bekam ich Unterbauchschmerzen. Die darauf folgenden Untersuchungen bestätigten meinen Verdacht. So musste man bei mir ein Stück des unteren Teils des Dickdarms wegen Bösartigkeit entfernen. Zum Glück hatte es noch keine Streuung gegeben. Der sehr erfahrene Stader Chirurg, der in Afrika viel Erfahrung hatte sammeln können, hatte mir einen künstlichen Darmausgang erspart, wofür ich ihm heute noch dankbar bin. Nach der Operation ging es mir aufgrund sehr guter Schmerzbekämpfung so gut, dass es mir langweilig wurde. Also ließ ich mir ein kleines Buch kommen mit dem Titel: In dreißig Tagen perfekt Französisch. Nun, das war stark übertrieben. Aber es half mir doch sehr bei dem darauf folgenden Urlaub in Frankreich. Sehr bald sollten meine beiden Kinder mich mit ihren schulischen Kenntnissen in Französisch überholen und wunderten sich, wie hemmungslos ich mich in der Landessprache zu verständigen suchte.

In keinem Lande Europas wird so häufig an der Wirbelsäule operiert wie in Deutschland. Allerdings erfolgen auch laut Krankenkassenberichten fast die meisten Krankschreibungen mit der Begründung Rückenschmerzen. Eine Ursache dürfte aber auch der mangelnde Sport und das viele Sitzen bei der Arbeit und im Auto sein. Als sich bei mir eine Lähmung des rechten Beines bei der wiederholten, zweiten Erkrankung nicht spontan löste, waren die Neurochirurgen gezwungen einzugreifen. Anfangs musste ich auch danach noch mit einem Rollator mich bewegen, doch nach einer gewissen Zeit konnte ich darauf verzichten. Lange hat das Gerät auf dem Boden gestanden. Nun wird der Rollator bei langen Gehstrecken wieder eingesetzt.

Nun könnte man denken, langsam reicht es. Aber ich sollte noch weitere Erfahrungen machen. Bei meinen langen Radtouren hatte ich im Laufe der Jahre gemerkt, dass meine Beine, obwohl gut durchtrainiert, immer mehr schmerzten. Auffällig war auch, dass ich bei meinen Spaziergängen mit unserem Airedaleterrier Bonso nicht seinetwegen sondern meinetwegen ständig kleine Pausen einlegen musste, bzw. sein intensives Schnuppern war mir durchaus recht. In einer Kleinstadt oder auf dem Dorfe gibt es nicht so viele Geschäfte, deren Auslagen man bestaunen kann. Aber in den Städten sieht man dann doch schon manchmal ältere Herren, die Schaufenster mit typischen Auslagen für Frauen wie Pullover oder Strumpfhosen ein paar Minuten länger sinnloserweise betrachten, um zu kaschieren, dass sie eigentlich wegen Beinschmerzen nicht mehr weitergehen können. Der Volksmund hatte sehr bald dafür einen Namen und nennt dieses Verhalten, was ein Krankheitssymptom ist, die Schaufenster-Krankheit. Ursache für dieses Verhalten ist eine Durchblutungsstörung der Beine. Die Muskulatur bekommt nicht mehr ausreichend Sauerstoff und fängt an zu schmerzen, was jeder vom Sport her kennt. Nur da ist es vorübergehend und es hilft Magnesium. Diese Krankheit ist in unterschiedlicher Ausprägung viel häufiger als man denkt. Fünfzehn Prozent der Männer, aber auch der Frauen leiden in unterschiedlicher Ausprägung im höheren Alter darunter. Außer einer familiären Häufung ist auch das oben geschilderte Essenverhalten und das starke Rauchen Ursache dieser Beschwerden. Kein Wunder, dass es auch mich erwischte, denn bis zu meinem Herzinfarkt hatte ich fast immer sogar eine brennende Pfeife in meiner Kitteltasche. Mit zunehmendem Alter häuften sich die Komplikationen mit der Folge, dass meine freie Gehstrecke heute arg begrenzt ist. Beim Sitzen merkt man nichts. Zum Glück, auch beim Schreiben dieser Biografie nicht.

Als ich vor ein paar Jahren wie jetzt am Schreibtisch sitzend plötzlich meinen Arm zwar bewegen konnte, aber nicht mehr gezielt dahin, wohin ich ihn wollte, war mir sofort klar, mich hatte „der Schlag getroffen", wie man im Volksmund sagt. Das Computer-Tomogramm darauf in der Klinik bestätigte meine Eigendiagnose, also ein Schlaganfall ohne dass mein Grips zu Schaden gekommen war, zum Glück. Ein halbes Jahr später streikte ebenfalls nur kurz mein Bein. Gleiche Diagnose, wie man dann „in der Röhre" erkennen konnte. Wieder Glück gehabt. Da man bei der Überwachung Herzrhythmusstörungen beobachtet hatte, entließ man mich mit der Auflage, kurzfristig meinen Kardiologen aufzusuchen. Doch nun kam die Überraschung.

Ich könnte diesen Absatz mit „doch mein Herz merkt nichts" überschreiben. Verabredet war, dass ich meine Frau Sirkka zu einer Operation nach Hamburg in die Klinik bringen sollte. Das passte gut, da mein Kardiologe ebenfalls in Hamburg praktiziert. Als Begleitung wollte ich bei Sirkka zwei Tage bleiben und hatte deshalb Wasch- und Nachtzeug mitgenommen. Ich gab meine eigene kleine Reisetasche in der Klinik ab und fuhr ohne Mühe einmal quer durch ganz Hamburg. In der Kardiologie schrieb die Schwester ein EKG, um es dann dem Arzt zu zeigen. Kurz danach kam sie wieder, sie solle bei mir noch Blut abnehmen. Ich hielt den Arm hin und wartete auf den Arzt. Als er das Untersuchungszimmer betrat, fragte er mich sofort nach meinem Befinden und ob ich Schmerzen hätte. Das hätte ich nicht und ich fühle mich wohl, entgegnete ich, ich sei ja auch gerade die 75 km bis Hamburg und nun quer durch die Stadt gefahren. Ich bemerkte seine Überraschung und er entgegnete: „Auch wenn Sie nichts merken, Sie haben gerade einen Herzinfarkt, wie man im EKG sieht und worauf der Labortest hinweist. Sie müssen hier bleiben". Großes Erstaunen bei mir. Ich kam zunächst für 48 Stunden an den Monitor. Bei der späteren Herzkatheter- Untersuchung wurde festgestellt, dass ein Seitenast meiner Herzkranzgefäße zwar dicht gegangen war, aber noch keinen größeren Schaden anrichten konnte. Um ein oder zwei Stents am Herzen bereichert, verließ ich nach einer Woche die Kardiologie.

In der Familie wird behauptet, dass ich ein „Stehaufmännchen" sei. Sirkka und ich hatten uns in der zweiten Hälfte unseres gemeinsamen Lebens mit unseren Krankheiten fast immer zeitlich abgewechselt. Mal war sie dran, mal hatte es mich erwischt. In einer Ehe ist es wie mit einer kommunizierenden Röhre. Auch bei ihr traten ebenfalls etwa ab dem fünfzigsten Lebensjahr die unterschiedlichsten Symptome und Beschwerden auf. Dann war ich einmal wieder dran, mich um den Haushalt und um sie zu kümmern. Aber so konnte sie auch dann sehen, dass es mit unserem Haushalt nicht den Bach herunterging, obwohl allgemein Männer zum Entsetzen der Ehefrauen vieles anders anpacken, aus männlicher Sicht praktischer. Zu ihrer Entlastung darf ich heute auch schon nach dem Essen die Küche allein aufräumen. Warum nicht, als Rentner hat man ja Zeit genug.

Meine Ehe

Ich beginne einmal aus historischer Sicht das Thema zu beschreiben. Vor gut zwei Jahrzehnten heirateten in Deutschland noch gut über eine halbe Million Paare pro Jahr. Dass aber heute von über achtzig Millionen Bürgern sich noch nicht einmal vierhunderttausend Paare jährlich durch eine offizielle Ehe binden, muss seine Gründe haben. Viele leben heute in wilder Ehe oder im Konkubinat, wie man es in der Schweiz nennt. Fast jede zweite legale Ehe hält bis zur Scheidung im Durchschnitt nur neuneinhalb Jahre. Die Ursachen sind vielfältig. Vor ein oder zwei Jahrhunderten überlebten viele junge Frauen nicht immer die Geburt eines Kindes. Liest man in den Taufregistern der Kirchen, so ehelichte der Witwer erneut sehr schnell eine meist jüngere Frau, die dann die verbliebenen Kinder erziehen und auch noch weitere Kinder gebären konnte. Gehen wir zeitlich noch weiter zurück, erlebte ein großer Teil der Frauen die Phase der Wechseljahre nicht mehr und bekam auch selten eine Brustkrebserkrankung, weil die durchschnittliche Lebenserwartung erheblich niedriger war. Aber auch dem Mann erging es nicht anders. Johan Wolfgang von Goethe war mit seinen zweiundachtzig Lebensjahren eine echte Ausnahme. Nur eine jüngere Schwester von insgesamt fünf seiner Geschwister erreichte überhaupt das Erwachsenenalter. Das war wiederum normal. Und Goethe selbst war keineswegs im Alter der strahlende Mann, wie wir ihn aus der Schule und von Abbildungen kennen. Vor Jahren las ich einen Bericht eines Arztes, der sich die Mühe gemacht hatte, sämtliche Krankenakten von Johann Wolfgang, soweit sie noch zu finden waren, auszuwerten. Das Ergebnis war, dass im letzten Lebensviertel Goethe all die Gebrechen hatte, die wir alten Menschen alle nur zu gut kennen. Nur gab es damals kein Diclofenac, keine Aspirin und kein Doxycyclin. Naturmittel mussten herhalten. Zum Ende seines Lebens soll der Nationaldichter kaum noch Zähne gehabt haben und durch seine Wohnung nur geschlurft sein. Passt eigentlich nicht zu dem Bild, was wir von dem Nationaldichter in unserer geistigen Vorstellung haben. War also der Mann im Krieg nicht gefallen oder trotz schwerer Arbeit nicht früh verstorben, überlebte er seine Frau weitaus häufiger, aber auch nicht so lange. Noch seltener als eine Silberne war aber das Ereignis einer Goldenen Hochzeit. Nicht nur in Vorderasien, auch in vielen anderen Ländern weltweit werden Ehen noch heute in sehr jungem Alter geschmiedet. Auch in Mitteleuropa gab es öfter noch im letzten Jahrhundert die frühe Eheschließung. Im täglichen Tagesablauf lebte beide Eheleute ihren Part und ließen den anderen gewähren. Wenn für alle Teile ein gutes finanzielles Auskommen gesichert war, gab es auch keinen Grund zur Scheidung.

Durch die heute zu erwartende Lebenszeit haben sich das Bild und der Begriff Ehe sehr gewandelt.

Häufig beschuldigt man Männer wegen eines ehelichen Seitensprunges. Als Gynäkologe habe ich aber die Erfahrung gemacht, dass dazu auch immer zwei, also auch eine Frau gehört. Warum sind nachweislich fünfzehn Prozent der neugeborenen Kinder cuckoo-eggs, Kuckuckseier, was sich heute durch die DNA eindeutig beweisen lässt? Nicht immer ist es gut, alles zu wissen. Zusammen mit einer älteren Hebamme, die fast sämtliche Familien der Region kannte, habe ich in meiner aktiven Zeit viele Kinder zur Welt gebracht. Neugeborene sehen in der allerersten Lebensstunde oft sehr alt aus. Dann kann man oft ziemlich gut die Familienähnlichkeit für eine kurze Zeit erkennen, auch die des Nachbarn oder „guten Bekannten" der Familie, wenn man die sozialen Zusammenhänge kennt. So heilig scheint dann eine Ehe dann doch nicht zu sein.

Als Heranwachsende mussten meine Schwester und ich es erleben, wie nach außen hin die Fassade einer ordentlichen Ehe unserer Eltern gezeigt wurde, diese aber schon jahrelang kaputt war. Wie viele Reden habe ich bei Silbernen, manchmal auch noch Goldenen Hochzeiten gehört, wie wunderbar diese Ehe gewesen sein soll. Manchmal erkennt aber ein Familienarzt die wirklichen Zusammenhänge besser als ein Geistlicher. Ein Aspekt ist, dass sich oft Ehepaare im Laufe der Jahre auseinanderleben, wobei die Sexualität überhaupt nicht immer im Vordergrund steht. So heißt es auch: Sie benehmen sich wie ein altes Ehepaar.

Aber es kann auch anders schon in jungen Jahren laufen. Dazu ein Beispiel aus der Musikwelt, wie es einem Ehemann schlimmstenfalls ergehen kann, wie dem bekannten Komponisten Robert Schumann, den seine hübsche und intelligente Ehefrau Clara in dessen zweiten Lebensphase bis zu seinem Tode für immer in einer Psychiatrie schmoren ließ, obwohl Robert eigentlich nicht krank war, wie die Forschung heute weiß, um sich dann mit einem jüngeren Lover namens Johannes zu amüsieren, dessen Familienname Brahms lautet. Dabei hatte Robert Schumann sich selbst und freiwillig nach einem Alkoholdelir in Behandlung begeben, jedoch nur für eine begrenzte Zeit. Doch

Clara hatte wohl in Zusammenarbeit mit dem behandeln-
den Arzt Dr. Richarz eine bestimmte Verabredung getroffen. Kein Wunder, dass unter diesen Umständen von Robert Schumann gesagt wird, er hätte unter Melancholie
gelitten. Man entließ ihn einfach nicht aus der Anstalt.
Unter diesen Umständen wäre wohl jeder maßlos traurig
geworden.

Nachdem ich nun so gelästert habe, muss ich sagen, dass
auch in meiner Ehe nicht immer Sonnenschein herrschte,
was aber normal ist. Es ist nur eine Frage, wie hoch die
Schwankungen oder Ausschläge des Zusammenseins sind
und ob man bereit ist, Schwierigkeiten zu überwinden. In
den ersten Jahren der Liebe waren wir nicht die einzigen,
die alles nur rosig sahen, die auch bereitwilliger waren,
Kompromisse einzugehen. Als dann die Kinder groß wurden, deren Charaktere mehr in den Vordergrund traten,
trugen auch sie meist unwissentlich zu unseren ehelichen
Konflikten bei. Trotz der Unterschiede im Charakter und
unserer prägenden Jugendzeit hatten wir aber viele
schöne gemeinsame Stunden, die wir beide nie vergessen
werden, wie unsere Sizilien-Reise, um nur einen Höhepunkt zu nennen. Wie überhaupt Sirkka auf Reisen stets
viel lockerer und freier ist. Trotz aller Schwierigkeiten
liebe ich noch immer meine Frau. Sonst wären wir auch
nicht siebenundvierzig Jahre zusammengeblieben. Heute
sind wir beide alt und gebrechlich. Im Laufe der Jahre benötigen wir uns gegenseitig, zumal es für Sirkka als Krankenschwester und mich als Arzt selbstverständlich ist,
Hilfe zu leisten. So versuchen wir mit zunehmendem Alter
das Beste daraus zu machen, auch wenn es nicht immer

gelingt. Eine meiner Cousinen meinte in einem kürzlich geführten Gespräch, es wäre gut, wenn man eine Ehe auf
Zeit schließt und dann wie im normalen Leben den Vertrag
verlängert oder auslaufen lässt. Der richtige Zeitpunkt
könnte der Schulabschluss der Kinder sein, wenn diese
flügge werden und ihre Eltern nicht mehr unbedingt benötigen. Ein Gedanke, mit dem man sich anfreunden
könnte.

Als ich meiner Frau dieses Kapitel vorlas, meinte sie, dass
ich eine allzu einseitige Sicht der Ehe hätte. Nun, die hatte
ich nicht immer, sonst hätte ich ja auch nicht geheiratet.
Meine persönliche kritische Einstellung kam im Laufe meiner Lebensjahre und durch die gehäuften, beruflich bedingten Blicke hinter die Kulissen. Ich will aber das Institut
der Ehe nicht grundsätzlich schlecht machen. Wie alles, so
hat auch diese ihre absolut guten Seiten.

Zum Schluss

Ursprünglich war ich nur für ein paar Jahre nach Deutschland zurückgekommen. Aus heutiger Sicht war es ein großer Fehler, die Planstelle eines Chefarztes in einem kommunalen Krankenhaus anzunehmen, das übrigens demnächst ganz geschlossen und wohl ein Pflegeheim wird. Die damaligen Belastungen schadeten auch erheblich meiner Gesundheit. Die Folgen spüre ich nun im Alter.

Wer alle drei Teile meiner Memoiren gelesen hat, wird gemerkt haben, dass sich die einzelnen Teile sehr unterscheiden. Im ersten Drittel meines Lebens gab es, meteorologisch betrachtet, neben vielen Tiefs sehr viel mehr Hochs. Zur glücklichen Zeit zählt auch die Studentenzeit besonders in Hamburg, obwohl ich finanziell oft sehr knapp war. Doch gerade durch die vielen unterschiedlichsten Jobs sah ich, wie andere Leute leben und lernte gleichzeitig, was Arbeit wirklich bedeutet. Diese Erkenntnis war mir dann in meinem späteren Beruf als Arzt sehr nützlich. Zu den Tiefs muss ich die zerrüttete Ehe meiner Eltern und die erweiterte Kenntnis der jüngeren Geschichte Deutschlands zählen. Das erste Mal wurde mir auf dem Gymnasium in St. Peter-Ording klargemacht, in welcher grauenhaften Zeit deutscher Geschichte ich aufgewachsen bin, da dort der Geschichtsunterricht über 1933 hinaus bis zur damaligen Gegenwart von 1949 ging, also noch bis zur Gründung der jungen Bundesrepublik. Aber was in Deutschland in den Jahren zwischen 1933 und 1945 wirklich geschah, wurde mir erst später in Finnland auch durch den geografischen Abstand bewusst. Heute weiß ich sehr viel mehr, was in der Nazizeit nicht nur in

Deutschland und Europa geschah, sondern auch, wer in meiner eigenen Familie „Heil" gerufen hat. Man muss hundertprozentig stolz auf sein Land sein, was mir schwer fällt. Im Gegensatz dazu weiß ich von den Finnen, dass dieses Volk trotz aller Fehler, die es auch hat, niemals in seiner Geschichte einen Krieg angezettelt hat, sondern schlimmstenfalls sich gegen Landansprüche seiner gierigen Nachbarn Schweden und Russland zur Wehr setzen musste. Als ich in Finnland lebte, habe ich anfangs die Politik von Paasikivi, fortgesetzt durch Kekkonen, noch nicht so richtig verstanden. In Europa nennt man es Finnlandisierung. Die Taktik des finnischen Präsidenten Kekkonen, seinen russischen Verhandlungspartner zu einem Saunagang einzuladen, um beide nackt auf der heißen Saunabank sitzend, in den Hand den Birkenreiser, mit dem man sich gegenseitig den Rücken malträtiert hat, dann auch heiße strittige Themen zu besprechen, scheint nicht allzu schlecht zu sein. Auf diese Art kam es häufiger zu einem von beiden Verhandlungsparteien akzeptablen Ergebnis. Allerdings ist in Finnland immer Geschlechtertrennung in der Sauna angesagt. Schlecht für Angela, da ihre Kontrahenten meist männlich sind. Heute in Deutschland lebend weiß ich, dass es besser ist, diplomatisch zu sein und mit seinem Nachbarn in Frieden zu leben, auch wenn dieser einem nicht gefällt. Sonst geht es einem Land wie Polen, das rund 123 Jahre von der Landkarte verschwunden war. Ich würde es heute begrüßen, wenn alle EU-Länder einen gemeinsamen, gleichlautenden EU-Pass an ihre Bürger herausgäben. Das würde unsere Gemeinsamkeit betonen und den momentan erneut wieder auftretende Nationalismus einschränken.

Die unbeschwerteste und schönste Zeit meines Lebens war eindeutig in Finnland und da ganz besonders in Porvoo. Der Ort, dessen Altstadt zum Weltkulturerbe gehört, dessen modernes Krankenhaus mit seinen Personalhäusern und -wohnungen, nur durch eine Straße getrennt, am Wasser liegt. Der Ort, der nur vierzig Kilometer von der Hauptstadt Helsinki entfernt ist, den ich bei jedem Finnlandurlaub für ein paar Tage besuche, liegt mir so am Herzen, dass ich dort meinen Lebensabend noch heute verbringen könnte, wenn es die Umstände erlaubten. Als die gynäkologische Oberarztstelle in Porvoo damals frei wurde, hatte ich mich von Deutschland aus beworben. Nur leider bekam der mir weitaus jüngere, aber schon in frühen Jahren verstorbene Sohn des Chefarztes der Chirurgie den Zuschlag. C´est la vie!

Den dritten Teil meiner Memoiren benannte ich anfangs Abgesang, nicht nur, weil sich mein Leben dem Ende zuneigt, sondern weil es auch in dieser Zeit eigentlich kein Aufwärts mehr gibt. Meine Zeit in deutschen Kliniken könnte ich gern missen. Dagegen hat mir die Arbeit in der Praxis am Ende meines beruflichen Lebens sehr viel Freude gemacht. Nach wie vor mache ich, wie schon zu meiner Studentenzeit, gern den Mund auf, was andere Menschen nicht immer erfreut. Ich selbst nenne es konstruktive Kritik, was heißt, man möge aufbauend daraus lernen. Ich bin zwar selbst ein Philanthrop, liebe aber Tiere noch mehr. Wenn man sich die alte und neue Geschichte und die aktuellen weltweiten Ereignisse ansieht, kann es nicht verwundern. Tiere töten nur, um Nahrung zu erlangen oder den Fortbestand ihrer Rasse zu sichern. Am schlimmsten sind die Religionen in unserer Welt, egal welcher Konfession, in deren Namen es immer wieder zu sinnlosen, grausamen Kriegen und Vertreibungen kommt. Jeder Mensch kann ja still an irgendeinen Gott glauben, aber bitte ganz still, nur für sich allein und nicht rechthaberisch und missionierend.

Zeit meines Lebens habe ich bis zum heutigen Tag nicht nur meine Augen offen gehalten, sondern mich für sehr vieles interessiert und mich mit vielem beschäftigt. Darum kann ich auch heute im Alter noch sagen: Kein langweiliges Leben.

Im November 2017

Diethard Friedrich

Der erste Teil der Biografie der Jahre von 1938 bis 1969 trägt den Untertitel „Woher ich komme, wohin ich gehe". Der zweite Teil der Jahre von 1969 bis 1977 lauter in Untertitel „Glücklich in Finnland".

Ich danke Frau Carmen Gohde und Herrn Dr. Eckart Rössler für die kritische Unterstützung beim Abfassen meiner Biografie.

Coverfoto von W. Gerntrup

Zeitfracht Medien GmbH
Ferdinand-Jühlke-Straße 7
99095 Erfurt, Deutschland
produktsicherheit@kolibri360.de